余華《ユイ・ホア》
Yu Hua
飯塚容＝訳

雨に呼ぶ声

CRIES IN THE DRIZZLE

雨に呼ぶ声

余華 *Yu Hua*

飯塚容＝訳

Cries in the Drizzle

在細雨中呼喊　ZAI XIYU ZHONG HUHAN

Cries in the Drizzle
by 余華

目次

第1章

第2章

第3章

第4章

主な登場人物

孫光林《スン・グアンリン》……ぼく。南門《ナンメン》に生まれ育つ。
六歳から十二歳までは故郷を離れて孫蕩《スンダン》で暮らす

孫広才《スン・グアンツァイ》……父
孫光平《スン・グアンピン》……兄
孫光明《スン・グアンミン》……弟
孫有元《スン・ヨウユエン》……祖父
英花《インホワ》……兄嫁
母……青い格子柄のスカーフが似合う働きもの
祖母……金持ちの娘
曽祖父……名の知れた石工
王立強《ワン・リーチアン》……養父。孫蕩の町に住む
李秀英《リー・シウイン》……養母
蘇宇《スー・ユー》……蘇家の長男。中高時代の年上の友人

蘇杭《スー・ハン》…………蘇家の次男。中高時代の同級生
羅《ルオ》じいさん……村の入口に住む老人
未亡人…………はす向かいに住む女性
王躍進《ワン・ユエジン》…………孫家と敵対する王家の次男
馮玉青《フォン・ユーチン》…………初めて憧れた女性

鄭亮《ジョン・リアン》…………中高時代の年上の友人
林文《リン・ウェン》…………中高時代の同級生
曹麗《ツァオ・リー》…………憧れの女生徒
魯魯《ルールー》…………年下の友人

国慶《グオチン》…………幼年時代の友人
劉小青《リウ・シアオチン》…………幼年時代の友人
張青海《ジャン・チンハイ》…………小学校の教師

第1章

南《ナン》門《メン》

一九六五年、一人の子どもが暗い夜に、言葉にできない恐怖を抱くようになった。あの霧雨が舞う夜、ぼくはすでに眠っていた。ベッドの上に横たわった小さな体は、まるで玩具のようだった。軒先から落ちる水滴の音が、静けさを際立たせている。ぼくが眠りに入るにつれて、水滴の音は遠のいていった。おそらくそのとき、ぼくが安らかに眠りについたとき、ひっそりとした道が見えた。樹木と草むらが次々に、現れては消えていく。女が泣いているような呼び声が遠くから伝わってきた。かすれた声は静まり返った闇夜に突然響き渡り、記憶の中の幼いぼくはブルブルと震えていた。

ぼくは自分を見た。一人の子どもが驚いて、恐怖のあまり目を大きく見開いている。その顔は暗闇の中で判然としない。女の呼び声は長く続いた。ぼくはびくびくしながら、別の声が早く聞こえることを期待していた。女の呼び声に応え、泣いている女をなだめる声だ。しかし、それは聞こえなかった。いま、ぼくは当時の自分が恐怖を抱いた理由を知っている。呼びかけに応える声が聞こえなかったせいだ。孤独で寄る辺のない呼び声ほど、人を戦慄《せんりつ》させるものはない。しかも、それは雨の日の果てしない闇夜に響き渡ったのだ。

それにすぐ続く記憶は、河辺の草地からやってくる数頭の白い子羊である。明らかに、これは白昼のイメージだ。その前の記憶に対する不安を拭い去ってくれた。ただ、このイメージを獲得したとき、自分がどの位置にいたのかは、はっきりしない。

おそらく数日後、ぼくは女の呼びかけに応える声を聞いた。それは夕方で、激しい雨がやんだばかり、空の黒雲は濃い煙のようだった。ぼくは家の裏の池のほとりにすわっていた。しっとりとした風景の中、見知らぬ男が近づいてきた。男は黒い服を着ている。近づくにつれて、服は曇り空の下で、旗のように風にひるがえった。この光景が迫るにつれて、ぼくの心にあの女の呼び声がよみがえった。見知らぬ男の鋭いまなざしが、遠くからずっとぼくを注視したまま接近してくる。恐怖でいっぱいになったとき、男は向きを変えて畑のあぜ道を歩き、遠ざかって行った。大きな黒い服は風を受けてはためき、パタパタと音を立てている。大人になってから当時を振り返るとき、ぼくはいつも長く、この場所に留まってしまう。自分がなぜ、あのパタパタという服の音を聞いて、闇夜の女の呼び声に対する反応だと考えたのか、不思議でならなかった。

ぼくはあの朝のことを覚えている。それは、すがすがしい朝だった。ぼくは村の子どもたちのあとを追って駆け回り、柔らかい土と風に揺れる青草を踏んだ。そのときの日差しは、ぼくの体に塗られた暖かい色で、まばゆい光ではなかった。ぼくたちは、河辺の子羊のように駆け回った。長い時間がたって、ぼくたちは荒れ果てた廟《びょう》の前にやってきたらしい。巨大なクモの巣がいくつも見えた。

それより先に、遠くからやってきた村の子どもがいたようだ。ぼくはいまでも、その子どもの青白い顔を覚えている。唇を凪に震わせながら、その子どもは言った。

「あっちに死体があるぞ」

死体はクモの巣の下に横たわっていた。見ると、それは昨日の夕方、ぼくに近づいてきた黒い服の男だった。当時の自分の気持ちを懸命に思い出そうとしても、うまくいかない。記憶の中の出来事には、当時の感情が抜け落ちている。残っているのは抜け殻だけだ。いま、そこに込められているのは、現在のぼくの感情だった。見知らぬ男が突然死んでしまったという事実は、六歳のぼくにしてみれば、わずかな驚きに過ぎなかった。衝撃を引きずるようなことはない。男は湿った土の上に横たわっていた。両目を閉じ、表情は安らかだった。黒い服に泥がついている。まるで、あぜ道に点々と咲いている、くすんだ色の名も知れぬ花のようだ。ぼくは初めて死体を見た。男は眠っているみたいだった。これは六歳のぼくの偽らざる感想である。なんと、死ぬというのは眠りにつくことなのだ。

それ以降、ぼくは暗い夜がとても恐ろしくなった。目の前に、自分が村の入口の道に立っている姿が浮かぶ。夜の帳《とばり》が洪水のように押し寄せてきて、ぼくの目を呑《の》み込み、すべてを呑み込んでしまった。とても長い間、ぼくは暗いベッドに横たわったまま、眠ろうとしなかった。あたりの静けさが、ぼくの恐怖を限りなく拡大する。ぼくは何度も睡魔と格闘した。相手が強い力で引きずり込もうとするのに対して、ぼくは必死で抵抗した。あの見知らぬ男のように、眠りについたまま二度と目を覚まさないことを恐れた。しかし最後は疲れのあまり、仕方なく静かに眠ってしまった。翌朝、目が覚めたとき、ぼくは自分がまだ生きていることに気づいた。陽光がドアの隙間から漏れているのを見て、とてもうれしかった。ぼくは救われたのだ。

六歳のときの最後の記憶の中で、ぼくは駆け回っている。町の造船所の昔日の栄華がよみがえった。初めて製造されたコンクリート船が、南門《ナンメン》の河までやってきたのだ。ぼくは兄と一緒に河辺へ走った。あのころの日差しはとても鮮やかで、若かった母の姿を照らし出した。母の青い格子柄のスカーフが秋風に揺れている。弟は母の胸に抱かれ、不思議そうに目を大きく見開いていた。大声で笑う父は、裸足《はだし》であぜ道に上がった。なぜ、軍服を着た大柄な男が現れたのだろう？　一枚の木の葉が林に舞い降りるように、その男はぼくの家族の中に割り込んできた。

河辺は立錐《りっすい》の余地もない。兄はぼくを連れて、大人のズボンの股の間にもぐり込む。騒がしい声が、ぼくたちを包んだ。ぼくたちは河辺に到達し、二人の大人のズボンの股の間から頭をのぞかせた。そして二匹のカメのように、首を左右に伸ばした。

感激のときが、賑《にぎ》やかな銅鑼《どら》と太鼓の音につれてやってきた。両岸の人たちの歓声の中、近づいてくるコンクリート船が見えた。船には何本も長いロープが架け渡され、色とりどりの紙が飾られている。美しい花が空中に咲き乱れているかのようだ。十数人の若い男が、船の上で銅鑼と太鼓を打ち鳴らしている。

ぼくは兄に向かって叫んだ。「兄さん、この船は何でできているの？」

兄はこちらを向いて、同じように大声で答えた。「石でできている」

「どうして沈まないの?」

「バカだな」兄は言った。「ロープで吊《つ》るしてあるじゃないか」

軍服を着た王立強《ワン・リーチアン》は、この場面に突然現れた。そして、ぼくの南門に関する記憶を五年間にわたって中断させた。この大柄な男は、ぼくの手を引いて南門をあとにした。ポッポッという音を響かせる汽船に乗って、長い河を航行し、孫蕩《スンダン》という町へ向かった。ぼくはまだ、両親が自分を他人に引き渡したことを知らなかった。どこか面白いところへ遊びに行くのだと思っていた。あの小道で、ぼくは病身の祖父とすれ違った。心配そうな祖父のまなざしに対して、ぼくは得意げに言った。

「あんたと話をしている暇はないんだ」

五年後、ぼくは一人で南門に帰ってきたときも、その小道で祖父と出会った。


ぼくが家に帰って間もなく、蘇《スー》という一家が町から南門に引っ越してきた。ある夏の朝、蘇家の二人の息子は屋内から小さいテーブルを持ち出し、木陰に置いて朝ご飯を食べ始めた。

これは、ぼくが十二歳のときに見た光景である。二人の町の少年は、店で買った上着とズボンを身につけていた。一人で池のほとりにすわっていたぼくが穿《は》いていたのは、手製の木綿の半ズボンだ。その後、ぼくは十四歳の兄が九歳の弟を連れて、蘇家の息子たちのところへ行くのを見た。兄と弟もぼくと同様、上半身裸で、日差しを浴びた黒い体は、まるで二匹のドジョウのようだった。

これより前に、ぼくは兄が広場のほうで叫ぶ声を聞いた。「町の連中が何を食っているか、見に行こうぜ」

広場にいた多くの子どもたちの中で、兄と一緒に見知らぬ人のところへ行こうとしたのは、九歳の弟だけだった。兄は顔を上げ、大股で歩いて行った。なんと勇ましいことか。弟は小走りで、あとを追った。二人が手に提げていた草刈り用のカゴはずっと、ゆらゆら揺れていた。

二人の町の少年は持っていた碗《わん》と箸を置き、警戒の目で兄と弟を見た。兄と弟は足を止めず、偉そうにテーブルの前を通り過ぎ、町の人の家の裏を回って戻ってきた。兄に比べると、弟の偉そうな態度は明らかに見せかけのものだった。

二人が広場に帰ったあと、兄の声が聞こえた。「町の連中も漬け物を食っていたぞ。おれたちと同じだ」

「肉はないの？」

「あるもんか」

弟がそこで、訂正を加えた。「あいつらの漬け物には油がかかっていた。うちの漬け物とは違う」

兄は弟を突き飛ばした。「あっちへ行け。油がどうした。うちにだってあるぞ」

弟は続けた。「あれはゴマ油だった。うちにはないよ」

「おまえに何がわかる」

「匂いがしたんだ」


ぼくが十二歳のときに王立強が死んだため、ぼくはたった一人で南門に戻ってきた。だが、再び養子としての生活が始まるような気がした。そのころ、ぼくはずっと奇妙な感覚を抱いていた。王立強と李秀英《リー・シウイン》こそが本当の両親で、南門の家族は与えられたものに過ぎないように思えた。この距離感と違和感は、あの大火事から始まった。ぼくが祖父と偶然出会い、一緒に南門に帰ったとき、ぼくの家の屋根はちょうど炎に包まれていたのだ。

この偶然によって、父はその後、ぼくと祖父をつねに疑いの目で見た。まるで、ぼくたちがあの災難をもたらしたかのように。ぼくがたまたま祖父と一緒に立っていると、父はイライラして大声を上げた。建て直したばかりの茅ぶきの家が、また火事になると思っているようだった。

祖父は、ぼくが南門に帰った翌年に死んだ。祖父がいなくなると、父は疑いを放棄したが、家庭内におけるぼくの境遇が改善されることはなかった。兄がぼくを嫌悪したのは、父の影響だろう。ぼくが近づくと、兄はすぐにぼくを追い払った。ぼくと兄弟の距離は広がる一方だった。村の子どもたちはいつも兄と一緒にいたので、ぼくは彼らとも疎遠になった。

しばらくの間は、王立強の家での生活と孫蕩の幼なじみの思い出に浸《ひた》るしかなかった。ぼくは無数の楽しい出来事を思い出したが、同時に悲しみから逃れることができなかった。ぼくは一人で池のほとりにすわり、過去の時間の中で、つらい旅をしていた。ぼくが一人で微笑《ほほえ》んだり、涙に暮れたりしているのを見て、村の人たちはびっくりした。彼らはますます、ぼくを変人と見なした。のちに父が人とケンカをしたとき、ぼくは相手の攻撃材料になった。あんな息子を生んだのだから、親もろくでなしに決まっているというのだ。

南門で過ごした日々において、兄は一度だけ、ぼくに許しを求めた。鎌でぼくを切りつけ、顔じゅう血だらけにしたときだ。

その事件は、家の羊小屋で起きた。最初、頭に衝撃を受けた段階では、何が起きたのかわからなかった。兄の態度が急に変化したと思っただけだ。その後、ぼくは血が顔に流れるのを感じた。兄は戸口をふさぎ、慌てた様子で、ぼくに血を洗い流すように言った。ぼくは兄を押しのけ、村の外の畑にいる父のもとへ向かった。

そのとき、村の人たちはみな、野菜畑に肥やしを撒《ま》いていた。かすかな糞便《ふんべん》の臭いが、そよ風に運ばれてくる。ぼくが畑の近くまで行くと、数人の女が驚いて声を上げた。母がこちらに向かって走ってくるのが、ぼんやり見えた。母が近づいてきて何か尋ねたが、ぼくは答えず、そのまま父のもとへ向かった。

父は長い肥柄杓《こえびしゃく》を桶《おけ》から持ち上げ、空中で止めたまま、歩いてくるぼくを見ていた。

ぼくは自分の声を聞いた。「兄貴にやられた」

父は肥柄杓を投げ出し、あぜ道に上がると、早足で家に帰った。

だが、ぼくは知らなかった。ぼくが立ち去ったあと、兄はなんと弟の顔を切りつけたのだ。弟が声を上げて泣こうとしたとき、兄は事情を説明し、許しを求めた。兄の懇願は、ぼくには通用しなかったが、弟の反応は違った。

家に帰ってみると、兄は懲罰を受けていなかった。父は縄を手にして、ニレの木の下でぼくを待っていた。

弟の嘘《うそ》の証言によって事実は改竄《かいざん》され、ぼくが先に弟を傷つけ、それから兄がぼくを血だらけにしたことになっていた。

父はぼくを木に縛りつけ、殴打した。これは一生忘れられない記憶だ。ぼくが殴打されているとき、村の子どもたちは面白がって、周囲で見物していた。兄と弟が得意げに、その場を取り仕切った。

それ以来、ぼくは国語の宿題ノートの最後のページに、大小の丸を記すことにした。父と兄に殴られた回数の記録だった。

ずっと後まで、ぼくはこのノートを保存していた。しかし、古びたノートがカビ臭くなるにつれて、復讐《ふくしゅう》を誓った当初の気持ちは薄れ、代わりに少し意外さを感じた。そして、ぼくは南門のヤナギの木を思い出した。初春の朝のことだった。ぼくは突然、枯れ枝に意外にも緑の新芽がたくさん出ていることに気づいた。これは美しい情景に違いない。数年後、この記憶がよみがえり、昔の屈辱を思い出させるノートと結びついた。それが記憶というものだろう。記憶が俗世の恩讐《おんしゅう》を超えて、単独でよみがえったのだ。

家庭におけるぼくの立場がますます悪くなったころ、また事件が起きた。それが原因で、ぼくと家族の間には永遠に解消できない溝が生まれた。ぼくは家庭だけでなく、村じゅうで評判を落とした。

村の王《ワン》一家の自留地〔自家用の自由耕作地〕は我が家の自留地に隣接していた。王家の二人の兄弟は、村でいちばん腕っぷしが強かった。そのころ、王家の長男はすでに結婚し、いちばん上の子どもはぼくの弟と同い年だった。自留地の争いは、南門でよくあることだ。そのときの争いの具体的な理由は、もう覚えていない。記憶にあるのは、ある日の夕方、ぼくが池のほとりにすわって両親と兄弟が王家の家族六人と言い争うのを見ていたということだけだ。うちの家族は明らかに劣勢で、声の大きさでも負けていた。特に弟は、王一家の同い年の子どもと比べて、相手を罵倒するときの言葉がはっきりしない。村人のほとんどが集まって、そのうちの何人かが仲裁に入ったが、双方から押しのけられた。その後、父が突然、殴りかかった。しかし、王家の次男の王躍進《ワン・ユエジン》に腕をつかまれ、逆に殴られて田んぼに落ちた。父は悪態をつき、ずぶ濡《ぬ》れのまま這《は》い上がろうとしたが、王躍進に蹴飛ばされ、また田んぼの中に落ちた。父は何度も這い上がろうとして、その都度蹴り落とされた。母が悲鳴を上げて、王躍進に向かって突進して行った。王躍進がひょいと押し返すと、母も田んぼに落ちた。両親は水の中に投げ込まれたニワトリのように、慌てふためき、もがいていた。二人がからみ合っている恥ずかしい光景を見て、ぼくはつらくなり、頭を下げた。

その後、兄が包丁を振りかざし突進して行った。弟が鎌を手にして、すぐあとに続いた。兄は持っていた包丁で、王躍進の尻を切りつけようとした。

これで状況は劇的に変わった。さっきまで強そうだった王家の兄弟は、兄の包丁に追われて、あたふたと家に逃げ帰った。兄が彼らの家の前まで追って行くと、王家の兄弟はそれぞれ魚を捕らえるためのヤスを手にして、兄に狙いをつけた。兄は包丁を振り回して、ヤスを撃破した。王家の兄弟はヤスを投げ出し、命知らずの兄の前から逃走した。

弟は兄の勢いに励まされて、鎌を振り上げ、ワーワーと叫んだ。これもまた勇ましい。しかし、走り出すとバランスを崩し、自分の足と足がからまって何度も転んでしまった。

この争いの間、ぼくはずっと池のほとりで傍観していた。それで、父を支持する村人も、父に反対する村人も、さらには王家の人たちも、世の中にぼくほどの悪人はいないと思った。家庭内でのぼくの立場も、想像がつくだろう。一方、兄は誰もが認める英雄となった。

一時期、ぼくはよく池のほとりにすわって、あるいは草刈りの合間に、蘇家の様子をひそかに観察した。二人の町の子どもは、なかなか出てこない。外出するとしても、せいぜい村の入口にある肥溜《こえだ》めまでで、すぐに戻ってきた。ある日の午前、ぼくは彼らが出てくるのを見た。家の前の二本の木の間に立ち、何かを指さして話をしている。その後、一本の木の下へ行き、兄がしゃがみ、弟がその背中に乗った。兄は弟を背負って、もう一本の木の下まで移動する。次は弟が兄を背負って、もとの木の下まで移動した。二人の子どもはこの動作を繰り返し、片方が片方の背中に乗るたびに楽し気な笑い声が聞こえた。兄弟二人の笑い声は、とてもよく似ていた。

その後、町から三人の左官屋が、赤いレンガを載せた二台の荷車を引いて、やってきた。蘇家の前に塀が築かれ、二本の木も塀の中に囲われたため、ぼくはもう蘇家の兄弟の感動的な遊びを見ることができなくなった。だが、いつも塀の中から笑い声が聞こえたので、彼らの遊びが続いているのがわかった。

彼らの父親は町の病院の医者だった。ぼくはよく、この肌の白い、優しい声の医者が仕事を終えて、あの小道を悠然と歩いてくるのを見かけた。一度だけ医者は徒歩ではなく、病院の自転車に乗って、その小道に現れた。そのとき、ぼくは青草をいっぱい詰めたカゴを持って帰るところだった。背後から聞こえたベルの音に、ぼくは驚いた。医者は大声で、二人の息子の名前を呼んだ。

蘇家の兄弟は家から出てきて、目の前の光景に歓声を上げ、小躍りした。彼らは大喜びで、自転車のほうへ突進した。彼らの母親は塀の前に立ち、微笑みながら家族を見ていた。

医者は二人の息子を乗せて、あぜ道を走って行った。自転車に乗った二人の子どもは、感動的な大声を上げた。前に乗った弟は、ひっきりなしにベルを鳴らす。この情景を見た村の子どもは、羨ましくてならなかった。

ぼくは十六歳のとき、高校一年生になって、初めて家族という言葉を理解しようと思った。南門の家族と孫蕩の王立強の家族の間でしばらく悩んだが、最終的にはこの情景によって、理解が定まった。

その医者を初めて知ったのは、自留地をめぐる争いが起こる前だった。

それは、ぼくが南門に戻って、わずか数か月のころだ。祖父はまだ健在で、ぼくたちの家に一か月滞在したあと、叔父の家に移った。ぼくは数日、高熱が続き、口が渇き、頭がボーッとした状態で、ベッドに横たわっていた。ちょうど、ぼくたちの家のメスの羊が出産間近だったため、家族はみんな羊小屋へ行ってしまった。ぼくは一人きりで横たわっていた。家族のざわめく声が、ぼんやりと耳に届く。ときおり、兄弟たちの鋭い叫び声も聞こえた。

その後、母が枕もとにやってきて、何か言うと出て行った。母が再び現れたとき、そばに誰かが立っていた。それが医者の蘇さんだった。医者はぼくの額にしばらく手を置いたあと、こう言った。「三十九度はある」

二人が出て行ったあと、羊小屋のほうから聞こえる声が大きくなった。先ほど医者の手が額に触れたとき、ぼくは親しみと感動を覚えた。間もなく、部屋の外で蘇家の二人の子どもの声がした。あとで知ったのだが、彼らはぼくの薬を届けてくれたのだった。

病状が好転すると、ぼくの心の中に潜んでいた、子どもが大人に抱く恋しさが強まった。六歳のときに南門を離れるまで、ぼくと両親は仲睦《なかむつ》まじかった。その後、孫蕩での五年間も、王立強と李秀英がぼくに大人の愛情を注いでくれた。しかし南門に帰ってきてから、ぼくはあっという間に頼る相手がいなくなってしまった。

最初のうち、ぼくは医者が仕事のあと帰宅する道の途中で待っていた。彼の姿が遠くに見えると、ぼくは彼が近づいてきて親しげに声をかける場面を想像した。同時に、彼がまた大きな手を額に当ててくれることを期待した。

ところが、医者はぼくに気づかなかった。いま思い返してみれば、彼はぼくが誰なのか、なぜそこに立っているのか、まるで関心がなかったのだ。彼はいつも、そそくさと通り過ぎた。たまにぼくをチラッと見ることもあったが、それは赤の他人が赤の他人を見るまなざしだった。

医者の二人の息子、蘇宇《スー・ユー》と蘇杭《スー・ハン》は、間もなく村の子どもたちの仲間に入った。その日、ぼくの兄弟はあぜ道で草刈りをしていた。蘇家の二人の子どもがためらいがちに近づいて行くのをぼくは見た。彼らは歩きながら、何か相談している。ぼくの兄、自分がすべてを取り仕切れると思い込んでいた兄が、彼らに向かって鎌を振りかざして叫んだ。「おい、草刈りをしたいのか?」

蘇宇は南門での短い生活の中で、一度だけぼくに話しかけてきた。いまでも彼の恥ずかしそうな顔を覚えている。彼の笑顔には、明らかに怯《おび》えが感じられた。彼はぼくに尋ねた。「きみは孫光平《スン・グアンピン》の弟なの?」

蘇一家は南門に二年しかいなかった。彼らが引っ越す日の午後は曇り空だったことを覚えている。家具を載せた最後の荷車は医者が引っぱり、二人の子どもが左右両側から押した。母親は細々《こまごま》した品物を入れたカゴを二つ手に提げて、あとからついて行った。

蘇宇は十九歳のとき、脳の血管が破裂して死んだ。ぼくが訃報を受けたのは、翌日の午後だった。その日、ぼくは学校から帰る途中、かつて蘇一家が住んでいた家を通りかかると、悲しみが湧いてきて、顔じゅうを涙で濡らした。


ぼくの記憶によれば、兄は高校入学後、すっかり別人になった。いま思うと、十四歳のときの兄がとても懐かしい。当時の兄は横暴だったが、自尊心の強さも尋常ではなかった。ぼくの兄弟があぜ道にすわり、蘇家の兄弟に命じて草刈りをさせている。この光景は長い間、兄のイメージを象徴するものとなった。

兄は高校に入学して間もなく、町の同級生たちと付き合いを始めた。それと同時に、村の子どもたちに対する兄の態度がしだいに冷淡になった。町の同級生が次々に我が家を訪れるようになるにつれて、両親は誇らしい気持ちがした。村の長老たちも、子どもたちの中でいちばん見込みがあるのはぼくの兄だと断言した。

その当時、しばしば二人の町の若者が早朝から村にやってきて、大声で叫んだ。彼らの声は高さが一定しない。特に声を張り上げたときは、なんとも恐ろしい。村人たちは最初、化け物が出たのかと思った。

このことは兄に強い印象を残した。あるとき、兄は暗い顔をして言った。「おれたちが町の人になろうとしているとき、町の人は歌のプロを目指している」

兄は明らかに、村の子どもたちの中で真っ先に現実の警告を受け入れた。兄は自分の一生が町の同級生に及ばないことを予感した。これは兄が抱いた初めての劣等感だった。実際のところ、兄が町の同級生と付き合ったのは一貫した自尊心の延長だった。町の同級生がやってくることで、村の中における兄の地位は間違いなく向上した。

兄の最初の恋愛は、高校二年のときに始まった。兄が好きになったのは、体格のよい女生徒で、町の大工の娘だった。ぼくは兄が学校の片隅で、学生カバンから取り出した瓜子《グアズ》（スイカやカボチャの種を炒《い》ったもの）の包みをこっそり彼女に渡しているところを何度も目撃した。

彼女はいつも我が家の瓜子をかじりながら、運動場に現れた。彼女が瓜子の殻を吐き出すときの勇ましい様子は、子どもをたくさん産んだ母親のようだった。瓜子の殻を吐き出したあと、彼女の口もとからよだれが垂れているのを見たこともある。

そのころ、兄は友だちと女の話をするようになった。ぼくは家の裏の池のほとりにすわり、それらの耳新しい話を盗み聞きした。乳房、太腿《ふともも》などの赤裸々な言葉を耳にして、ぼくは胸がドキドキした。その後、彼らは自分の経験を語り始めた。兄は最初、口をつぐんでいたが、町の同級生たちにそそのかされて、あの女生徒との関係を語った。兄は、絶対に秘密を守るという彼らの約束を信じていたので、思いつきの話をでっち上げた。明らかに兄は、あの女生徒との関係を誇張していた。

それから間もなく、あの女生徒は数人の勇ましい仲間を引き連れて運動場の中央に立ち、兄を呼び出した。

ぼくは、兄が不安そうに近づいて行くのを見ていた。兄は何かが起こることを予想していたのだろう。怖がっている兄を目にするのは初めてだった。

彼女は尋ねた。「私があんたに気があるって言ったの?」

兄は顔を真っ赤にした。そのとき、ぼくはもうその場を離れていたので、自信に満ちていた兄が途方に暮れた醜態を見ていない。

女生徒は仲間たちの笑い声に力を得て、食べ残しの瓜子を兄の顔に投げつけた。

この日の放課後、兄はかなり遅く帰宅し、食事もせずに寝てしまった。ほとんど夜通し、ぼくはぼんやりと、兄がベッドの上で寝返りを打つ音を聞いていた。翌日、兄は屈辱を忍んで、いつものように学校へ向かった。

兄は町の同級生たちに裏切られたことを知ったが、それについて怒りを示そうとはしなかった。とがめる素振りすら見せず、彼らとの親密な付き合いを続けた。兄がそうしたのは、村の人たちに同級生が急に来なくなったと思わせたくないからだ。ところが、兄の努力は最終的に失敗する。彼らは高校卒業後、続々と仕事に就き、以前のように暇がなくなった。それで兄は、彼らに捨てられるときを迎えたのだ。

町の兄の同級生が我が家を訪れなくなったあと、ある日の夕方に、意外にも蘇宇がやってきた。引っ越しのあと、蘇宇が南門を訪れたのはそれが初めてだった。そのとき、ぼくと兄は野菜畑にいた。食事の支度をしていた母は蘇宇を見て、兄に会いにきたのだと思った。母が村の入口に立ち、興奮した様子で兄を呼んだ光景は、いま思い出しても感動的だ。

兄があぜ道をたどって家に戻ると、蘇宇はまず、こう尋ねた。

「孫光林《スン・グアンリン》は?」

そこで母は驚き、蘇宇がぼくを訪ねてきたことを知った。兄は冷静で、気軽な口調で蘇宇に告げた。

「野菜畑にいるよ」

蘇宇は、母や兄と話をすることもなく、礼儀を無視してすぐに野菜畑へ向かった。

蘇宇がぼくに会いにきたのは、就職が決まったことを報告するためだった。彼は化学肥料工場へ行くことになった。ぼくたちはあぜ道にすわり、夕風の中、蘇一家が住んでいた家屋を一緒に見ていた。蘇宇が尋ねた。

「いまは誰が住んでるの?」

ぼくは首を振った。その家から出てくる少女と両親をよく目にしていたが、ぼくはそれが誰なのか知らなかった。

蘇宇は日が暮れてから帰って行った。ぼくは、彼が背中を丸めて町へ続く道に消えるのを見ていた。ところが一年もしないうちに、彼は死んでしまった。

ぼくが高校を卒業したとき、大学入試は復活していた〔文化大革命中は中断〕。ぼくは大学に合格したが、蘇宇が就職の報告にきたように、彼にそれを伝えに行くことはできなかった。以前、町の通りで蘇杭を見かけたことがある。蘇杭は自転車に乗り、友人たちと楽しそうに語らいながら、ぼくのわきを走り抜けて行った。

ぼくは大学を受けることを家族に言わなかった。受験料も、村の友だちに借りた。一か月後、その金を返しに行ったとき、友だちは言った。

「おまえの兄さんが、もう返してくれたよ」

それを聞いて、ぼくは驚いた。合格通知が届くと、兄はぼくのために必要なものを用意してくれた。そのころ、父はすでに、はす向かいの家の未亡人と深い仲になっていた。父はしばしば夜中に未亡人の布団を抜け出し、母の布団にもぐり込んだ。家のことにかまう余裕などない。兄がぼくのことを告げると、父は面倒くさそうに大声を上げた。

「なに？　まだ勉強を続ける？　虫のいい話だ」

だが父は、ぼくを永遠に厄介払いできると知ると、明らかに上機嫌になった。

母のほうが少し賢かった。ぼくが家を出るまでの間、母はずっと不安そうに兄を見ていた。むしろ兄に、大学に行ってほしかったのだ。大学に入れば町の人になれることを母は知っていた。

バス停まで見送ってくれたのは、兄だけだった。兄がぼくの布団包みを担いで前を行き、ぼくはすぐあとに続いた。途中、二人とも口をきかなかった。数日来の兄の行動に感激していたぼくは、機会を見つけて感謝の気持ちを伝えたいと思っていたが、沈黙の中で口を開くのは難しかった。バスが動き出したとき、ぼくは唐突に言った。

「まだ一元、借りがあった」

兄は怪訝《けげん》そうに、ぼくを見つめた。

ぼくは説明した。「受験料のことだよ」

兄は意味を理解した。兄の目に悲哀の色が浮かんだ。

ぼくは言葉を続けた。「きっと返すからね」

バスが動き出すと、ぼくは窓から顔を出して兄を見た。兄はバス停のわきの木の下に立ち、ぼくの乗ったバスが遠ざかるのを呆然《ぼうぜん》と見ていた。

間もなく、南門の土地が県に接収され、紡績工場が建設された。村の人たちは一夜にして、全員が都市住民の端くれになったのだ。ぼくは遥か遠くの北京にいたけれども、彼らの興奮と感激を想像することができた。泣きながら工場に移った人もいたらしいが、それはうれし涙だろう。

倉庫番の羅《ルオ》じいさんだけは、持論を曲げなかった。

「工場なんて、いずれはつぶれるさ。でも農家はつぶれないからな」

ところが、数年後に帰郷したとき、町の路地で羅じいさんに出会った。ボロボロの服を身にまとった羅じいさんは、得意げにこう言った。

「いまは年金をもらっているんだ」

ぼくは南門を去ってからも、故郷に親しみを持たなかった。長期にわたって、ぼくは自分の考えに固執していた。昔を振り返ったり故郷を懐かしんだりするのは、現実に行き詰まって、気持ちを落ち着かせようとする行為に過ぎない。ある種の感慨が湧いたとしても、それは見かけだけのことだ。あるとき、若い女性が決まりきった質問をして、ぼくに幼年時代と故郷のことを尋ねた。ぼくは怒りを爆発させて言った。

「とっくに縁を切った現実をなぜ無理やり受け入れさせようとするんだ?」

南門に懐かしむ価値のある場所があるとすれば、それはあの池にほかならない。南門が接収されたと知ったとき、最初に心配したのは池がどうなるかということだった。あのぬくもりを感じた場所が、蘇宇が埋葬されたように埋葬されてしまったと思ったのだ。

十数年後、ぼくは久しぶりに帰郷し、ある夜、一人で南門を訪れた。工場地帯となった南門は、もう夜風の中に肥やしの臭いが漂うことはない。農作物が風に揺れる音も聞こえなかった。すべてが完全に変わっていたが、かつての家と池の位置は正確に見極めることができた。その場所に足を運ぶと、思わず胸が高鳴った。月の光の下、かつての池が依然としてそこにあるのが見えた。池を突然目にして、ぼくは別の感情に襲われた。記憶の中の池は、いつもぬくもりを与えてくれた。しかし、いま目の当たりにすると、過去の現実が呼び覚まされた。水面に浮かぶ汚物を見て、ぼくは池が慰めを与える存在ではないことを知った。より正確に言うなら、それは過去の印なのだ。ぼくの記憶から消えていないだけでなく、しっかり南門の土地に残っている。永遠に、ぼくに警告を与えるために。

婚礼

池のほとりにすわっていた時代、ぼくは馮玉青《フォン・ユーチン》という女の子が発散する青春の息吹《いぶき》に、ずっと憧れていた。彼女はいつも桶を手に提げて、慎重な足取りで井戸端に現れた。その慎み深い様子を見て、ぼくは彼女が井戸端の苔《こけ》で滑って転ぶのではないかと心配した。桶を井戸に投げ入れて腰をかがめると、彼女のお下げ髪が胸の前に垂れる。揺れ動くお下げの美しさに、ぼくは見とれてしまった。

ある年の夏、それは馮玉青が南門《ナンメン》にいた最後の夏だった。ぼくは昼どきに現れた馮玉青を見て、いつもと違う感覚を抱いた。当時の彼女は花柄のシャツを着ていて、服の中で乳房が揺れるのがわかった。その情景は、ぼくの頭をしびれさせた。数日後、ぼくが通学途中に彼女の家の前を通りかかったとき、この豊満な女の子はちょうど戸口に立ち、朝日を浴びながら髪をとかしていた。

彼女の首は、かすかに左を向いている。昇ったばかりの太陽の光が、清らかな首から美しい体の曲線を伝って流れ落ちていく。両腕を高く上げていたので、色の薄い腋毛《わきげ》が朝風になびいているのがはっきり見えた。二つの情景が相次いで現れたため、その後ぼくは馮玉青に出会うたび、まともに相手を見られなくなった。胸に秘めた彼女への思いは、もはや単純なものではあり得ない。初めての生理的な欲望が、体の中に湧き起こっていた。

驚いたのは、兄・孫光平《スン・グアンピン》が数日後の夜に取った行動だ。月の明るい夜、十五歳の兄は明らかに、ぼくよりも早く馮玉青の体から発散される誘惑に気づいていた。孫光平は井戸で水を汲《く》んで帰る途中、馮玉青に出くわした。二人がすれ違った瞬間、孫光平の手は突然、馮玉青の胸に伸び、またすぐに引っ込んだ。孫光平は急ぎ足で家に向かったが、馮玉青は相手の行為に驚いて、その場に立ち尽くしていた。彼女はぼくを見て、ようやく正気を取り戻し、井戸端へ水を汲みに行った。彼女は水を汲んでいるとき、垂れてくるお下げをしきりに払いのけていた。

それから数日間、ぼくは馮玉青がきっと訪ねてくると思っていた。少なくとも彼女の両親が怒鳴り込んでくるだろう。その間、孫光平はずっと不安そうに目を戸外に向けていた。恐れていた事態に至らなかったので、兄はようやく普段の元気を取り戻した。ぼくはその後、兄と馮玉青が遭遇した場面を目撃したことがある。兄は媚《こ》びるような笑顔を見せたが、馮玉青は顔を青くして足早に立ち去った。

ぼくの弟・孫光明《スン・グアンミン》も、馮玉青の誘惑に気づいた。十歳の弟に生理的な目覚めはまだなかったが、通りかかった馮玉青に向かって叫んだのだ。

「デカパイ」

ぼくの薄汚れた弟は、そのとき地べたにすわり、何の変哲もないレンガの破片をもてあそんでいた。馮玉青を見てバカ笑いし、口もとによだれを垂らしながら。

馮玉青は顔を真っ赤にして、うつむいたまま家路を急いだ。口をかすかにゆがめ、笑顔を見せることを懸命にこらえていた。

この年の秋、馮玉青の運命に本質的な変化が生じた。ぼくは、はっきり覚えている。その日の昼、授業が終わって帰宅する途中、木の橋を渡るときに、まるで別人のような馮玉青を見た。彼女は野次馬に取り囲まれ、王躍進《ワン・ユエジン》の腰にしがみついていた。この情景は、ぼくに強い衝撃を与えた。憧れの的だった少女が、呆然として周囲の人たちを見つめている。彼女の目には、哀願と苦悩の色が浮かんでいた。野次馬たちのまなざしには、あるべき同情が見られない。彼らを支配しているのは好奇心だった。抱きつかれた王躍進は、うれしそうに野次馬たちに言った。

「見ろよ。下品な女だ」

人々が笑っても、彼女は動じなかった。表情はますます険しく、一歩も譲ろうとしない。彼女はしばらく目を閉じた。その瞬間、ぼくは複雑な気持ちになった。彼女がしがみついているのは、他人の体の一部だ。いずれは手を放すことになるだろう。しかし、いま思い出してみると、彼女が抱きついていたのは人ではなく、空気だったような気がする。馮玉青は名誉を失うことも辞さず、恥を忍んで空虚なものにしがみついたのだ。

王躍進は脅したり、すかしたり、様々な手段を試みた。馮玉青は罵声を浴びても、笑いものにされても、手を緩めなかった。王躍進は困り果てた顔をして言った。

「こんな女がいるなんて」

いくら王躍進に侮辱されても、馮玉青は終始反論しなかった。他人の同情を集めることはできないと知っていたのかもしれない。彼女は視線を河の水のほうに向けた。

「いったい、どうしろと言うんだ?」

王躍進は大声で叫び、怒りに任せて彼女の両手を引きはがそうとした。馮玉青は向き直り、歯を食いしばって耐えた。

努力が報われなかったので、王躍進の声は小さくなった。

「言ってくれよ、何をしてほしいのか」

そのとき、馮玉青はようやく小声で言った。

「一緒に病院に行って。検査を受けるから」

馮玉青は少しも恥じらうことなく、そう言った。彼女の声は異常に冷静で、目標を見つけて心が落ち着いたようだった。このとき、彼女はぼくをチラッと見た。その視線によって、ぼくは体に震えを感じた。

王躍進が言った。

「まずは手を緩めてくれないと、一緒に行けないじゃないか」

馮玉青はしばらく躊躇《ちゅうちょ》したあと、手を緩めた。解放された王躍進は、さっと駆け出した。遠くまで行って振り返り、彼は叫んだ。

「おまえ一人で行け」

馮玉青は少し眉をひそめ、逃げて行く王躍進を見ていた。そのあと、視線を周囲の野次馬に向け、さらにぼくのほうを見た。彼女は王躍進を追いかけることなく、一人で町の病院へ向かった。授業が終わって帰ってきた村の子どもたちは、病院までついて行った。ぼくは木の橋の上に立ち、彼女が遠ざかるのを見ていた。馮玉青は歩きながら、乱れたお下げをほどいた。長い黒髪を指でとかし、お下げを結い直した。

いつもは恥ずかしがり屋なのに、そのときの彼女は落ち着いていた。内心の不安は、青白い顔に少し浮かんでいるだけだった。馮玉青は、すべてを見限っていた。病院の受付で、彼女はまるで既婚者のように、平然と婦人科の診察を申し込んだ。婦人科で呼ばれたあとも、平然として医師の質問に答え、要求を告げた。

「妊娠検査をお願いします」

医師はカルテに「未婚」と記されているのを見て、尋ねた。

「結婚していないの?」

「はい」彼女はうなずいた。

ぼくは村の少年三人と一緒に、彼女が茶色のガラス瓶を持って便所へ行くのを見ていた。出てきたときの彼女の顔は厳粛だった。尿検査の結果を待つ間、彼女は病人のように廊下のベンチにすわり、両目を検査室の窓口に向けて放心していた。

その後、自分が妊娠していないと知ってから、彼女は冷静さを失った。病院の外のコンクリートの電柱の下へ行って体を預け、両手で顔を覆って泣き出した。

彼女の父親は若いころ、一気に焼酎を半升飲み干す酒豪だった。年老いてもなお、三合はいけた。その日、夕日が西に沈むころ、彼は王躍進の家の前に立ち、地団駄《じだんだ》を踏みながら大声で怒鳴った。罵声は夕風に乗って、村じゅうに響き渡った。だが、村の子どもたちは、彼のあらゆる罵詈雑言《ばりぞうごん》よりも、悔しげな泣き言に魅了された。

「おれの娘を傷物にしやがった」

夜中になっても、子どもたちはいつも垂らしている洟《はな》のように、この泣き言を忘れなかった。その後は馮玉青の父親の姿を見かけると、必ず声を合わせて叫んだ。

「おれの娘を傷物にしやがった」

ぼくが目にした婚礼の中で、王躍進のものがいちばん忘れがたい。彼は体の大きい青年で、かつて包丁を持った孫光平に追いかけられて逃げ回ったことがある。その日の朝は真新しいカーキ色の人民服を着て、町から来た役人のように顔の血色がよかった。間もなく、河を渡って花嫁を迎えに行こうとしていた。彼の家族もみな、婚礼の準備で忙しかった。彼自身は新しい服を着てしまったので、何もすることがない。ぼくが通学の途中に通りかかったとき、彼はちょうど村の若者を説得していた。一緒に花嫁を迎えに行ってほしいと頼んでいたのだ。

「おまえしかいないんだよ。まだ結婚していないのは」

その男は言った。「おれはもう童貞じゃないぜ」

彼の説得は、まるで恒例行事のように型どおりだった。相手も行きたくないわけではなく、退屈しのぎにもったいぶっているだけなのだ。

この婚礼では、二頭の豚と数十匹の草魚《そうぎょ》が、村の広場でさばかれた。豚の血と魚の鱗《うろこ》が午前中いっぱい、広場を汚していたが、ぼくが学校から帰ってきたときにはきれいに清掃され、二十台の円卓が並んでいた。孫光明は顔に魚の鱗をたくさんつけて、体から生臭い匂いを発散させながら、近づいてきた孫光平に言った。

「ぼくの顔にいくつ目があるか、数えてみて」

孫光平は父親をまねて叱りつけた。

「顔を洗いに行け」

孫光平は孫光明の首のうしろの服の襟をつかみ、池のほとりへ連れて行った。孫光明は自尊心を傷つけられ、鋭い叫び声を上げて、兄を罵倒した。

「孫光平、おまえの家族を呪ってやる」

嫁を迎える一行は午前中に出発した。彼らの目的は一致していたが、隊列はだらしなかった。銅鑼、太鼓の音も乱れていた。のちに孫光明の命を奪った河を渡り、王躍進とベッドをともにする相手のもとへ向かった。

隣村からやってきた花嫁は、ぽっちゃりした娘で、恥じらいながら村に入った。村人は彼女がこれまで何度も闇夜に訪れていることを知らないはずだ。花嫁はそう思って、恥じらいつつも堂々としていた。

婚礼の席で孫光明はソラマメを百五十個以上も食べ、その夜は夢を見ながら臭い屁《へ》を連発した。翌日の午前、孫光平にそれを指摘されると、バカ笑いが止まらなくなった。自分がフルーツ味の飴《あめ》を五個食べたことは覚えていたが、ソラマメは数える暇がなかったのだ。孫光明は死の前日、戸口の敷居にすわり、孫光平に村で誰が次に結婚するかを尋ねていた。そして、洟が口に流れ込むのもかまわず、次はフルーツの飴を十個食べるぞと誓った。

ぼくはよく、この早死にした弟を思い出す。あの日の午後、フルーツの飴とソラマメを奪い合ったとき、弟は勇ましかった。王躍進の嫁が竹カゴを手にして現れたとき、最初に突進して行ったのは孫光明ではない。弟はまず地べたに這いつくばったのだ。ソラマメでいっぱいのカゴの中に、フルーツの飴は数十個しかなかった。王躍進の嫁はニワトリに餌をやるように、カゴの中の食べ物を子どもたちに向かって投げた。ぼくの兄・孫光平は拾おうとして、別の子どもの膝蹴りを食らった。気の短い兄は、その子どもに仕返しすることに夢中で、まったく食べ物を手にできなかった。孫光明はまるで違う。フルーツの飴とソラマメを拾うために、どんな試練にも耐えた。最後には顔じゅう泥だらけにして地べたにすわり、痛そうに頭や耳をさすりながら、足も負傷したことを孫光平に訴えた。

孫光明はフルーツの飴七個とひと握りのソラマメを獲得し、地べたにすわって慎重に、泥と小石を取り除いていた。孫光平がそばに立ち、貪欲《どんよく》な目つきで弟を見つめる周囲の子どもたちに、にらみをきかせていた。子どもたちは誰一人、進み出て孫光明の手中の食べ物を奪おうとしなかった。

その後、孫光明は孫光平に、ソラマメ数粒とフルーツの飴一個を分け与えた。孫光平は受け取ってから、とても不満そうに言った。

「たったこれだけか?」

孫光明は格闘で赤くなった自分の耳をなでながら孫光平を見て、しばらく躊躇したあと、残念そうに飴一個とソラマメ数粒を追加した。それでも兄が立ち去る気配を見せないので、孫光明は鋭い声で威嚇《いかく》するように言った。

「そんなこと言われたら、泣いちゃうよ」

新婦は昼ごろ、村にやってきた。顔も尻も丸々とした娘で、うつむいていても、結婚を誇らしく思っていることが、その微笑から明らかだった。同様の表情を浮かべている新郎も、数日前に馮玉青に抱きつかれたことを完全に忘れている。元気いっぱいで歩いてくると、ぼくたちに、ぎこちなく右手を振って見せた。ぼくはこの瞬間、静かな喜びを感じた。ぼくの憧れだった馮玉青が、王躍進による恥辱から抜け出したからだ。ところが、馮玉青の家のほうを見たとき、急に説明のつかない悲しみが湧いてきた。憧れの的だった彼女が、特別な関心を抱いて、こちらを注視している。馮玉青は家の前に立ち、彼女と関係のない進行中の儀式を呆然と眺めていた。あらゆる人たちの中で、排除の悲しみを身に染《し》みて感じることができるのは、馮玉青だけだった。

その後、みんなは村の広場で飲み食いを始めた。ぼくの父・孫広才《スン・グアンツァイ》は首を寝違えていたが、片肌を脱いで、山賊のような恰好《かっこう》ですわっていた。そのうしろに立っていた母は、祝い酒を口に含み、父の肩に吹きかけた。父は母に揺さぶられ、哀れっぽく叫んでいたが、それでも大酒を飲むことをやめなかった。父は箸で大きな肉をつまみ、口に放り込んだ。そばに立っていた孫光平と孫光明はそれを見て、よだれを垂らした。父は絶えず振り向いて、息子たちを追い払った。

「あっちへ行け」

宴会は昼に始まって、あたりが暗くなる夕方まで続いた。婚礼が最高に盛り上がったのは午後だった。意外なことに、そのとき馮玉青が縄を持って現れた。王躍進は村の若者と乾杯していたので、彼女がやってきたことに気づかなかった。肩を叩《たた》かれたときには、馮玉青がすぐうしろに立っていた。有頂天になっていた王躍進の顔がさっと青ざめ、賑やかだった広場は瞬時に静まり返った。遠くにいたぼくの耳にも、馮玉青の声がはっきりと聞こえた。

「立ちなさいよ」

王躍進は、包丁を持った孫光平に襲われたときと同じ窮地に追い込まれた。この体の大きい若者は、動作ののろい老人のように立ち上がった。馮玉青は彼がすわっていた腰掛けを奪い、広場のわきの木の下へ移動した。人々が見守る中で、馮玉青は腰掛けの上に立った。秋の空を背景に、すらりと伸びた彼女の美しい体を見上げて、ぼくは感動した。彼女は縄を木の枝に縛りつけた。

これを見て、羅《ルオ》じいさんが叫んだ。「死ぬ気だぞ」

腰掛けの上に立っていた馮玉青は、不思議そうに羅じいさんのほうを見た。そして、ゆっくりと縄を曲げて、頭が入るくらいの輪を作った。その後、彼女は腰掛けから飛び下りた。その動作は若い娘らしい活発さに満ちていた。それから、彼女は静かに気を失った。

ひっそりしていた広場は、馮玉青が気絶したあと、再び騒然となった。王躍進は青ざめた顔で全身を震わせ、罵声を発した。しかし、彼の怒りには正当性も迫力もない。ぼくは、彼が木の下へ行き、馮玉青を下ろすだろうと思った。ところが、彼は別の人に譲られた腰掛けにすわり、立とうとしない。すべてを知った花嫁のほうは、むしろ冷静だった。すわったまま、じっと目を見据えている。唯一の動作は、焼酎を飲み干すことだった。新郎は絶えず、縄のほうを見たり、新婦の顔色をうかがったりしている。その後、新郎の兄が馮玉青を下ろした。新郎はその様子も盗み見ていた。このような状態がしばらく続いた。首吊りという見世物は、村を訪れる移動映画上映隊のように、婚礼を賑わせた。そのため、この婚礼は途中で打ち切りになってしまった。

そのうちに新婦は酔いが回り、恐ろしい声で泣き叫んだ。王躍進の兄嫁が彼女を抱き寄せた。

二人の子どもを産んでいる兄嫁は、王躍進に言った。

「お嫁さんを早く家の中へ連れて行って」

新婦は人々に抱きかかえられて屋内へ運ばれる間も、依然として叫び続けた。

「私も首を吊ってやる」

しばらくすると、王躍進たちが家から出てきた。さらに彼らのあとに続いて、花嫁も姿を現した。彼女は包丁を手に握り、首に当てがっている。泣いているのか、笑っているのかわからない。彼女の叫び声が聞こえた。

「さあ、見てちょうだい」

このとき、馮玉青は家の前の石段にすわり、遠くから一部始終を見ていた。ぼくは、その情景を忘れることができない。彼女は少し顔を斜めにして、右手をあごに当て、考え込んでいる様子だった。風が彼女の前髪を揺らしていた。彼女はまるで、遠くの混乱した出来事を見ているのではなく、鏡の中の自分を見ているかのようだった。その瞬間、馮玉青はもう目前の婚礼に対する興味を失い、自分の運命について悩み始めていた。

数日後、行商人が村にやってきた。その男は四十過ぎで、灰色の服を着ていた。天秤棒《てんびんぼう》の荷を馮玉青の家の前に下ろした。彼はよそ者の言葉で、戸口に立っていた馮玉青に水を飲ませてほしいと言った。

村の子どもたちは、男の周囲を取り巻いていたが、しばらくすると散って行った。行商人は本来、町から近いこの村を通過するはずだったが、馮玉青の家の前に日暮れまで滞在した。

ぼくが何度か通りかかったとき、行商人はかすれた声で、あちこち旅して回る苦労を語っていた。行商人の表情は、微笑みを浮かべるときも苦しげだった。馮玉青は目を輝かせ、真剣に耳を傾けていた。敷居に腰を下ろし、手をあごに当てる仕草は変わらない。行商人のほうは、ときどき振り返って馮玉青を見るだけだった。

行商人は月が明るい夜に南門を出た。男が去ったあと、馮玉青も姿を消した。

死

ぼくの弟・孫光明《スン・グアンミン》は、兄の影響で気位が高かった。弟はある夏の日の昼、タニシを採りに河辺へ行った。ぼくは、その情景をよく思い出す。孫光明は短パンを穿き、部屋の隅に置いてあった草刈り用のカゴを持って出かけた。戸外の日差しに照らされた裸の背中は、黒々として脂ぎっていた。

いまも目の前に、ぼんやりと幻覚が浮かぶ。時間の流れが目に見える気がする。時間は透明で薄暗い。この薄暗い時間の中に、すべてが含まれる。ぼくたちは地面の上で生活しているのではなく、時間の中で生活している。田畑、道路、河川、家屋は、ぼくたちが時間の中に身を置くときの仲間なのだ。時間はぼくたちを前に進めたり、うしろに押し戻したりすると同時に、ぼくたちの姿を変える。

弟は命を失った夏の日、いつもと変わらずに家を出た。何百回も、何千回も、このようにして出かけていた。孫光明がその日、家を出たあとに起こった出来事によって、ぼくの当初の記憶は変更された。ぼくの視線は長い記憶の道のりを越えて、改めて孫光明の姿をとらえた。弟が出て行ったのは、もはや家ではない。弟はうっかりして、時間から出て行った。時間を離脱したところで、動きを止めてしまったのだ。一方、ぼくたちは時間の推移とともに歩み続けている。孫光明は、時間が周囲の人々や景色を連れ去るのを見ているはずだ。ぼくは、そのような真実の光景を目にした。生者が死者を埋葬したあと、死者はその場に横たわったままだが、生者は引き続き動き回る。この真実の光景は、現実の中を放浪し続ける人間に、時間が与えてくれる暗示なのだ。

村の八歳の子どもが、手に草刈り用のカゴを提げて、戸外でぼくの弟・孫光明を待っていた。ぼくは弟の身に微妙な変化が起きていることに気づいた。孫光明はもう、かつてのようにぼくの兄・孫光平《スン・グアンピン》のあとをついて回ったりしない。孫光平が相手にしない七、八歳の少年の仲間に入り、孫光平が村の子どもたちの中で得ているような権威を味わおうとしていた。ぼくは池のほとりにすわり、孫光明がまだ足取りのおぼつかない子どもたちに囲まれて、王様のように威風堂々と歩き回っているのを目にした。

その日の昼、ぼくは家の裏の窓から、孫光明が河辺へ向かうのを見た。弟は父の大きなサンダルを履いて、パタパタと土埃《つちぼこり》を上げて歩いて行った。とがった尻と小さな頭が、父の大きなサンダルに乗って進んで行く。引っ越したばかりの蘇《スー》家の前を通りかかったとき、弟はカゴを頭の上に置いた。すると、弟のぐにゃぐにゃしていた体が硬直した。孫光明はその芸当を河辺まで維持しようと思ったが、カゴは言うことをきいてくれず、落下して道路わきの田んぼに転がった。弟はちょっと振り向いただけで、そのまま前へ進んだ。例の八歳の子どもが田んぼに入り、孫光明のためにカゴを拾ってくれた。このように、ぼくは有頂天の孫光明が未知の死に足を踏み入れる過程を見ていた。長く生き残ることになる子どもたちは、左右の手にカゴを提げて、疲れた様子で体を揺らしながら、死への道を歩む弟のあとについて行った。

死は直接、孫光明の身に降りかかったわけではない。その八歳の子どもを通じて、弟をつかまえたのだ。孫光明が河辺でタニシを採っていたとき、八歳の子どもは水の誘惑に勝てず、無謀にも河の深みへと移動を始めた。そして一瞬のうちに足を滑らせ、溺れてしまった。子どもは水中でもがき、叫び声を上げた。その叫び声が弟の命を奪うことになった。

孫光明は、その子どもを助けようとして溺れ死んだ。人助けのための自己犠牲という表現は、大げさに過ぎるだろう。弟はまだ、自分の死と引き換えに他人の命を救いたいとまでは思っていなかった。とっさに行動に出たのは、数人の七、八歳の子どもたちの中で権威を示したかったからだ。支配下の子どもが死に襲われたとき、孫光明はうかつにも、自分が簡単に助けられると考えた。

救われた子どもは、まったく当時の記憶がなく、何を尋ねられても、目を見張り口ごもることしかできなかった。数年後、誰かがこの事件を話題にしたときには半信半疑で、まるで作り話を聞いたかのようだった。村人が目撃していなかったら、孫光明は自分で溺れたと思われていたかもしれない。

事件が起きたとき、その村人はちょうど木の橋を渡ろうとしていて、孫光明がその子どもをぐいと押しやるところを見た。そのあと、子どもは必死で岸辺にたどり着いたが、孫光明は水中でもがいていた。最後に水中から顔を出したとき、弟は大きく目を見開いて、まぶしい太陽を数秒の間直視した。そして、ついに沈んで行った。数日後の昼、弟が埋葬されたあと、ぼくは日当たりのよい池のほとりにすわっていた。太陽を直視しようとしたが、光がまぶしくて、すぐに目をそらしてしまった。そこで、ぼくは生と死の違いに気づいた。生きている人は、太陽をはっきり見ることができない。死にかけた人の目だけが、光を突き抜けて太陽を見定められる。

その村人が肝をつぶして走ってきたとき、ぼくは何が起こったのかを知らなかった。その人の叫び声は、割れたガラスの破片のように拡散した。孫光平はちょうど、鎌でサツマイモを削って食べていた。ぼくは兄が鎌を投げ捨て、戸外に駆け出すのを見た。孫光平は走りながら、父に呼びかけた。ぼくの父・孫広才《スン・グアンツァイ》は、野菜畑から飛び出してきた。父と息子は急いで河辺へ向かった。ぼくの母も、途中の道に現れた。手に持っているスカーフが、走るのにつれて揺れ動いた。ぼくは母のすさまじい泣き声を耳にした。その母の泣き声を聞いて、ぼくはたとえ弟がまだ生きているとしても、死を免れることはできないと思った。

ぼくはずっと、家族に何かが起こるのを恐れていた。ぼくが一家のはみだし者であることは、村じゅうの人が知っている。誰にも相手にされなければ、むしろ都合がよかった。何かが起こってしまうと、ぼくは目立つ存在になり、人々に注目される。村人がみな河辺へ駆けて行くのを見て、ぼくは大きな圧力を感じた。ぼくは常識に従って、河辺へ向かうこともできただろう。しかし、自分の行動が家族や村人に、他人の不幸を喜んでいると思われるのが嫌だった。この場合、ぼくは遠く離れたところにいて、夜が更けてから帰宅するしかない。暗くなってから、ぼくは河辺へ行った。河の水は月光を浴びて、さらさらと流れていた。陸地から投げ込まれたものが波に揺られて行く。河の水音は、いつものように心地よかった。弟を呑み込んだばかりの河は、相変わらず静かだ。遠くに村の灯《あか》りが見えた。風に乗って、騒がしい人声が伝わってくる。母の泣き叫ぶ声、数人の女がもらい泣きする声も、断続的に聞こえた。そこには失われた命を悼む愁嘆場が存在している。ところが、命を呑み込んだ河は、まるで何事もなかったかのようだ。ぼくはそのとき、河も命を持っていることを知った。弟を呑み込んだのは、それによって自分の命を延ばすためだった。遠くで泣いている女たちも、悲しみに沈んでいる男たちも、他者の命で自分の命を延ばす必要がある。彼らは畑で元気に成長した野菜を収穫したり、豚をつぶしたりしていた。他者の命を呑み込めば、河の水のように平然としていられるのだ。

孫広才と孫光平が河に飛び込んで、孫光明を岸に引き上げた。木の橋の下に引き上げられた孫光明の顔は青ざめていた。孫広才は疲れ果てていたが、孫光明の両足を持って背中に担ぎ、走り出した。孫光明の体は父の背中で激しく揺れ、頭が父の脹脛《ふくらはぎ》をリズミカルに打った。兄はうしろから追いかけた。夏の日の昼、三人の濡れた体が土埃を巻き上げ、ひと塊になって移動して行った。彼らのあとには、依然としてスカーフを握り泣き叫んでいる母と村人たちが、入り乱れて続いた。

孫広才はしだいに顔を仰向《あおむ》けて、あえぎながら足取りを緩めた。最後には立ち止まり、孫光平を呼んだ。孫光平は父の背中から弟を受け取ると、同じように担いで走り出した。取り残された孫広才は、途切れ途切れに叫んだ。

「走れ――止まるな――走れ――」

父は孫光明の頭から水が滴り落ちるのを見た。それは、弟の体と髪から落ちている水だった。しかし、孫広才は孫光明が口から水を吐いているのだと思った。孫光明がもう帰らぬ人になっていることを知らなかったのだ。

孫光平は二十メートルほど走ると、体が揺れ出した。孫広才はなおも叫んだ。

「走れ――走れ――」

ついに兄はばったり倒れ、孫光明も投げ出された。孫広才が再び息子を背負い、走り出した。孫広才もふらふらだったが、そのスピードは驚くほど速かった。

母と村人たちが家の戸口に着いたとき、父はすでに息子が死んだことを知っていた。極度の緊張と疲労のため、孫広才は地面にひざまずいて、何度も吐いた。孫光明は手足を伸ばして、ニレの木の下に横たわっている。木の葉が夏の激しい日差しを遮《さえぎ》ってくれていた。孫光平は最後にやってきた。父が吐いているのを見ると、自分も少し離れたところにひざまずき、父と向き合って嘔吐《おうと》を始めた。

そのとき、母だけが正常な人の悲しみの表現を見せた。かすれ声で嗚咽《おえつ》を漏らしながら、体を上下に震わせていた。父と兄はやがて嘔吐をやめたが、土埃にまみれ、ひざまずいたまま、目の前で泣いている女をぼんやりと眺めていた。

死んだ弟はテーブルの中央に安置された。体の下に古いムシロを敷き、上はシーツで覆われていた。

孫広才と孫光平は元気を取り戻すと、すぐ井戸端へ行って桶に水を汲んできた。それを飲み干したあと、二人はそれぞれカゴを提げ、町へ豆腐を買いに行った。出かけるとき、父はどす黒い顔で、救助された子どもの家族への伝言を周囲の人に残した。

「帰ってきてから、話をつけに行くからな」

その晩、村人たちは事件が起きるだろうと予測した。父と兄は町から帰ると、死者を弔《とむら》うために豆腐料理を用意して、村人たちを招待した。ほとんど全員が集まったが、救助された子どもの家族だけが、なかなか現れなかった。

その子どもの父親だけが、ようやく九時過ぎにやってきた。兄弟たちは姿を見せない。父親が一人ですべてを引き受けるつもりなのだろう。父親は厳粛な面持ちで家に入り、まず死者の前で三回土下座したあと、立ち上がって言った。

「今日は村の衆がみんな集まっている」父親は生産隊〔人民公社の下部組織〕の隊長の姿を確認して続けた。「隊長もいる。孫光明は、おれの息子を助けるために死んだ。なんとも、やりきれない気持ちだ。孫光明を生き返らせることはできない。金額は少ないが、受け取ってくれ」父親はポケットから金を取り出し、孫広才に渡した。「とりあえず、百元ある。明日、金目のものを処分して、上乗せできると思う。同じ村の仲間だから、うちが貧しいことは知っているだろう。有り金すべてを渡すだけだ」

孫広才は立ち上がり、腰掛けを差し出して言った。

「とにかく、すわれよ」

父は町の役人のように、感情を込めて語り出した。

「おれの息子は死んだ。生き返らせる方法はない。いくら金をもらっても、息子の命を償うことはできないだろう。だから、金はいらないよ。おれの息子は人助けをして死んだ。英雄なのさ」

そのあとは孫光平が発言権を奪った。兄も感情たっぷりに語った。

「おれの弟は英雄だ。一家の誇りと言っていい。どんな代償も、もらうつもりはない。ただ、宣伝してくれればいい。弟の英雄的な行動を他人に知らせるんだ」

父が最後に言った。

「明日、町の放送局へ行って、ニュースを流してもらう」

孫光明の葬儀は翌日、執り行われた。遺体は家のすぐ裏の二本のヒノキの間に埋葬された。葬儀の間、ぼくはずっと遠くに立っていた。孤独と冷遇の期間が長く続いたため、ぼくは村で一人前の人間と見なされていなかった。これが最後と泣き叫ぶ母の声が、まぶしい日差しを受けて漂っている。父と兄の悲しみは、あまりに遠くて、うかがい知ることができない。孫光明の遺体が、ムシロに包まれて運ばれてきた。村人たちは三々五々、村の入口から墓場までの道の途中に立っている。父と兄が弟を墓穴に入れ、上から土をかけた。こうして弟は正式に、人の世に別れを告げたのだった。

その日の夜、ぼくは家の裏の池のほとりにすわり、静かに月光を浴びている弟の墓を見つめていた。弟はそこで眠っているのだが、ぼくは弟がすぐ近くにすわっているような気がした。弟はついに、ぼくと同様、両親や兄や村の人々から遠い存在になった。歩む道は違っていたが、結果は似たようなものだ。ただ、弟は実にあっさりと去って行った。

弟の死と埋葬に際して、ぼくは内心の差し障りのために、その場から距離を置いていた。そのことで、いずれ家族や村の人々から激しい叱責を受けるだろうという覚悟はあった。ところが驚いたことに、その後ずっと、ぼくに対して誰も通常と違う言動を見せなかった。それでぼくは、自分がもう完全に忘れられていることを知って安堵《あんど》した。村人たちはみな、ぼくを知っているが、同時にぼくの存在を否定していたのだ。

弟の葬儀の三日後、家の有線ラジオが、孫光明が命を捨てて人助けをしたという英雄譚《たん》を放送した。父にとって、それは最高の瞬間だった。それまでの三日間、放送が始まるたびに、孫広才は腰掛けを持ち出して、ラジオの前に陣取っていた。ついに期待が報われたので、父は興奮してアヒルのように歩き回った。農閑期の午後、父は大声で村人の家を訪ね歩いた。

「聞いたか?」

兄は家の前のニレの木の下に立ち、両目を輝かせて父の行動を見ていた。

父と兄は束の間の人生最高のときを迎えた。彼らは政府の役人が訪ねてくることを勝手に夢見ていた。幻想は県の役人から北京の要人にまで発展した。最も輝かしい時期は、その年の国慶節だった。英雄の親族として、天安門の楼上に招待されるかもしれない。兄は父よりも賢かった。兄の頭の中には、このような虚《むな》しい幻想のほかに、もっと現実的な考えがあった。兄は父に指摘した。弟の死のおかげで、県政府の仕事にありつけるのではないか。兄はまだ学生だが、将来有望な人材に違いない。兄の話を聞いて、父の虚しい幻想も現実味を増した。孫広才は両手を揉《も》み合わせ、内心の興奮をどう言い表せばいいのかわからない様子だった。

孫家の父子は興奮を募らせ、自分たちの勝手な目論見《もくろみ》を村人たちの耳に入れた。すると、孫家が村を出るという噂《うわさ》が広まった。北京へ移住するという突拍子もない説まで飛び出した。そんな噂が我が家にも届き、ある日の午後、父は感激して兄に言った。

「火のないところに煙は立たない。村の人たちがみんな、そう言ってるんだ。どうやら、政府の役人が来るのは時間の問題だな」

こうして、父はまず自分の幻想を村人の耳に入れ、そのあと村人の噂で自分の幻想に確証を得た。

孫広才は英雄の父という名声を得るに当たって、家庭を整頓することにした。家庭内が乱れていたら、政府の役人は正しい評価をしてくれない。整頓は服装から始まった。父は借金をして、家族一人一人に服を新調した。そこで、ぼくも家族から注目されることになった。ぼくをどう扱うか、孫広才は頭を悩ませた。父は何度も兄に言った。

「こいつさえいなければよかったのに」

家族は、ずっと無視してきたぼくの存在が致命的な足手まといだということを再認識した。それでも、ある日の朝、母が新しい服を持ってきて、ぼくに着せてくれた。ボロボロの服に慣れていたので、ぼくは新しい服を着て、一日じゅう落ち着かない気分だった。村人や同級生の記憶から消えていたぼくが、再び注目の対象となった。

「新しい服だね」と蘇宇《スー・ユー》に言われて、ぼくは慌てた。蘇宇の口調は穏やかで、何かが起こる心配はないとわかっていたけれども。

二日後、父は突然、自分のやり方が間違っていることに気づいた。政府の役人には、家庭が質素で苦しいところを見せるべきだ。そこで、ボロボロの服が再び日の目を見た。母はランプの下で、夜なべをした。翌朝までに、家族全員の服に継ぎを当てたのだ。鱗のような継ぎだらけの服を着て、四匹の魚となった家族は、朝日を浴びて家を出た。兄がためらいながら学校へ向かうのを見て、ぼくは兄も自分と同じ気持ちになるときがきたと思った。

孫光平には、幸運を期待する孫広才のような確固とした信念がなかった。ボロボロの服を着て学校へ行き、笑いものになってからは、どんなことがあっても二度とこんな服は着ないと決めた。兄は説得力のある理由を見つけて、父に言った。

「こんな旧社会にしかない服を着るのは、共産党の新社会に対する冒瀆《ぼうとく》だよ」

この言葉を聞いて、孫広才は不安になった。そのあと、父は村人たちに何度も説明した。家族がボロボロの服を着たのは、「苦しかった過去を思い出し、現在の幸福を嚙《か》みしめる」ためにほかならない。

「旧社会の苦しみを思えば、新社会の有難さが身に染みるからな」

父と兄が日夜待ちわびた政府の役人は、一か月たっても現れなかった。そこで村の世論は方向を変え、父と兄に対する攻撃に転じた。農閑期ゆえに、根本の原因を探る十分な時間があり、その結果、すべての噂の出所が我が家だったことが判明した。父と兄は笑いの対象となり、とことんからかわれた。彼らは目配せをして、孫広才や孫光平に尋ねた。

「政府の人は来たかね?」

我が家を覆っていた幻想は崩壊し始めた。まず孫光平が幻想から抜け出した。若いので功利に敏感で、可能性がないことに気づいたのだ。

幻想が崩れた当初、孫光平は明らかに落ち込んで、いつもベッドでぐずぐずしていた。父はまだ幻想にとらわれていたので、二人の関係もしだいに冷え込んだ。父はぼんやりと習慣的にラジオの前にすわり、半開きの口からよだれを垂らしていた。孫光平はそんな父の様子が気に入らず、あるときついに不満をぶちまけた。

「もう諦《あきら》めろよ」

この言葉に父は激怒して立ち上がり、唾を飛ばしながら兄を罵倒した。

「この野郎、消え失《う》せろ」

兄は怯《ひる》むことなく、大声で反撃した。

「そのセリフは王《ワン》の兄弟に言うんだな」

父は子どものように、叫び声を上げて孫光平に向かって突進した。「殺してやる」と言う代わりに、父はこう叫んだ。

「おれと勝負しろ」

母のおかげで助かった。母の小さな体と泣き声が、犬のように吠《ほ》える二人の男を引き止めた。そうでなければ、もともと老朽化していたぼくの家は廃墟《はいきょ》となっていただろう。

どす黒い顔で家を出た孫光平は、ちょうど出くわしたぼくに言った。

「あの老いぼれ、棺桶《かんおけ》に入りたいらしいぜ」

実を言えば、父はもう長く孤独を味わっていた。父と兄の間では、弟が死んだばかりのころの意気投合が完全に失われてしまった。二人が一緒に興味津々で、美しい将来を思い描くことはもう不可能だった。兄が先に抜け出したので、父は一人で幻想の中に取り残され、寂しい思いをしていた。父はさらに、政府の人が来ないという悲惨な現実に単独で向き合わなければならない。だから兄が父に不満を感じていたとき、父も兄と一戦交える機会を探していたのだ。その言い争いのあと、二人はしばらく敵対し、冷ややかな視線を向け合った。

孫広才は異常なほど、村の入口に至る小道に注意を向けた。人民服を着た政府の役人が現れるのを待ち焦がれていたのだ。父の内心の秘密は、村の子どもたちに見抜かれてしまった。子どもたちは我が家の前までやってきて、こう叫んだ。

「孫広才、人民服の人が来たよ」

最初のうち、父は毎回慌てふためいて逃亡犯のように興奮し、落ち着かない様子を見せた。ぼくは父が青ざめた顔で、村の入口へ駆けつけるのを見た。戻ってきたとき、父はまるで魂が抜けたかのようだった。孫広才が最後に騙《だま》されたのは、冬が近づくころだ。九歳の男の子が一人で、走ってきて叫んだ。

「孫広才、人民服の人がたくさん来たよ」

孫広才は、箒《ほうき》を持って飛び出して行った。

「このクソガキ、懲らしめてやるぞ」

子どもは向きを変えて走り出し、遠くまで行ったところで立ち止まって叫んだ。

「嘘じゃないよ。嘘だったら、犬の子どもに生まれ変わってもいい」

子どもが親の許可もなしに誓いを立てたので、孫広才は屋内に戻ったあと不安に駆られた。父は手を揉み合わせながら歩き回り、独り言を言った。

「本当だったらどうしよう。何も準備していないのに」

内心の不安ゆえ、孫広才はやはり村の入口まで足を運んだ。父が目にしたのは、だだっ広い田畑と寂しげな樹木だけだった。そのとき、ぼくは池のほとりにすわって、父が村の入口で呆然と立っているのを見ていた。冷たい風に吹かれて、父は服の前みごろを引き寄せた。その後、父はしゃがんでしまった。膝が寒いのだろう。しきりに両手で膝をさすっていた。冬が訪れようとする日の夕方、孫広才は震えながら村の入口でうずくまり、遥か彼方へと続く小道をいつまでも眺めていた。

父は自分の幻想を固く信じていたが、春節が近づくころになって、ようやく仕方なく諦めた。そのころ、村の家々からは正月の餅を作る音が聞こえていた。だが、我が家は家族がばらばらで、まったく正月を祝う雰囲気はなかった。その後、母が勇気を奮って父に言った。

「お正月は、どう過ごしましょうか?」

父は元気なくラジオのそばにすわっていたが、しばらく考えてから口を開いた。

「どうやら、人民服の人は来ないようだ」

父はこっそり、兄のほうを見た。明らかに父は、兄との和解を望んでいた。旧暦の大晦日《おおみそか》の夜、父はついに兄に話しかけた。そのとき、孫光平は食事を終え、出かけようとしていた。孫広才は兄を呼び止めて言った。

「相談したいことがある」

二人は奥の部屋に入って、内緒話を始めた。部屋から出てきたとき、二人の顔は厳《いか》めしかった。翌朝、すなわち旧暦の元日に、孫家の父子は一緒に出かけ、救助された子どもの家を訪ねた。英雄の父になる希望を絶たれた孫広才は、改めて金銭の魅力に取りつかれた。父は相手の家に孫光明の死の賠償を求め、いきなり五百元の値をつけた。相手はこの金額に驚き、そんな大金の持ち合わせはないと孫家の父子に告げた。そして、今日は旧暦の元日だから日を改めて相談したいと言った。

孫家の父子は、すぐに金を支払うように要求し、さもないと家具を叩き壊すぞと脅した。孫広才は言った。

「利息をつけないだけでも、ありがたいと思え」

そのとき、ぼくは遠くにいたが、言い争いの声ははっきり聞こえた。それでぼくは事件の発生を知ったのだ。その後、父と兄が家具を壊す音が聞こえてきた。

二日後、警察の制服を着た人が三人、村にやってきた。ぼくたちが食事をしていると、数人の子どもが戸口に現れ、こう叫んだ。

「孫広才、人民服の人が来たよ」

孫広才が箒を持って出て行こうとしたとき、三人の警官が歩いてくるのが見えた。父は事情を理解し、警官に向かって叫んだ。

「おれを捕まえるつもりか？」

それは父の威勢が最もよかったときだった。父は警官にこう言った。

「誰を捕まえるんだ？」父は自分の胸を叩いた。「おれは英雄の父親だぞ」さらに、孫光平を指さして続けた。「これは英雄の兄貴だ」その後、母を指さして言った。「これは英雄の母親だ」そばに立っているぼくについては、何も言わなかった。「さあ、誰を捕まえるんだ？」

警官は父の話にまるで興味を持たず、冷ややかに尋ねた。

「孫広才は？」

父が叫んだ。「このおれだ」

警官が告げた。「一緒に来い」

父はずっと人民服の人を待ち焦がれていたが、最終的にやってきたのは警察の制服の人だった。父が連行されたあと、生産隊長は家具を壊された家の人を連れて我が家を訪れ、兄と母に損失の補塡を求めた。ぼくは家の裏の池のほとりで、我が家の家具が運び出されるのを見ていた。大火事のあと、ようやく買い揃《そろ》えたものが、また他人の所有物になってしまった。

半月後、父は留置所から出てきた。子宮から出たばかりの赤ん坊のように、肌の色が白くなっていた。昔はたくましかった父が、町の役人のようにひ弱になって、ぼくたちのほうへ歩いてきた。父はあちこちで、北京へ陳情に行くと息巻いた。いつ出かけるのかと問われると、三か月で旅費を工面して出発すると答えた。ところが、三か月が過ぎても、父は北京へは行かず、はす向かいの未亡人の寝床にもぐり込むようになった。

ぼくが記憶する未亡人は、体も声も大きくて、裸足であぜ道を駆け回る、四十過ぎの女だった。シャツをズボンの中に入れるのが特徴的で、そのため大きな尻がとても肉感的な印象を与えていた。その当時、未亡人がこんな恰好をするのは異例で、人目を引いた。そのころは年ごろの娘でも、自分の腰や尻をあからさまに見せたりしなかった。すでに体の線の崩れた未亡人が尻を揺らすと、体全体が震えた。胸は相応の豊かさがなく、町の舗装道路のように平坦だった。「あの女の胸のふくらみは全部尻に移動しちまった」と羅《ルオ》じいさんが言っていたのを覚えている。羅じいさんは、さらにひと言付け加えた。

「おかげで面倒が省ける。尻を揉めば、胸も一緒に揉んだことになるからな」

ぼくは子どものころ、夕方、野良仕事を終えて帰る若者に、未亡人が熱心に声をかける光景をよく見かけた。

「今夜、遊びに来なさいよ」

声をかけられた若者は、決まってこう答える。

「誰がおまえと寝るもんか。おまえのあそこは締まりがないからな」

当時、ぼくは彼らの会話の意味がわからなかった。成長するにつれて、未亡人が村で果たしていた肉欲の方面の役割を知るようになった。当時、ぼくはこんな笑い話を聞いた。誰かが夜中に窓から侵入して未亡人の寝床を訪れると、せわしいあえぎ声と快楽のうめきが聞こえた。未亡人は曖昧な声で言った。

「ダメよ。先客がいるから」

その男が立ち去ろうとすると、未亡人は忠告した。

「明日の夜は、もっと早く来てね」

この笑い話は実際の状況を反映している。夜が訪れたあと、未亡人の寝床に来客がないことは珍しかった。酷暑の夏の夜でも、未亡人のあえぎ声は窓から漏れ出て、村人が夕涼みしている広場まで漂ってきた。羅じいさんは感慨深そうに言った。

「こんなに暑いのに、まったく模範的な労働者だな」

体の大きい未亡人は、若者と寝るのを好んだ。ぼくは、いまだに記憶している。彼女は畑のわきに立って、村の女と大声で話していた。

「若い人は元気だし、清潔で、口も臭くないわ」

ところが、もう五十過ぎで、のちに肺病で死んだ前任の生産隊長が寝床を訪れたときも、彼女は喜んで受け入れた。権力に屈するときもあるのだ。その後、未亡人は年をとり、容色が衰えたので、中年の男も歓迎するようになった。

孫広才はまさにその時代、慈善家のような役割で、寂しくなった未亡人の寝床にもぐり込んだ。

それは春が訪れたばかりのある日の午後だった。父は五キロの米を担いで、未亡人の家に入った。彼女は腰掛けにすわって靴底を縫いながら、孫広才が入ってくるのを横目で見ていた。

父はニコニコして、米を未亡人の足もとに置くと、すぐに抱きついた。

未亡人は父を押しのけて言った。

「慌てないで」

彼女は言った。「私はお金で動くような女じゃないわよ」そして、手を伸ばして父の股間をまさぐった。

「どうだい？」父はうれしそうに尋ねた。

「まあまあね」未亡人は答えた。

父は規則正しい生活を長く続けたが、幻想が崩れ現実にもてあそばれて、悟りを開いた。それ以降、孫広才は村の若者に対して先輩風を吹かせ、教え諭すように言った。

「若いうちに、できるだけ多くの女と寝ておいたほうがいいぞ。それ以外のことは全部、意味がない」

孫光平は、父が悠然と未亡人の古めかしいベッドに入るのをしっかり見ていた。父が傍若無人に出入りすることが、兄は不愉快でならなかった。ある日、父は十分に飲み食いしたあと、腹ごなしに未亡人の家へ行こうとした。すると、兄が声をかけた。

「もう、いい加減にしろよ」

父は平然として答えた。

「こういうことに、いい加減という基準はない」

孫広才は当時、意気揚々と未亡人の家に入り、ぐったりして出てきた。ぼくは暗い気持ちで、こっそり母を観察した。母はつねに手足を動かして、何か仕事をしていたが、口数は少なかった。声を押し殺し、何もないかのように装っていた。孫広才が未亡人の寝床から戻り、母の寝床に入るとき、母はどう思っていたのだろう。ぼくはそのことをずっと考えていた。悪意と同時に憐《あわ》れみを抱きつつ、母の心情を察していたのだ。

のちに発生した事件によって、ぼくは母の何もないかのような素振りの裏に、激しい恨みが隠されていたことを知った。未亡人に対する母の恨みには、女の度量の狭さが感じられた。ぼくは心の中で、何度も母に忠告した。恨むべきは父であって、未亡人ではない。未亡人のベッドから戻ってきた父を拒《こば》めばよいではないか。ところが、母はどうしても父を拒めなかった。以前と変わらず、すべてを受け入れた。

母がついに怒りを爆発させたのは、畑に肥やしを撒いていたときだった。未亡人は元気よく、あぜ道を歩いてきた。その顔つきを見て、母は急に身震いをした。積もり積もった恨みで、母は持っていた肥柄杓を未亡人のほうへ向けた。風とともに肥やしは、有頂天だった未亡人の体にかかった。未亡人の大声がラッパのように響いた。

「何するのよ」

激怒していた母は、声を震わせて叫んだ。

「町へ行って淫売になりな。男を行列させて、順番に相手すればいい」

「へっ――」未亡人も負けていない。「そんなことを言う資格があるのかね。家に帰って、あそこを洗いな。あんたの亭主が、臭くてかなわんと言ってたよ」

声の大きな女二人が、聞くに堪えない下品な言葉で、お互いを攻撃した。アヒルの鳴き声のような騒がしさで、昼下がりの村は大混乱に陥った。ひ弱な母が勇気を奮って、あぜ道の未亡人に向かって突進した。

そのとき、孫広才がちょうど町から戻ってきた。焼酎の瓶を背中に担ぎ、体を揺らして歩いてくる。遠くの畑で二人の女が取っ組み合いしているのを見て、父は興奮した。だが近くまで来て、それが誰なのかわかると、父はあぜ道を伝って逃亡を図ろうとした。村人がそれを阻止して言った。

「早く行って仲裁しろよ」

「ダメだ、ダメだ」父はしきりに首を振って言った。「女房と愛人、どちらも怒らせるわけにはいかん」

このとき、ひ弱な母は打ちのめされ、未亡人が馬乗りになっていた。ぼくは遠くからこの光景を見て、悲しくなった。母は長く屈辱に耐えたあげく、怒りを爆発させた。しかし、その結果として得られたのは、やはり屈辱だった。

村の女たちは、それ以上見ていられなくなったらしい。駆けつけて未亡人を引き離した。未亡人は家に帰る途中、勝ち誇ったように言った。

「身のほど知らずも、いい加減にしな」

母は野菜畑で、泣き叫びながら言った。

「孫光明が生きていれば、ただじゃおかなかったろうに」

自留地の騒ぎのときに包丁を持ち出し、勇敢に戦った兄は、まったく姿を見せなかった。孫光平は家にこもっていた。外で起きた事件をすべて知っていたが、無意味な争いに加わろうとはしなかった。母が泣き叫んだため、兄は家族を恥ずかしく思った。母に同情して怒りを募らせることはなかった。

敗北した母は、死んだ弟に望みを託すしかなくなった。絶望の中で、藁《わら》にもすがる思いだった。兄が無関心だったのは、家族の恥が広く知られてしまった状況において、目立つことを避けたからだろう。兄はもはや、自留地の事件のときの孫光平ではなかった。兄の内心の無念さはよくわかる。兄は家族に対する不満を口にも表情にも出すようになった。ぼくと兄の対立は続いていたが、どちらも家族に不満を抱いているため、二人の間には暗黙の了解が生まれるときがあった。

その後間もなく、南門《ナンメン》を出て行く直前の深夜に、ぼくは未亡人の家の裏の窓から出てきて我が家にもぐり込む人影を見た。それが孫光平だったので、ぼくは兄が母と未亡人の言い争いに際して、無関心だった別の理由を知った。

兄が布団包みを担いで、ぼくを駅まで見送ったとき、母は村の入口までついてきた。朝の風を受けながら、母はなすすべなく、ぼくたちが遠ざかるのを見ていた。運命がもたらしたことのすべてが不可解に思えたのだろう。ぼくは最後に振り向いたとき、母の髪が半分白くなっているのに気づいた。ぼくは母に言った。

「行ってくるよ」

母はまったく反応を見せなかった。ぼんやりとしたまなざしは、別の何かを見ているようだった。そのとき、ぼくの胸に温かい感情が湧いた。母の姿を見て、切なくなったのだ。母の運命は、ぼくが進んで行く前方で微風となり、跡形もなく消えようとしていた。ぼくはそのとき、これでもう帰ってくることはないと思った。だが、母に対するぼくの仕打ちは弟と同様、決して残忍なものではない。ひどいのは父と兄だ。彼らは母の仇敵《きゅうてき》である未亡人の寝床にもぐり込んだ。母はそれに気づかず、依然として全力で我が家を支えていた。

ぼくが出て行ってから、父はますます徹底した不心得者になった。同時に運搬役を始め、家財を持ち出しては未亡人に捧げ、それによって二人の関係は細く長く続いた。孫広才の忠実さは、それなりの効果があった。未亡人はそのころ、しだいに欲を捨て身を慎むようになっていた。五十を前にして、向かうところ敵なしだった情欲が下火になったようだった。

孫光平はすでに十四歳当時の勇敢さを失い、母のような忍耐力を身につけて、父の行動のすべてを黙認していた。母が心配そうに、父が何かを持ち去ったと言うと、兄は慰めの言葉をかけた。

「また買えばいいさ」

実際のところ、兄はずっと未亡人を恨むことなく、むしろ心の中で感謝していた。兄は夜中に未亡人の家の裏の窓から出たあと、いつも不安でならなかった。だから父が悪事を働いても、口を出さなかったのだ。未亡人は兄のことを口外しなかった。もしかしたら、毎晩忍び込んでくる若者が誰なのか、知らなかったのかもしれない。彼女はつねに、肉体目当てに訪れる男に対して、あれこれ尋ねることをしなかった。誰なのか一目瞭然なのは、孫広才のように真っ昼間に寝床にもぐり込む男だけだった。

孫光平は高校を卒業して家に戻り、農作業に従事してから、顔に満ちていた自信が失われた。最初のうち、兄はベッドに横たわり、目を大きく見開いていた。そのぼんやりした目つきから、ぼくは兄の気持ちを察した。自分の心情から類推して、兄の最大の望みがわかった。それは南門を出て、まったく新しい生活を送ることだ。ぼくは何度も、兄が田んぼのあぜ道に立っているのを見かけた。兄は顔じゅう皺《しわ》だらけの老人が全身泥まみれで、田んぼから上がってくるのをぼんやりと眺めていた。兄の目は空虚で、悲哀に満ちている。老人の姿を見て、自分の最終的な運命に思い至ったのだろう。

孫光平は、自分に用意された現実を認めたあと、女性に対する曖昧な欲望を強く感じるようになった。このとき、兄が女性に求めたものは、かつて未亡人に求めたものとは違う。自分を守ってくれる女性、面倒を見てくれる女性が必要だった。そんな女性がいれば、不安で落ち着かない夜が、この上なく静かなものに変わるはずだ。そこで、兄は婚約した。

容貌は人並み、隣村の二階家に住む娘だった。その家のすぐ裏には、弟の命を奪った河が流れていた。付近の農村では初めての二階建てで、有名な金持ちの家である。孫光平は彼女の家の富に惹《ひ》かれたわけではない。家を建ててまだ一年で借金が残っており、豪華な嫁入り道具を揃えることはできないとわかっていた。纏足《てんそく》の足でノミのように元気に跳ねて歩く村の仲人おばさんが、手土産を持って訪ねてきた。孫光平はその日の午後、ニコニコ笑いながらやってきたおばさんを見て、これから起こることを知った。自分がすべてを受け入れることもわかっていた。

孫光平の縁談の全過程において、父はのけ者だった。その情報を父に伝えたのも母ではなく、未亡人である。父はそれを聞くとすぐ、自分には偵察に行く責任があると考えた。

「おれの息子と寝るのは、どんな娘だろう?」

孫広才はその日の午後、うしろ手を組み背中を丸めて、うれしそうに出かけて行った。そして遠くに立派な二階建ての家が見えると、相手方の父親に声をかけた。

「うちの孫光平は幸せ者だよ」

娘の家に入った父は、未亡人の寝床にいるときと同様、勝手気ままだった。相手方の父親に向かって、汚い言葉を連発した。娘の兄が酒を用意し、娘の母親は台所で調理をしている。父は生唾を呑み込み、嫁ぐ前の嫁に会いにきたことも忘れていた。だが、相手方は忘れていない。

娘の父親が上を向いて、名前を呼んだ。孫広才は聞いてすぐに、その名前を忘れた。ぼくの兄嫁になる予定だった娘は、二階で返事をしたが、下りてこようとしなかった。様子を見に行った娘の兄が、笑顔で戻ってきて言った。

「気が進まないらしいです」

そこで孫広才は、度量の広さを見せて言った。

「かまわん、かまわん。下りてきたくないなら、おれが上がって行く」

孫広才は台所をチラッと見てから、娘に会うため二階に上がった。台所の料理にも未練があったはずだ。孫広才が二階に上がって間もなく、娘の恐ろしい叫び声が階下にまで響いた。娘の父親と兄は目を丸くして動けずにいたが、台所にいた母親は驚いて飛び出してきた。彼らが叫び声のわけを計りかねていたとき、孫広才がニコニコしながら下りてきて、しきりにつぶやいた。

「すごいぞ、すごいぞ」

二階からは重苦しい泣き声が聞こえてくる。泣き声は布にくるまれて、漏れにくくされているようだ。

父は平然として、テーブルの前の椅子にすわった。娘の兄が二階へ駆け上がったのち、孫広才は娘の父親に言った。

「娘さんは体が丈夫そうだ」

相手は返事のしようもなく、軽くうなずいた。同時に、疑いの目で孫広才を見つめた。孫広才は話を続けた。

「孫光平の野郎は、まったく幸せ者だ」

そのとき、娘の兄が急いで階段を駆け下りてきて、孫広才を椅子もろとも押し倒した。

その日の午後、孫広才は顔を腫《は》らして、村に戻ってきた。そして、まず孫光平に向かって言った。

「おまえの結婚は破談になったぞ」

父は怒りを爆発させて叫んだ。

「まったく、話にならん。おれは息子の代わりに、体が丈夫かどうか確かめただけなのに、殴られてこのざまだ」

隣村から伝わってきた話は食い違っていた。孫広才は挨拶代わりに、嫁ぐ前の嫁の乳房を触ったのだという。

兄の縁談は、こうして取り消された。母は台所のかまどの前にすわり、エプロンでそっと涙を拭った。この件に関して孫光平は、村人が予想したように、孫広才に殴りかかったりはしなかった。数日にわたって誰とも口をきかないことで、強い抗議を示したに過ぎない。

それから二年の間、村の仲人おばさんがニコニコしながら兄を訪れることはなかった。その間、兄は夜ベッドに入ったあとにだけ、孫広才への恨みを募らせた。昼間は、ときどき遠い北京にいる弟のことを思った。当時、ぼくはよく兄からの手紙を受け取ったが、手紙には何も書かれていなかった。内容の空虚さから、ぼくは兄の心の空虚さを感じ取った。

孫光平は二十四歳のとき、同じ村の娘と結婚した。英花《インホワ》という名前で、家には寝たきりの父親しかいなかった。二人のなれそめは、あの池のほとりから始まる。ある湿気の多い夕方、兄は裏の窓から洗濯をしている英花を見た。継ぎはぎだらけの服を着ている英花は生活苦のため、しきりに涙を拭っていた。冬の寒風の中で、背中がブルブルと震えている。その光景を見て、孫光平は自分自身の悲哀を思い出した。その後、村の仲人おばさんでさえ見向きもしないこの二人が、自然に仲良くなった。

孫光平の一度きりの結婚は、英花との池のほとりでの出会いの一年後に実現した。その婚礼の貧乏臭さを見て、村の年配の人たちはすぐ、旧社会の地主の家にいた作男の結婚を思い出した。花嫁の英花が大きな腹をして動き回る様子は、貧乏臭い婚礼にユーモラスな印象をもたらした。翌朝、太陽がまだ昇らないころ、孫光平は荷車を借りてきて、英花を町の産婦人科へ連れて行った。新婚の男女にとって、初夜の翌朝はアツアツで、お互いのぬくもりを感じ合う美しいひとときのはずだ。ところが、この夫婦は厳しい寒風の中、太陽がまだ昇る前に、町の産婦人科のガラス戸を叩かなければならなかった。その日の午後二時、のちに孫暁明《スン・シアオミン》と呼ばれることになる男の子が、怒ったような産声とともに、この世に生まれ落ちた。

孫光平は結婚によって自縄自縛に陥った。結婚したからには道義上、寝たきりの岳父を養わなければならない。当時、孫広才はまだ、運搬役をやめていなかった。幸いなことに、孫広才にも少しは分別が備わり、以前のように大っぴらに家財を持ち出して、未亡人に捧げることはしなくなっていた。むしろ、別の才能を発揮し始めた。窃盗である。孫光平は家の内外で悩みを抱えながら、何年も頑張った。岳父もついに、申し訳ないと思ったのだろう。ある日の夜、目を閉じて二度と開くことはなかった。孫光平にとって最大の苦難は、寝たきりの岳父でも泥棒の父親でもない。それは、孫暁明の出生後にやってきた。当時の孫光平は機械のように動きを止めることなく、田んぼから英花の家へ、さらに自宅へと駆けずり回った。村の人々は彼が道を歩いている姿を見たことがない。まるでウサギのように、三か所を飛び回っていたのだ。

岳父の死によって孫光平は重荷を下ろしたが、本当に安らかな生活はまだ訪れなかった。間もなく、孫広才が悪い癖を再発させた。そのため、英花はまる三日間、涙を流して泣き叫ぶことになった。

それは、ぼくの甥《おい》・孫暁明が三歳の夏の日のことだ。父は戸口の敷居にすわり、英花が井戸端へ水を汲みに行くのを見ていた。英花の柄物のショートパンツは、豊満な尻ではちきれそうだった。浅黒い太腿は、日差しを浴びて輝いている。父は歳月と未亡人に生気を奪われ、煎じ薬のカスのように元気がなかった。だが、英花の健康な体を見て、驚いたことに昔の旺盛な精力がよみがえった。大脳を使って思い出したのではない。枯枝のような体そのものが、かつての不屈の情欲を思い出したのだ。英花が水桶を提げて歩いて行くのを見て、父は顔を真っ赤にして、大きな咳《せき》払いをした。村人たちがまだ近くで働いている時間に、この薄気味悪い老人は、英花の柄物のショートパンツと尻に手を伸ばした。ぼくの甥・孫暁明は、母親の恐怖の叫び声を耳にした。

孫光平はこの日、用事があって町へ行っていた。彼が帰宅したとき、母は老いの涙を流しながら戸口の敷居にすわり、ぶつぶつと独り言を言っていた。

「罰当たりなことをして」

その後、兄は英花が髪を振り乱してベッドの縁にすわり、すすり泣きしている姿を見た。すべてを知った兄は、顔面蒼白《そうはく》で台所に入り、きらりと光る斧《おの》を手にして出てきた。そして、泣いている英花のそばに行き、声をかけた。

「息子と母親のことは頼んだぞ」

英花はその言葉の意味を理解し、大泣きを始めた。彼女は夫を引き止めて言った。

「やめて——やめて——そんなこと」

母はそのとき、すでに戸口でひざまずいていた。両手を広げて孫光平を押しとどめ、しきりに声を震わせた。母は涙で目を潤《うる》ませながらも、真剣な顔で孫光平に訴えた。

「父さんを殺したら、おまえが損をするんだよ」

母の顔を見て、兄も涙を流した。兄は母に向かって叫んだ。

「母さん、立ってくれ。おれはおやじを殺さないかぎり、この村で生きていけないんだ」

母は決して立ち上がろうとせず、かすれ声で言った。

「三歳の息子のことを考えておくれ。あんな人のために、命を投げ出すには及ばないよ」

兄は苦笑して言った。

「ほかに方法がないんだ」

英花が屈辱を受けたので、孫光平は孫広才と決着をつけようと思った。数年来、兄は父がもたらした恥辱をずっと耐え忍んできた。孫広才が一歩先の行為に及んだため、兄と父はどちらも瀬戸際に追い込まれた。孫光平は激怒しながらも、冷静に判断を下した。もしここで態度を表明しなければ、自分は村の中で身の置きどころを失《な》くしてしまう。

その日の午後、村人はみな戸外に立っていた。孫光平はまぶしい日差しとまぶしい視線の中で、十四歳のときに包丁を握った場面を再現した。兄は斧を手にして、父のほうへ向かって行った。そのとき、孫広才は未亡人の家の前の木の下に立っていた。父は不思議そうに、近づいてくる兄を見た。孫広才は未亡人に言った。

「あいつ、おれを殺す気か」

その後、孫広才は孫光平に向かって叫んだ。

「おれは、おまえの父親だぞ」

孫光平は何も言わず、顔をこわばらせて歩いて行った。兄がどんどん近づいてきたので、孫広才は慌て出した。

「父親は一人しかいない。殺せば、それでおしまいだ」

父がそう叫んだとき、孫光平はもう目の前に迫っていた。孫広才はうろたえて、ポツリとつぶやいた。

「本当に殺す気か」

そう言うとすぐ、孫広才は向きを変えて駆け出した。そして、同時に叫んだ。

「人殺しだ」

その日の午後は、ひっそりと静まり返っていた。六十を過ぎた父は、慌てふためいて逃げ出した。町へ通じる小道を疲れ果てるまで走った。孫光平は斧を手にして、すぐにあとを追った。孫広才が命乞いする声が、途絶えることなく伝わってくる。いつもの声とは調子が違うので、羅じいさんは近くの人に尋ねた。

「あれは孫広才の叫び声か?」

いい年をして走ったので、父はどうにも体が持たなくなった。橋の上まで来たところでバタンと倒れ、すわり込んだまま大泣きを始めた。まるで赤ん坊のような泣き方だった。

兄は橋の上まで追いかけてきて、父の無様な姿を目にした。濁った涙で濡れた父の顔は、蝶《ちょう》のようにけばけばしい。青っ洟が唇から垂れ、ぶらぶらと揺れていた。その姿を見た孫光平は、父の頭を叩き割っても意味がないと思った。決然としていた孫光平が、一瞬ためらいを覚えた。しかし、村の人たちが続々と集まってくるのを見て、ほかに選択肢がないことを知った。どうして兄が孫広才の耳に目をつけたのか、わからない。日差しを浴びながら、孫光平は孫広才の左耳を引っぱり、布を切り取るように斧で切断した。暗紅色の血が流れ出し、あっという間に父の首は赤いスカーフを巻いたようになった。孫広才は自分の激しい泣き声のせいで、起こっている事態にまったく気づかなかった。涙の量が多過ぎると思い、手で触ってみて初めて、それが鮮血であることを知った。孫広才は何度か叫び声を上げたあと、気を失ってしまった。

兄はその日の午後、家に戻る間、全身を震わせていた。猛暑の季節にもかかわらず、孫光平は両腕を抱え、凍《こご》えている様子だった。集まってきた村人たちは、兄とすれ違うとき、歯がガチガチ鳴る音をはっきりと聞いた。母と英花は青ざめた顔で、孫光平が歩いてくるのを見ていた。二人の女は、目の前に無数の黒い点が現れたと思った。まるで、空を覆うイナゴの群れのようだ。孫光平は二人に寂しげな笑顔を見せると、すぐ家の中に入った。その後、兄は衣裳箱を引っ掻《か》き回して綿入れの服を探した。母と英花が室内に入ったとき、孫光平はすでに綿入れを着てベッドにすわり、顔に汗を浮かべていたが、体の震えはまだ止まっていなかった。

半月後、頭に包帯を巻いた孫広才は町の代筆屋に頼んで、遠く北京にいるぼくに手紙を出した。手紙は甘い言葉が並び、育ての恩を強調していて、最後に中南海《ちゅうなんかい》〔中央政府の所在地〕へ行って父の被害を訴えてくれと書いてあった。父の突拍子もない考えは、ぼくに強い印象を残した。

実を言えば、父がぼくに手紙を出したとき、兄はすでに逮捕されていた。兄が連行されるとき、母は英花と一緒に路上で、制服を着た警官を押しとどめた。年老いた母は声を上げて泣きながら、警官に向かって叫んだ。

「私たちを連れて行って。私たちが身代わりになる。それでいいでしょう?」

兄は監獄で二年を過ごした。出獄したとき、母はすでに病魔に襲われていた。保釈の日、母は五歳の孫暁明を連れて村の入口に立った。そして、孫光平が英花に伴われて歩いてくるのを見ると、突然鮮血を吐いて倒れてしまった。

それ以来、母の病状はしだいに悪化し、歩くのもままならなくなった。兄が病院へ連れて行こうとしたが、母はどうしても同意しない。母は言った。

「どうせ死ぬんだから、お金のむだだよ」

兄が無理やり背中に乗せて町へ行こうとしたとき、母は怒りのあまり涙を流した。そして、兄の背中を拳《こぶし》で叩きながら言った。

「死ぬまで呪ってやる」

ところが、あの橋まで行くと、母は静かになった。兄の背中に覆いかぶさり、少女のような甘い恥じらいの表情を見せた。

母はその年の春節を迎える前に死んだ。ある冬の日の夜、吐血が止まらなくなった。最初、口もとまで血が込み上げてきたとき、母は吐き気をこらえた。部屋を汚せば、孫光平に掃除の面倒をかけると思ったのだ。すでに起き上がれなくなっていた母は、その夜に限って、ベッドから下りて暗闇の中、枕もとの洗面器を探り当てた。

翌朝、兄が部屋に入ったとき、母はベッドから身を乗り出していた。洗面器に暗紅色の血がたまっていたが、シーツは汚れていなかった。兄の手紙によれば、その日は外で雪が舞っていたという。母は気息奄々《きそくえんえん》で、その極寒の日の日中を持ちこたえた。英花がずっと母のそばに付き添った。母は今生《こんじょう》の最期のときを安らかに落ち着いて過ごした。夜になって、生涯寡黙だった母が驚くほど大きな声を上げた。その叫びは、すべて孫広才に向けられていた。かつて孫広才が家財を未亡人のところへ運んだとき、母は何も言わなかった。しかし、臨終の叫びは内心の不満を証明している。母は死ぬ前に、繰り返し叫んだ。

「おまるを持って行かないで。まだ使うんだから」

「たらいを返してちょうだい……」

母は孫広才が持ち去ったものをすべて羅列した。

母の葬儀は弟のときよりも少し上等で、棺桶に納めて埋葬された。葬儀の全過程において、孫広才はかつてのぼくと同じ状況にあった。父も家族から遊離していたのだ。ぼくが非難を受けたように、孫広才は葬儀と距離を置いているがゆえに指弾された。父と未亡人の関係は、すでに人々の黙認を得ていたのだが。父は母を納めた棺桶が村から出て行くのを見て、慌てた様子で村人に尋ねた。

「あの婆さん、死んだのか?」

それから午後いっぱい、孫広才は未亡人の家で、何事もなかったかのように酒を飲んでいた。ところが、この日の夜中に、村はずれから身の毛もよだつ泣き声が聞こえてきた。兄によれば、それは父が母の墓の前で泣いている声だった。父は未亡人が眠ったあと、こっそり墓の前にやってきた。悲痛のあまり、自分が大声を出していることも忘れて泣き叫んだ。間もなく、未亡人の叱責とはっきりした命令の声が聞こえてきた。

「帰るわよ」

父は嗚咽を漏らしつつ、未亡人の家に帰った。父の足取りは、道に迷った子どものように頼りなかった。

未亡人はかつて旺盛だった情欲を失ったあと、正式に孫広才を受け入れた。

孫広才は人生最後の一年間、無限の愛を酒に捧げた。毎日午後になると、たとえ風が激しかろうと町へ酒を買いに行き、帰宅するときには酒瓶がもう空っぽになっていた。道すがら気ままに酒を飲む父の気持ちは想像がつく。あの腰の曲がった老人は、土埃が舞う、あるいは雨でぬかるんだ道を歩きながら酒を飲み、顔を輝かせていた。少年が風になびく恋人の髪を見たときのように。

孫広才は酒に無限の愛を捧げた結果、墓に入ることになった。その日、父は長年の習慣を改め、道すがら酒を飲むことをせず、町の飲み屋で最高のひとときを過ごした。酔っ払って帰宅する途中、月明かりの下、村の入口の肥溜めに落ちたのだ。その瞬間、父は驚いて叫ぶことをせず、ひと言だけつぶやいた。

「押すなよ」

翌朝、発見されたとき、父はうつぶせで糞尿の上に浮かんでいた。体じゅうに白いウジムシが這い回っていたという。父は最も汚い場所で死んだが、自分ではそれに気づかなかった。安らかに眠りにつく理由を十分に備えていたから。

孫広才が肥溜めに落ちた夜、もう一人の飲んだくれの羅じいさんも、酩酊《めいてい》してその場所を通りかかった。月明かりの下、かすんだ目で孫広才を発見したが、まさか糞尿の上に浮かんでいるのが人間だとは思わなかった。じいさんは肥溜めの前でしゃがみ込み、しばらく観察してから、不思議そうに自問した。

「どこの家の豚だろう?」

その後、じいさんは立ち上がり叫んだ。

「誰かの豚が……」

羅じいさんは途中で口を押さえ、自分に忠告した。

「叫んじゃいかん。自分で引き上げよう」

完全に酔っていた羅じいさんはふらふらと家に帰り、物干し竿《ざお》と麻縄を持って、再びふらふらと戻ってきた。まず、竹竿で孫広才を肥溜めの反対側へ押しやった。そして自分も反対側へ回り、孫広才の首に麻縄を結びつけ、独り言を言った。

「こんなに痩せているのは、どこの家の豚だろう。首の太さが人間と変わらん」

それから、じいさんは立ち上がり縄を肩にかけて、ぐいぐいと引っぱりながら、笑顔を見せて言った。

「痩せてると思ったが、引っぱってみると重いな」

羅じいさんは引き上げたあと、身をかがめて縄をほどくとき、ようやく孫広才に気づいた。孫広才は歯をむき出しにしていた。羅じいさんは最初びっくりしたが、そのあと腹を立てて、孫広才の顔を殴りながら罵声を浴びせた。

「おい、孫広才、この老いぼれ、死んだあとも豚のふりをして、わしを騙したな」

その後、羅じいさんは孫広才を肥溜めに蹴り落とした。孫広才が落ちたとき、糞尿が飛び散って、羅じいさんの顔にかかった。じいさんは顔を拭いながら言った。

「くそっ、まだわしに悪さをしやがる」

出生

一九五八年の秋、若き日の孫広才《スン・グアンツァイ》は、のちに商業局長をつとめた鄭玉達《ジョン・ユーダー》と南門《ナンメン》へ向かう路上で出会った。鄭玉達は晩年、息子の鄭亮《ジョン・リアン》に当時の情景を語ったことがある。余命いくばくもない鄭玉達は肺癌《はいがん》をわずらい、ヒューヒューという胸の音を交えながら往事を語った。それでも、鄭玉達は当時のことを思い出すと、明るい笑い声を漏らした。

農村調査チームの一員として、鄭玉達は南門に派遣されてきた。若き日の鄭玉達はグレーの人民服に身を包み、「解放」ブランドの運動靴を履き、中分けにした髪を田畑を吹き抜ける風になびかせていた。父は前ボタンの上着を着て、母がランプの下で縫った布靴を履いていた。

孫広才は半月前、船で野菜を隣県まで運んで売った。そして、ふと突拍子もないことを思いついた。自分だけバスに乗って、先に帰ってきたのだ。空っぽの船は、ほかの村人二人が漕《こ》いで戻ってきた。

赤ら顔の孫広才は南門の近くで、人民服を着た鄭玉達と出会った。すると、この町の党幹部は、農民・孫広才と雑談を始めた。

当時、農地には混乱に満ちた繁栄の気運が見られた。一面の田んぼの中に、レンガで築かれた小型溶鉱炉が点在していたのだ〔大躍進政策による製鉄運動を指す〕。

鄭玉達は尋ねた。「人民公社は素晴らしいか？」

「素晴らしい」孫広才は言った。「ただで飯が食えるから」

鄭玉達は眉をひそめた。「そんな言い方はやめなさい」

今度は、孫広才が鄭玉達に尋ねた。

「かみさんはいるのかね？」

「いるよ」

「ゆうべ、かみさんと寝たか？」

鄭玉達はそういう質問に慣れていなかったので、むっとして言った。

「バカなことを言うんじゃない」

孫広才は鄭玉達の態度をまったく気にせず、話を続けた。「おれはもう半月、かみさんと寝ていない」父は自分の股間を指さした。「ここが大騒ぎしているよ」

鄭玉達は顔をそむけ、孫広才を見ないようにした。

父と鄭玉達は村の入口で別れた。鄭玉達は村に入り、父は村はずれの野菜畑へ向かった。母は数人の村の女たちと一緒に、畑の草むしりをしていた。若き日の母は真っ赤なリンゴのような顔をして、活発で健康そうだった。青い格子柄のスカーフは、まだ真新しかった。母の心地よい笑い声が風に乗って、焦りまくっている父の耳に伝わってきた。孫広才は、草を取るたびに体を揺らす妻のうしろ姿を目にして、待ちきれずに叫んだ。

「おーい」

母は振り向いて、道に立っている元気いっぱいの父を見つけると、大声で返事をした。

「はーい」

「こっちへ来いよ」父が続けて叫んだ。

母は顔を紅潮させてスカーフを取り、服の泥を払ってから歩き出した。母の動作がのろいので、父は腹を立てて怒鳴った。

「もう我慢できん。さっさと走れ」

女たちがどっと笑った。母は体を揺らしながら、父のほうへ走ってきた。

父の我慢は限界で、家に着くまで待てなかった。村の入口にある羅《ルオ》じいさんの家の戸が開いていた。父は中に向かって呼びかけた。

「誰かいるかね？」

留守を確かめると、父はすぐ屋内に入った。ところが、母はまだ外に立っている。父は待ちかねて言った。

「入れよ」

母はためらっていた。「でも、ここは他人の家よ」

「いいから入れ」

母が入ると、父は急いで戸を閉めた。そして、壁の隅にあった長椅子を部屋の中央に運んできて、母に命令した。

「早く脱げ」

母は下を向き、服をめくってズボンの紐《ひも》を解こうとした。しかし、しばらくすると申し訳なさそうに言った。

「紐がかた結びになって、ほどけないの」

父は焦って地団駄を踏んだ。

「嫌がらせのつもりか」

母は下を向き、引き続き紐を解こうとしていた。悪いことをしたと思っているようだ。

「もういい、おれに任せろ」

父はしゃがんで、力いっぱい紐を引っぱった。紐が切れると同時に、父は首を痛めてしまった。情欲に駆られながらも、父は首に手を当てて、うめき声を上げた。母が慌てて父の首を揉もうとしたが、父は激怒して叫んだ。

「いいから横になれ」

母はおとなしく横になり、ズボンを脱いで足を秋の空気の中に伸ばした。目は依然として不安そうに、父の首に向けられている。父は手を首に当てたまま、母の体に覆いかぶさり、長椅子の上で欲望の使命を実行に移した。羅じいさんの家のニワトリたちが、コッコッと鳴きながら集まってきた。とても積極的で、この行為に参加したいらしい。ニワトリたちは孫広才に独り占めさせまいと、足もとに寄り集まり、嘴《くちばし》でつつき始めた。この肝心なときに父は精神を集中できず、足を揺り動かして無礼なニワトリを追い払わなければならなかった。ニワトリは追い払われても、またすぐに寄ってきて、引き続き父の足をつついた。父はいたずらに足を揺り動かしていたが、クライマックスが訪れたとき、重苦しいひと声を発した。

「あとは勝手にしろ」

その後、ゾッとするようなうめき声が聞こえた。だが、父の快楽のうめき声は途中で消えた。ニワトリに足をつつかれて、全身がむず痒《がゆ》くなったからだ。父は一定しない笑い声を上げ続けた。ことを終えると、父は羅じいさんの家を出て、鄭玉達を探しに行った。母はズボンを手に提げて、家に帰った。新しいズボンの紐が必要だったのだ。

父が探しあてたとき、鄭玉達は生産隊の党委員会の部屋にすわって報告を受けていた。父は意味ありげに、鄭玉達に向かって手招きした。鄭玉達が出てくると、父は尋ねた。

「早いだろう」

鄭玉達はわけがわからず、反問した。「何が早いんだ？」

父は言った。「かみさんともう済ませてきた」

共産党の幹部である鄭玉達は顔色を変え、小声で叱責した。

「出て行きなさい」

鄭玉達は晩年になって、この話をしたとき、ようやく隠された面白みに気づいた。当時の父の行動にも、寛容さと理解を示した。彼は鄭亮に言った。

「農民とは、そういうものさ」

父と母の長椅子の交わりは、ぼくの長い人生の発端となった。

ぼくは、農家が稲刈りで忙しい時期に生まれた。ぼくが生まれたとき、孫広才は空腹のあまり、田んぼで癇癪《かんしゃく》を起こしていた。父は当時の空腹をもう忘れてしまったが、怒りを爆発させたことは記憶していた。ぼくは酒臭い父の口から聞いた話によって、初めて自分の出生時の様子を知った。ぼくが六歳の夏の日の夕方、父は何気なく当時の話を始め、近くにいたメンドリを指さして言った。

「おまえの母さんは、メンドリがタマゴを産むみたいに、おまえを産んだんだ」

母は妊娠九か月だったので、農繁期にもかかわらず、稲刈りには出なかった。母がのちに語ったところによれば、当時は「力が出ないのではなく、腰が曲がらない」状態だったという。

母は父に昼食を届ける任務を担当していた。まぶしい日差しの下、母は大きな腹をしてカゴを提げ、頭に青い格子柄のスカーフをかぶり、父のいる畑にやってきた。母が微笑みながら、おぼつかない足取りで父のもとへ向かう光景は、想像すると感動的だ。

ぼくが生まれた日の昼、孫広才は十数回、疲れた腰を伸ばして小道のほうを眺めたが、腹の大きい母は姿を見せなかった。周囲の農民たちは食事を済ませ、稲刈りを再開している。耐えがたい空腹に襲われた孫広才は、田んぼで怒りを募らせ、悪態をついていた。

母は午後二時過ぎに、ようやく姿を現した。依然として青い格子柄のスカーフをかぶり、顔色は驚くほど青白かった。体がカゴの重みで、明らかに傾いている。

頭がくらくらしていた父は、よろよろ歩いてくる母を見て、何かが違うと感じた。しかし、それにはかまわず、近づいてくる母を怒鳴りつけた。

「おれを飢え死にさせるつもりか」

「違うの」母は弱々しい声で言った。「生まれたのよ」

それで父はようやく、ふくらんでいた母の腹がしぼんでいることに気づいた。

母はそのとき、腰を曲げられるようになっていた。そうすると激痛が走ったが、母は笑顔を浮かべ、カゴから父の食事を取り出した。そして、小声で告げた。

「ハサミが近くになくて、苦労したわ。生まれた子どもには、産湯を使わせなくちゃならないし。もっと早く、食事を届けるつもりだったんだけど、その前に陣痛が始まっちゃって。生まれそうだから、ハサミを手もとにと思ったけれど、痛くて動けなくて……」

父はじれったそうに、母のくどい話を中断させた。

「それで男か？　女か？」

母が答えた。「男の子よ」

第2章

友情

蘇《スー》家が南門《ナンメン》から引っ越して行ったあと、ほとんど蘇宇《スー・ユー》と蘇杭《スー・ハン》には会わなかった。だが中学に入ると、また会う機会が増えた。驚いたことに、南門にいたときは大変仲のよかった兄弟が、学校ではぼくと孫光平《スン・グアンピン》のような冷淡な関係に見えた。しかも、二人の違いは明らかだった。

当時の蘇宇は、ひ弱であることを除けば、一人前の成人だった。蘇宇がそのころ着ていたのは紺色のサージの服で、体の成長につれて、サイズが窮屈になった。ある日、蘇宇は靴下を履いていなかったので、ズボンの裾が短いために、足首がすっかり露出していた。蘇宇は高校進学後、ほかの男子生徒と同様に、もう学生カバンを肩にかけることなく、その日の授業の教科書を小脇に挟んで登校した。ほかの生徒と違うのは、堂々と道の真ん中を歩かないところだ。彼はいつも下を向き、恐る恐る道端を歩いていた。

当初、ぼくの関心を引いたのは蘇宇ではなく蘇杭だった。蘇杭は髪をテカテカにして、両手をポケットに突っ込み、女生徒に向かって口笛を鳴らした。その粋《いき》な様子は、ぼくをうっとりさせた。このぼくの同級生は黄ばんだ本を手にして、小声でその一節を朗読した。

「生娘《きむすめ》を世話するぜ。お代は安くしておく」

彼は、生理的な問題について生半可な知識しかないぼくたちに、成人男子の常識をもたらした。

ぼくは当時、極端に孤独を恐れ、休み時間に一人で片隅に立っていることを嫌った。蘇杭が多くの生徒に取り囲まれて、運動場の中央で高らかに笑っているのを見て、農村出身のぼくはおずおずと近づいて行った。蘇杭が大声で、「久しぶりだなあ」と呼びかけてくれるのを期待して。ぼくが近づいても、彼は南門の記憶をよみがえらせなかったが、ぼくをのけ者にもしなかった。彼が受け入れてくれたことを知って、ぼくはうれしかった。

夜になると、薄暗い街路で、彼はくわえていたタバコを順番に手渡しして、ぼくたちに吸わせた。彼に率いられて、ぼくたちは街頭を闊歩《かっぽ》した。若い娘を見かけると、うれしいのにわざと哀れっぽい声で叫んだ。

「ねえちゃん、どうしてシカトするんだよ」

ぼくも震えながら一緒に叫んだ。一方では罪悪感を覚えたが、また一方では比類のない感動と歓喜を味わった。

蘇杭のおかげで、ぼくたちは夕食後の外出が、屋内に閉じこもっているより、ずっと面白いことを知った。たとえ、帰宅後に厳しい懲罰を受けるとしても。同時に彼は、どんな女の子を彼女にするべきかを教えてくれた。繰り返し強調したのは、学習成績の優劣を基準にしてはいけないということだ。胸の発育状況と尻の大きさで選ぶべきだと言った。

彼は女の子の選択基準を教えたにもかかわらず、自分はクラスでいちばん痩せた女生徒に恋をした。それは丸顔の女の子で、毛先が反り返ったお下げを二本結っていた。きらきらした黒い瞳のほかに、何も魅力的なところは見当たらない。蘇杭がそんな女の子を好きになったことに驚いて、仲間の一人が彼に尋ねた。

「胸は？　あの子の胸はどこにあるんだ？　尻だって小さいし」

蘇杭の答えは成年男子らしいものだった。

「可能性を見なくちゃダメだ。あの子の胸と尻は、一年以内に大きくなる。そのとき、彼女は全校一の美女だよ」

蘇杭の求愛の方法は単刀直入だった。甘い言葉に満ちた手紙を書き、彼女の英語の教科書の中に忍ばせた。午前中の英語の授業で、この女生徒は突然、恐ろしい悲鳴を上げ、そのあとオルガンの音のような声で泣き出した。勇敢で怖いものなしだと思っていた蘇杭が、そのときばかりは死人のように青白い顔をしていた。

けれども教室を離れると、彼はすぐかつての粋な態度を取り戻した。午前中の授業が終わったあと、彼は口笛を吹きつつ、あの痩せた女生徒に近づき、一緒に歩き出した。ときどき振り向いて、ぼくたちにおどけた顔をして見せながら。可哀《かわい》そうな女の子は、また泣き声を上げた。通りかかった肉付きのいい女生徒が正義感を発揮し、ぐいぐいと二人の間に割り込んだ。そして、怒りを込めて低い声で罵声を浴びせた。

「恥知らず」

蘇杭は向き直って、この肉付きのいい女生徒の前に立ちふさがった。その表情には、怒りよりも興奮がみなぎっていた。ついに自分の勇敢さを示す機会を得たのだ。彼は虚勢を張って叫んだ。

「もう一回、言ってみろ」

その女生徒は怯むことなく、言い返した。

「あんたは恥知らずよ」

思いもよらないことに、蘇杭は拳を振るい、女生徒の豊満な胸を打った。女生徒は驚いて悲鳴を上げたあと、顔を覆って泣きながら走り去った。

ぼくたちが蘇杭のそばに行くと、彼はうれしそうに右手の人差し指と中指をさすりながら、さっき胸を打ったときの柔らかい感触を語った。残り三本の指は、その素晴らしい恩恵に浴していないので、まったく価値を認めていないらしい。彼は感嘆して言った。

「意外な収穫だった。まったく意外な収穫だ」

ぼくが初めて女性の体について知識を得たのは、すべて蘇杭の啓蒙のおかげだった。ある春の日の夜、ぼくたちは彼と一緒に街をぶらついていた。彼の両親は、大型の上製本を持っていて、その本には女性の陰部のカラー写真が載っているという。

彼はぼくたちに言った。「女には三つ穴があるんだぞ」

その夜、蘇杭の謎めいた言葉と街路に響く足音を聞いて、ぼくの呼吸は荒くなった。なじみのない知識が、ぼくに恐怖と誘惑を同時に与えた。

数日後、蘇杭がその上製本を学校に持ってきたとき、難しい選択を迫られた。ぼくは明らかに、ほかの子どもたちと同じく興奮で顔を赤くしていたが、放課後に蘇杭が本を開こうとした瞬間、すっかり怖気《おじけ》づいてしまった。まだ日差しが明るい時間に、ぼくにとって冒険と言うべき行為に及ぶ勇気がなかったのだ。それで、蘇杭が見張り役が必要だと言ったとき、ぼくは率先してその任務を引き受けた。ぼくは番兵として教室の戸口の外に立ち、内心の強い欲望を感じていた。室内から不揃いな驚きの声が聞こえてくると、ぼくの心はモヤモヤでいっぱいになった。

この機会を逃すと、二度目はなかなか難しかった。その後も蘇杭は同じ本を学校に持ってきたが、ぼくに見せるべきだということを忘れていた。ぼくは自分が彼にとって、取るに足らない存在だと知っている。彼を取り巻く同級生の一人、しかも最も価値のない一人なのだ。また、ぼくは内心の臆病さを克服できず、自分から要求することはできなかった。半年後にようやく、蘇宇がそのカラー写真をぼくに見せてくれたのだった。

蘇杭の大胆さは、ときに人を驚かせる。彼は、そのカラー写真を男子生徒に見せるだけではつまらなくなった。そこである日、その本を持って一人の女生徒に近づいたのだ。その後、女生徒は取り乱して運動場を走り回り、塀の下まで行くと、声を上げて泣き出した。蘇杭は大笑いをしながら、こちらに戻ってきた。ぼくたちは戦々恐々で、女生徒が告げ口することを心配した。ところが、彼は少しも慌てず、逆にぼくたちを落ち着かせようとした。

「大丈夫さ。告げ口するはずがない。蘇杭がアレを見せたなんて、口が裂けても言えないだろう。

大丈夫、安心しろよ」

　その後、無言の事実によって、蘇杭の言葉が正しかったことが証明された。蘇杭はこの冒険で成功を収めたので、夏休み期間中、もっと大胆な行動に出た。ある農繁期の午後、蘇杭は林文《リン・ウェン》という同級生と一緒に、燃えるような日差しの下、田舎の道をぶらぶら歩いていた。彼らが最も下品な言葉で、クラスの好きな女の子の話をしていたであろうことは、容易に想像がつく。林文がその時期、蘇杭の親友になったのは、彼が手鏡を使って女子便所をのぞき見したからだった。実際のところ、林文は大胆な行為によって何かを見たわけではないが、一つの教訓を得た。蘇杭も手鏡の効果を試そうとしたとき、林文は経験者ならではの忠告を与えた。

「便所で女が手鏡を使えば、男のアレが見える。だけど、男が女のアレをはっきり見るのは無理だ」

　こうして二人は田舎道を歩き、ある村に入った。蟬《せみ》しぐれのほかには何の物音もしない。農作業ができる者は全員、田んぼの稲刈りに出かけていたのだ。二人が木陰にさしかかったとき、話題は最高潮に達し、彼らの体の火照りは夏の熱気を上回っていた。まぶしい日差しが大地をあまねく照らし、その情景は欲望が氾濫して壊滅した世界のようだった。気持ちの落ち着かない少年たちは、炊事の煙が出ている家の前にやってきた。蘇杭が窓辺へ行って中の様子をうかがい、林文に向かって意味ありげに手招きをした。林文は興味津々で近づいて行ったが、窓から室内を見て大いに失望した。七十過ぎの老婆が、かまどの前にすわって、火をおこしていたのだ。彼は蘇杭の息遣いが乱れていることに気づいた。蘇杭は切羽詰まった様子で言った。

「おまえ、本物のアレを見たいか？」

林文は蘇杭の意図を理解し、火をおこしている老婆を指さして、怪訝そうに尋ねた。

「あの婆さんのを見るのか？」

蘇杭は照れ笑いを浮かべながら、強く誘った。

「行こうぜ」

手鏡を便所で使った林文だが、このときばかりは躊躇して言った。

「あんな婆さんのアレを？」

蘇杭は顔を真っ赤にして、低い声で言った。

「でも、本物だぞ」

林文は、蘇杭と一緒に行動を起こす決心がつかなかった。しかし、蘇杭の緊張と不安が林文にも胸がドキドキするような興奮を与えた。彼は言った。

「おまえが行け。おれは見張り番をする」

蘇杭は窓から侵入する前に振り向いて、困ったような笑みを見せた。そのとき、林文は自分が蘇杭よりも面白い立場に置かれていると感じた。

林文は窓の前に留まらなかった。蘇杭が老婆に襲いかかる情景は簡単に想像がつく。見張り番として彼は、真面目《まじめ》に任務を遂行した。窓から少し離れたほうが、誰かが近づくのをはっきりと察知できる。

その後、人が倒れる音、転がるような音、そして取り乱したうめき声が聞こえた。七十過ぎの老婆は何が起こったのか理解できない様子だったが、事実を知ると、林文にまで聞こえる大声で怒りをぶちまけた。

「人でなし、孫みたいな若造のくせに」

これを聞いて林文は失笑し、蘇杭の冒険がすでに半ば成功したことを知った。続いて、老婆は懺悔《ざんげ》するような声を上げた。

「罪作りなことをして」

無力な老婆は蘇杭の激しい攻撃を防ぐことができず、怒りも自分への憐れみに転化させるしかなかった。ちょうどそのとき、林文は一人の男がこちらにやってくるのに気づいた。男は上半身裸で、手に鎌を持っている。林文は肝をつぶし、急いで窓辺へ駆けつけた。蘇杭は膝をついて、懸命に老婆のズボンを引っぱっていた。一方、その年老いた女は、痛めた肩をさすりながら、はっきりしない声で何かつぶやいている。林文の警告を聞いて、蘇杭は病気の犬のように、窓を乗り越えて出てきた。その後、二人は必死で河辺のほうへ走った。蘇杭は絶えず振り向いて、鎌を握って追いかけてくる男を見た。林文は逃走中ずっと、蘇杭の絶望的な声を耳もとで聞いていた。

「ダメだ。今度こそ、おしまいだ」

その日の昼、二人はあの町に通じる道路を埃を立てて、肺が痛くなるまで疾走した。顔も体も泥だらけになって、彼らは町に戻った。

中学の教師の中で、最も強く印象に残っているのは、物腰の柔らかい音楽の先生だ。彼は共通語で授業をする唯一の教師だった。オルガンの前にすわって歌唱指導をするときの表情と歌声に、ぼくは魅了された。長い間、ぼくは喜びに満ちたまなざしで、彼を見つめていた。他人と違う彼の上品さは、成人後のぼくの手本となった。しかも、彼は教師の中で最も公正で、あらゆる生徒に同じ笑顔で接した。彼の最初の授業の光景は、いまだに覚えている。彼は白いシャツと紺色のズボンという恰好で、譜面を小脇に抱えて教室に入ると、ラジオ放送のような口調で厳《おごそ》かに言った。

「音楽は言葉が消失したところから始まるのです」

田舎臭い方言で授業をする教師に慣れている生徒たちは、どっと大笑いした。

南門に戻って三年目の春、すなわち蘇杭が我々にカラー写真を見せたころのことだ。すべての教師の頭痛の種だった蘇杭は音楽の授業のとき、自分の下品さで、優雅な先生をからかった。蘇杭は運動靴を脱いで窓枠に置き、両足を机の上にのせていた。ナイロンの靴下が放つ異臭が、教室じゅうに漂った。こんな下品な挑戦をまともに受けても、音楽の先生は声高らかに歌い続けた。彼のまろやかな歌声と蘇杭の足の臭いを美と醜の衝撃として、我々は同時に受けとめた。一曲目が終わると、先生はようやく立ち上がり、オルガンから離れて蘇杭に言った。

「靴を履いてください」

思いがけないことに、蘇杭はそれを聞いて大笑いした。そして椅子ごと全身を震わせ、振り返ってぼくたちに言った。

「ください、だってよ」

音楽の先生は、なおも上品に言った。

「勝手なことはやめてください」

蘇杭の笑いは、いっそう激しくなった。何度も咳込み、胸を叩きながら言った。

「また、ください、だって。笑わせるぜ。まったく、大笑いだ」

音楽の先生は怒りで顔を青くして、蘇杭の机の前へ行くと、窓枠の上の運動靴を外に放り投げた。彼が振り返ったとき、蘇杭はもう靴下のままオルガンの前へ走っていた。譜面をつかみ、これも窓から外へ投げ捨てたのだ。音楽の先生は明らかに意表を突かれ、蘇杭が窓を乗り越えて出て行き、靴を手に提げて戻ってくるのを呆然と見ていた。蘇杭は改めて靴を窓枠の上に置き、両足を机にのせ、臨戦態勢を整えた様子で、音楽の先生を見た。

ぼくが崇拝する優雅な音楽の先生は、蘇杭の下品さによって、耐えがたい一撃を食らった。先生は教卓の横に立ち、少し顔を上に向け、長いこと何も言わなかった。その表情は、まるで訃報を受け取ったかのようだった。しばらくして、彼はようやくぼくたちに言った。

「誰か、譜面を拾ってきてくれますか?」

放課後、多くの生徒たちが蘇杭を取り囲み、その勝利を祝ったが、ぼくはいつものように仲間に加わらなかった。当時、ぼくの心の中には、言い表しようのない悲哀が湧き上がっていた。ぼくの成人後の手本が、いとも簡単に蘇杭に侮辱されてしまったのだ。

間もなく、ぼくは蘇杭と異なる道を歩み始めた。実際のところ、蘇杭との決裂は、ぼくの心の中の問題に過ぎない。もともと、ぼくは彼にとって、どうでもいい存在だった。ぼくは二度と運動場の中央に集まらなかったし、ほかの生徒たちのように蘇杭を取り囲むこともしなかった。しかし、それを意識したのはぼく自身だった。蘇杭は自分を取り巻く生徒の輪からぼくが抜けたことに、まったく気づいていなかった。彼は依然として上機嫌だったが、ぼくは一人ぼっちの孤独に陥った。ところが意外なことに、かつてぼくが蘇杭のそばに立っているときに抱いた感情は、その後の孤独とほぼ一致するものだった。そこで、ぼくは自分が冷静を装い、虚勢を張るために蘇杭に近づいたのだということに気づいた。のちに、ぼくは孫光平が町の生徒の機嫌を取るのを心の中で非難したとき、自分にも同じ経験があることを思い出し、恥ずかしさを感じた。

いま思い出してみると、蘇杭があの日の午後、ヤナギの枝でぼくを叩いたのは、感動的な出来事だった。ぼくは当時、とても驚いた。蘇杭が突然、ヤナギの枝を振り回してくるとは、想像もしなかった。そのとき、ぼくの近くには女生徒たちがいた。そのうちの三人は、蘇杭のお気に入りだ。当時の蘇杭の心情は理解できる。だが、彼が自分をひけらかすために取った方法は受け入れがたいもので、ぼくは最初、冗談だと思った。彼は家畜を鞭《むち》打つように、ぼくを叩こうとした。ぼくは無理に笑顔を作りながら、必死で鞭打ちを避けた。だが、彼は容赦なく、ヤナギの枝で思いきりぼくの顔を打った。あまりの痛さに、ぼくは驚愕《きょうがく》した。女生徒たちは足を止め、びっくりしてこちらを見つめている。ぼくは内心、屈辱を覚えた。蘇杭は得意げに、たびたび振り返り、彼女たちに向かって口笛を鳴らした。同時に、ぼくに対しては、腹這いになれと命じた。ぼくはそのとき、彼がなぜ暴力を振るうのかを理解した。そして腹這いになることも、ヤナギの枝を奪い取ることもせず、向きを変えて教室のほうへ歩き出した。生徒たちは背後で、歓声を上げている。蘇杭は追いかけてきて、引き続きぼくを叩いた。ぼくは依然として反撃せず、そのまま歩いて行った。屈辱の涙で、その日の午後、ぼくの目はかすんでいた。

だが、この屈辱のおかげで半年後、蘇宇と親密な友人関係を結ぶことができた。ぼくはもう友だちがたくさんいるふりをすることなく、孤独な本当の自分を取り戻し、独自の生活を始めた。ときには寂しさを感じ、虚しさに苦しむこともあったが、それで自尊心を保つことができれば本望だった。屈辱を代価にして表面的な友人を作ることは、もうしたくない。そのとき、ぼくは蘇宇に関心を持つようになった。いつも道の端を歩いている蘇宇の孤独な様子に、親しみを感じたのだ。蘇宇はまだ少年だったが、すでに心配事を抱えた大人のような風格を見せていた。当時の蘇宇は、南門での父親と未亡人の醜聞によるショックから立ち直れずにいた。ぼくがひそかに蘇宇に目を付けたとき、蘇宇もぼくに関心を持った。あとになって知ったことだが、ぼくがクラスの誰とも親しくなれない様子を見て、蘇宇は感銘を受けていたらしい。

蘇宇が関心を寄せてくれていることには、早くから気づいていた。蘇宇はいつも、同じように道の端を歩くぼくを見ていた。二人の間を歩く同級生たちは、三々五々仲間を作って、大声で話をしている。ぼくたちだけが、独りぼっちで歩いていた。しかし、南門での蘇宇の幸福な生活が強く印象に残っていたため、ぼくはあえて蘇宇と仲良くしようと思わなかった。また、それまで友人がいなかったので、自分より二学年上の先輩と仲良くなるという考えが浮かばなかったのだ。

学期末が近づいたころ、蘇宇が突然、話しかけてきた。道の両側を歩いていたとき、ぼくが蘇宇のほうを見た瞬間、思いがけず彼は立ち止まり、微笑みを浮かべた。あのときの蘇宇の真っ赤な顔を忘れることはできない。はにかみ屋の彼が、ぼくを呼び止めた。

「孫光林《スン・グアンリン》」

ぼくは足を止めた。いま、あの瞬間の感情を再現することはできない。蘇宇をじっと見つめていたことは記憶にある。多くの同級生たちが、二人の間を歩いていた。人通りが途絶えた隙に、蘇宇は近づいてきて尋ねた。

「おれのことを覚えているかい?」

ぼくが当初、蘇杭に近づいて行ったとき、期待していたのはまさにこのようなひと言だった。その言葉がのちに、蘇宇の口から発せられた。ぼくは涙を流しそうになり、うなずいて言った。

「蘇宇だよね」

それ以来、二人は学校で放課後、待ち合わせるようになった。ときどき蘇杭が遠くから、ぼくたちを不思議そうに眺めていた。このような関係がしばらく続いたあと、二人は校門を出たところで別れることに心残りを感じた。蘇宇は家の近くまで、ぼくを送ってくれるようになった。いつも南門の手前の橋で、手を振ってぼくが立ち去るのを見届けたあと、向きを変えてゆっくりと遠ざかって行った。

数年前、帰郷して南門を再訪したとき、あの古い木の橋はコンクリートの新しい橋に変わっていた。その冬の日の夕方、ぼくは夏の出来事を思い出した。昔を懐かしむうちに、視界から南門の工場、石造りの河岸、自分が立っているコンクリートの橋が消えた。再び目の前に南門の田畑、青草が茂る土の河岸がよみがえり、足もとのコンクリートの橋は昔の木の橋に戻った。板の隙間から河の流れが見えた。

厳冬の冷たい風の中で、ぼくはそれらの情景を思い出していた。ぼくと蘇宇が木の橋の上でしばらく立っていたのは、夏が訪れたばかりの夕方だった。蘇宇がおずおずと南門を見つめる目に、ほのかに赤い夕焼けが映っていた。その夕方の静けさと同様に落ち着いた声で、彼は冷静に過去の経験を振り返った。南門で過ごした夏の日の夜、あまりの暑さで蚊帳《かや》を吊ることをやめた彼の母親は枕もとにすわり、蚊を追い払うため、うちわで煽《あお》いでくれたという。彼が眠ってから、母親は蚊帳を吊ったのだ。

最初、この蘇宇の母親の話を聞いて、ぼくは切ない気持ちになった。そのころ、ぼくはもう家庭のぬくもりと無縁になっていたから。

　蘇宇は続けて、その夏の夜に見た悪夢の話をした。「おれは人を殺したみたいで、警察に追われていた。急いで家に駆け戻り、隠れようとしたけれど、仕事から帰った両親に見つかってしまった。両親はおれを家の前の木に縛りつけ、警察に引き渡そうとした。おれは大泣きして、やめてくれと頼んだ。ところが、両親は大声でおれを罵倒するんだ」

　蘇宇が夢の中で泣いたので、母親は目を覚まし、彼を呼び起こした。彼は全身に汗をかき、動《どう》悸《き》で胸が痛んだ。母親は彼を叱責した。

「何を泣いてるの、頭がおかしくなったのかい」

　母親の声には憎しみがこもっているようで、蘇宇は深い絶望を感じた。

　少年だった蘇宇は、これらの話を少年だったぼくに語った。二人は、それが何を暗示するのか、理解できなかった。その後、蘇宇が死んで十数年して、ぼくはこの橋の上に立ち、一人でこの話を思い返した。そしてようやく、デリケートな蘇宇が子どものころから、幸福と絶望の両者と複雑な関係を結んでいた事実に気づいたのだった。

戦慄

ぼくは十四歳のとき、闇夜の中で神秘的な行為を知り、絶妙な感覚を味わった。その瞬間、強烈な快感が恐怖を伴った歓喜となって訪れた。その後、戦慄という言葉に出会ったとき、ぼくの理解は同年齢の人たちと明らかに異なり、ゲーテの考えに近づく契機となった。いまは亡きドイツの文豪は、こう述べている。

——恐れと震えは人間の最大の喜びである。

あの闇夜に初めて興奮の最高潮を迎え、すべてを失った虚しさを味わってから、ぼくは自分の下着が濡れていることに気づき、慌てふためいた。最初は自分の行為を責める気持ちはなく、純粋な生理的恐怖を覚えた。小便を漏らしたのだと思って、無知だったぼくは恥ずかしくてならなかった。その行為に対するうしろめたさはなかったが、自分がこの年で失禁してしまったことに不安を感じ、病気ではないかと心配した。けれども、あの一瞬の興奮を求めて、ぼくはそれから何度も歓喜の震えを味わった。

十四歳の夏の日、家を出て町の学校へ向かうとき、まぶしい日差しを浴びるぼくの顔は青白かった。その当時、ぼくは恥ずかしいことを実行しようとしていた。闇夜に流れ出たものの謎を解き明かそうとしたのだ。その年ごろでは、すべてを正しい規範に基づいて行うことは難しい。内心の欲望がひそかに、ぼくの言動の一部分を支配していた。かなり前から、流れ出したものの正体が知りたかった。それは家の中ではできない実験なので、昼間に学校の便所で確かめるしかない。その時間なら、便所には誰もいないだろう。あの古めかしい便所を思い出すと、全身が震えてしまう。その後ずっと、ぼくは最も醜悪な場所で最も醜悪な行為に及んだことについて、自分を責めた。いまなら、そんな自己批判は拒否する。あのとき、便所を選んだことで、ぼくは自分に身を隠す場所がないことを思い知った。その選択は現実に迫られた結果で、自ら望んだものではなかった。

当時の耐えがたい環境について、ここで述べるつもりはない。ハエがブンブン飛び回っていたこと、外で蟬がうるさく鳴いていたことを思い出すだけで、ぼくはたまらない気持ちになる。便所から出て、陽光の下の運動場を横切ったとき、ぼくは手足の脱力感を覚えた。新しい発見をしたぼくは呆然として、どうしたらよいのかわからなかった。向かい側の校舎に入り、誰もいない教室で横になりたいと思ったが、意外なことに一人の女生徒が宿題をやっていた。その女生徒の落ち着いた様子を見て、ぼくは自分の罪深さを意識した。教室に入ることなく廊下に立って、限りない悲哀を感じていた。自分はこれから、どうすればいいのだろう。この世の終わりを迎えたような気分だった。その後、掃除のおばさんが現れた。桶を担いで、ぼくが出てきたばかりの便所に入って行く。それを見て、ぼくは体じゅうを震わせた。

そのうちに、体の震えには慣れてしまった。それにつれて、闇夜が訪れたあとの恐怖や罪悪感は薄らいだ。自分がやっていることについて理解が深まったので、自己批判は生理的な誘惑の前で力を失った。闇夜の静けさは、ぼくに寛容と慰めをもたらした。疲れ果てて眠りについた瞬間、目の前に浮かんでくる情景は、色鮮やかな衣服が灰色の空気の中を漂っているというものだった。

自らを裁く厳しい声は、しだいに遠ざかって行った。

ところが翌朝、学校へ行く時間になると、重い首枷《くびかせ》がのしかかってくる。学校が近づき、きちんとした身なりの女生徒を目にしたとたん、ぼくの顔は真っ赤になるのだった。彼女たちの歓声や笑い声は、陽光の下での健康な生活を体現している。それを見てぼくは美しいと感じると同時に、汚れた自分を腹立たしく思うのだった。最も耐えがたいのは、彼女たちのまなざしに嘲笑が浮かんだときだ。ぼくは怯えるばかりで、彼女たちから見られることの幸福や興奮を味わう権利をすでに失っていた。そのたびに、ぼくは生まれ変わろうと決心したが、闇夜が訪れるとまた同じ失敗を繰り返すことになった。その当時、ぼくは一人になること、放課後は誰もいない場所を見つけて時間をつぶすことによって、自己嫌悪の感情を消極的に示した。心の拠りどころとなっていた友人の蘇宇《スー・ユー》とも距離を置いた。自分はこんなに素晴らしい友人に相応《ふさわ》しくないと思ったのだ。何も知らない蘇宇が親しげに近寄ってきたとき、ぼくは悲しみをこらえて、逆の方向へ歩み出すのだった。

ぼくの生活は昼と夜に分裂した。昼は公正かつ勇敢で、自分を容赦なく痛めつける。だが、闇夜が訪れると、とたんに意志が弱くなるのだった。我ながら驚くほど早く、欲望に身を任せてしまう。そのころ、ぼくは精神的な動揺を嫌というほど経験し、つねに自分が真っ二つに切り裂かれる予感に苦しんでいた。二つの自分が仇敵のように、にらみ合っていたのだ。

欲望は闇夜の中でふくらみ続け、ぼくはあの瞬間に女性を思い浮かべる必要に迫られた。誰かを汚すつもりはなく、どうにも仕方のないことだった。ぼくは曹麗《ツァオ・リー》という女生徒を選んだ。夏には西洋式のショートパンツを穿いて登校する美しい少女だった。生理的な成長の速い男子生徒たちは、みんな彼女に夢中になった。彼らは陽光の下にさらされた彼女の太腿を絶賛した。女性の肉体にまだ関心の薄かったぼくは、彼らの内緒話を聞いて驚いた。不可解なのは、彼らがなぜ彼女の顔の美しさを称《たた》えないのかということだ。ぼくにとって、それは比類のない美しさだった。彼女の笑顔を見ると、最高の幸せを感じた。ぼくの闇夜において、彼女は欠かせない存在になった。彼女の体に対する興味は、ほかの男子生徒のように具体性がなかったが、同じように太腿に注目した。太腿から発せられる輝きが、ぼくをかすかに震わせた。しかし、いちばん好きなのは、やはり彼女の顔だった。彼女の話し声も、どこかで耳にすると気持ちが落ち着かなくなった。

こうして夜の訪れと同時に、想像上の美しい曹麗がぼくの身近に現れるようになった。彼女の肉体を思い浮かべることはしない。ぼくたち二人はいつも、人気《ひとけ》のない河辺を歩いていた。ぼくは彼女の会話、ぼくを見つめるまなざしを偽造した。勇気を出して、彼女の体から発散される匂い、早朝の芝生のような匂いを想像することもあった。唯一の常軌を逸した妄想は、風になびく彼女の髪をぼくの手がなでるというものだった。そのあと、彼女の顔に触れようとしたとき、ぼくは急に恐ろしくなって、自分に待ったをかけた。

曹麗の可愛い顔に触れることを食い止めたにもかかわらず、朝が来るとやはり自分が下品な行為で彼女を傷つけた気がして、ぼくは学校に着いたとたん、不安になった。視線を彼女に向けることはしなかったが、耳をふさぐわけにもいかない。彼女の声がふいに聞こえてくると、ぼくは幸福と同時に苦痛を感じた。ある日、彼女が別の女生徒に投げたメモが、思いがけずぼくに当たった。彼女は呆然と立ち尽くしていたが、生徒たちに笑われて顔を赤らめ、すわって自分のカバンの整理を始めた。彼女の困った様子を見て、ぼくは感動した。取るに足らないメモだけで、あんなに恥ずかしがるのだから、ぼくの夜の想像は彼女を汚す行為にほかならないだろう。ところが間もなく、彼女は変身を見せることになる。

ぼくは何度も、曹麗を傷つけるのはやめようと誓った。想像の相手を別の女の子に変えようと試みた。ところが、いつの間にか相手は曹麗の姿に変わってしまう。どんなに努力しても、曹麗から逃れることはできなかった。その当時、ぼくは自分に慰めを与えた。想像の中で何度傷つけても、彼女は依然として美しい。運動場を駆け回る彼女の姿は、相変わらず生き生きとして魅力的だった。

ぼくは自暴自棄と自己嫌悪の泥沼に陥っていた。そんなとき、二歳年上の蘇宇が、ぼくのやつれた顔と彼を避ける怪しい行動に気づいた。ぼくは曹麗に会うのが苦痛であるだけでなく、蘇宇にも顔向けができなくなってしまった。たっぷり日差しを浴びた運動場を静かに歩く蘇宇の姿は、純潔さと何の欲望もない穏やかさを示していた。汚らわしいぼくに、彼と付き合いを続ける権利はない。以前のように休み時間に、上級生の教室へ蘇宇に会いに行くことはできなくなった。ぼくは一人で学校の横の池のほとりへ行き、自分が犯した一切の罪を黙って受けとめた。

蘇宇は何度か、池のほとりへやってきた。彼はとても心配そうに、何が起こったのかとぼくに尋ねた。その心遣いに、思わず涙が出そうになった。しかしぼくは何も言わず、じっと水面の波を見ていた。その後、蘇宇はやってきても、話をしなくなった。我々は黙って一緒に立ったまま、始業のベルが鳴るのを待った。そして、また一緒に教室に戻った。

蘇宇は、ぼくの内心の苦悩を知るはずもなかったが、ぼくの表情を見て疑念を抱いた。嫌われたのではないかと思ったのだ。その後、蘇宇は慎重になり、もう池のほとりにやってこなかった。二人の間の親密だった関係は、そのときから齟齬《そご》が生じ、あっという間に疎遠になった。通学途中に出会ったときも、お互いに緊張し不安を感じた。当時、ぼくは鄭亮《ジョン・リアン》の存在を意識するようになった。学校じゅうで最も体の大きいこの生徒が、蘇宇のそばに現れたのだ。大声で笑う鄭亮と動きの上品な蘇宇は、運動場の端で親しげに語り合っていた。自分がいるべき場所に立っている鄭亮を見て、ぼくはうらめしかった。

ぼくは友情を失った悲しみを味わった。蘇宇がこんなにも早く鄭亮と親しくなったことが不満だった。しかし蘇宇に出会ったとき、彼の目には疑惑と悲哀が浮かんでいた。ぼくはそれを見て感動し、蘇宇と昔のような友情を復活させたいという強い願望を持った。だが、夜の罪悪にどっぷり浸《つ》かっていたので、実行に移すのは難しかった。そのころ、ぼくは昼間をひどく恐れていた。太陽が輝いているときには、自分に激しい憎しみを抱いた。この憎しみは、蘇宇と疎遠になったことで、ますます強まった。そこである日の午前、ぼくはついに意を決して、自分の汚らわしい悪行を蘇宇に告白した。半分は自分に懲罰を与えるため、半分は蘇宇に忠誠を示すためだった。ぼくは、蘇宇が告白を聞いたあとの驚きの表情を想像できた。ぼくがそこまで汚れた人間だとは思っていないだろうから。

ところが、その日の午前、ぼくが勇気を奮って蘇宇を池のほとりに呼び出し、話を終えたとき、彼はまったく驚いた様子を見せなかった。蘇宇は真面目な顔で、ぼくにこう告げた。

「それは手淫《しゅいん》さ」

蘇宇の態度は意外だった。彼は恥じらうような笑顔を見せ、穏やかに言った。

「おれも同じことをしてる」

そのとき、ぼくは涙があふれそうになり、恨み言を言った。

「どうして早く教えてくれなかったんだ」

蘇宇と池のほとりに立っていたその日のことは忘れられない。なぜなら、蘇宇の言葉のおかげで、昼間が再び美しいものに変わったからだ。近くの草地と樹木は陽光の下で、緑を輝かせている。数人の男子生徒がそこで、楽しそうに笑っていた。蘇宇は彼らを指さして言った。

「あいつらも夜になると、しているはずだ」

それから間もなく、冬が終わったばかりの夜に、ぼくと蘇宇と鄭亮の三人は、ひっそりとした通りを歩いた。蘇宇と夜一緒にいるのは、初めてのことだった。ぼくは両手をズボンのポケットに突っ込んでいた。冬の寒さをまだ忘れていなかったからだ。ポケットに入れた手が汗ばんできたので、ぼくは蘇宇に尋ねた。

「春が来たのかな？」

当時、ぼくは十五歳だった。自分よりずっと背の高い二人の友だちと一緒に歩いたことは、忘れられない思い出だ。蘇宇は手をぼくの肩にのせて、右側を歩いていた。さらに右側を歩く鄭亮とは初対面だった。蘇宇が熱心にぼくを紹介したとき、鄭亮は背の低いぼくを見くびることなく、うれしそうに蘇宇にこう言った。

「紹介するまでもないさ」

その夜、鄭亮はぼくに強い印象を残した。月明かりの下で彼の巨体は、自信たっぷりに見えた。彼は腕を大きく振りながら、前へ進んで行く。ちょうどそのとき、三人は声をひそめて、手淫のことを語り出した。この話題を持ち出したのは蘇宇だった。ずっと寡黙だった彼が急に静かな声で話を始めたので、ぼくは内心驚いた。何年もたってから思い起こしたとき、ぼくはようやく蘇宇の意図に気づいた。あの当時、ぼくはまだ心の重圧から抜け出していなかった。蘇宇の行為は、ぼくを助けるためだったのだ。実際、それ以降、ぼくは完全に気が晴れた。三人の内緒話を思い出すと、いまでも懐かしくなる。

鄭亮は落ち着いていた。大柄な彼は、ぼくたちにこう告げた。

「夜、眠れないときは、とても効果があるぞ」

鄭亮の態度を見て、ぼくは数日前までの自責の念を思い出した。彼を見るぼくのまなざしには、羨望が込められていた。

その夜、ぼくは気が楽になった。だが、鄭亮の何気ない言葉が、新たな負担をもたらした。鄭亮はそのとき、自分が無知をさらけ出していることに気づいていなかったのだろう。彼は言った。

「あれはポットのお湯と同じで、量が決まっているんだ。頻繁に使っていると、三十過ぎで打ち止めになる。節約すれば、八十まで持つぞ」

鄭亮の話を聞いて、ぼくは生理現象に極度の恐怖を覚えてしまった。しばらく前にやり過ぎたので、ぼくの体にはあの液体がもう残っていないような気がした。その恐怖で、将来の生活が不安になった。特に恋愛に関しては、心理的な差し障りのため、かつてのような甘い想像に浸ることができず、この先の自分の孤独を確信したのだった。ある夜、ぼくはよぼよぼの老人になり、冬の雪道を一人で歩いている姿を思い浮かべて、あまりの悲惨さに心を痛めた。

それ以来、多くの夜の行為は生理的な快感ではなく、しだいに生理的な証明に変わった。試みが成功したときの喜びは一瞬で、すぐに恐怖が襲ってきた。ぼくは証明がもたらす危険を認識し、体内の最後の液体が流れ出てしまったと思った。当時、ぼくは自分が完成した証明に対して、憎しみと後悔を感じた。しかし、三日もしないうちに、体の中が空っぽになった気がして、また証明を得ようとしてしまう。ぼくは青白い顔で、体の成長を経験した。南門《ナンメン》の池のほとりに立ち、水面に映った自分の姿を確かめた。痩せ細った下あごと疲労の色が見える目が、池の中を漂っている。さざ波が、ぼくの顔を皺だらけにした。特に天気の悪い日は、憂鬱そうな老け込んだ顔が見られた。

　ようやく正解を知ったのは、二十歳のときだった。北京の大学で学んでいたぼくは、当時名声を得ていた詩人と知り合った。有名人と知り合いになるのは初めてのことだった。彼の気ままなようで神経質な人柄に惹かれて、数分間話をするために、ぼくは二時間もバスに乗って町の反対側まで出かけて行った。運がいいときは、彼と一時間語り合うことができた。三回訪問したあとも、ぼくの名前を覚えてくれなかったが、彼の親しげな態度と同業者に対する鋭い皮肉に接すると、嫌な気はしなかった。彼は高説を開陳すると同時に、ぼくの冗漫な発言に熱心に耳を傾けてくれた。しかも、間違いと思われる箇所をときどき訂正してくれた。

　この四十歳で独身の詩人の家で、ぼくは様々な女性たちに出会った。彼女たちは、詩人の幅の広さを象徴している。しだいに親密な関係になったところで、ぼくは慎重に言葉を選びながら、彼に結婚しないのかと尋ねた。プライバシーに踏み込んでも彼は腹を立てず、こともなげに聞き返した。

「なんで、結婚する必要がある？」

　ぼくは戸惑いつつ、尊敬する人に対する気遣いを示して言い足した。

「あっちのほうが打ち止めになったら、まずいじゃないですか」

　ぼくが照れながらそう言うと、彼は驚いて尋ねた。

「どうして、そんなことを考えるんだ？」

そこでぼくは、数年前の夜に鄭亮から聞いた話を彼に伝えた。彼はそれを聞いて、大声で笑った。彼がソファーの上で腹を抱えて、愉快そうに転げ回った光景が、いまも目に浮かぶ。その後、彼は初めて夕飯を食べて行けと誘ってくれた。食事と言っても、彼が外出して買ってきたインスタントラーメンだったが。

この詩人は四十五歳のとき、ついに結婚した。妻となったのは、三十過ぎの美しい女性だった。彼女の気の強さは、その容貌と同様にずば抜けていた。かくして、自由気ままに暮らしてきた詩人は、運命の厳しさを味わうことになった。まるで継母にいじめられる子どものように、出かけるとき彼のポケットには、行き帰りのバス代しか入っていなかった。お金を与えないのは、ほんの一例に過ぎない。彼はしばしば顔を腫らして、ぼくの家へ避難しにきた。原因は、女の人から彼に電話がかかってきたというだけのことだ。数日後、彼はぼくを伴って帰宅し、詫《わ》びを入れなければならなかった。ぼくは彼に言った。

「元気を出してください。堂々としていればいいんです。何も疚《やま》しいことはないんですから」

彼はニコニコして言った。

「間違いを認めたほうがいいんだ」

美しい妻はソファーにすわったまま、入ってきた亭主に言った。

「ゴミを捨ててきて」

詩人は塵取《ちりと》りいっぱいのゴミを捨てに行くときも、ニコニコ顔だった。彼は、労働が自分を救ってくれると誤解していた。ところが、彼が戻ってくると、妻はぼくに遠慮なく言った。

「帰ってちょうだい」

その後、閉まったドアの向こうから、大人が子どもを叱るような声が聞こえてきた。妻は当然、自分が叱っているのは才能豊かな詩人であると知っていた。叱責の言葉を聞いて、ぼくは唖然《あぜん》とした。言葉の中に唐詩、宋詞、政治用語、流行歌の歌詞などが入り混じっていたのだ。合間に、夫の誠実な返事も聞こえる。

「そのとおりです」

「言われて目が覚めました」

妻の声は、ますます激高してきた。実のところ、もはや夫を叱責しているのではなく、純粋に叱責そのものを楽しんでいるのだ。彼女の声からは、滔々《とうとう》と語ることに酔っている様子がうかがわれた。

このような女性と一緒の生活は、想像するだけでも恐ろしい。顔が腫れるのは我慢できるとしても、滔々と続く説教には耐えられない。

この妻の極端な行動の一例は、夫が書いた謝罪文、誓約書、反省文を装飾品のように室内の壁に貼ることだった。当然、訪ねてきた夫の友人の目に触れることになる。最初のうち、詩人は顔を青くしていたが、そのうちに何も感じなくなった。彼は、ぼくたちに言った。

「死んだ気になれば、熱湯を浴びたって平気さ」

彼はさらに言った。

「あいつは肉体的にも、精神的にも、容赦なくおれを痛めつける」

ぼくは尋ねた。「だったら、どうして結婚したんですか？」

「あんなじゃじゃ馬だとは、知らなかったからな」

ぼくを含めた友人たちが離婚を勧めたことを彼は洗いざらい妻に打ち明けてしまった。この裏切り行為のために、ぼくたちは彼女から脅迫電話を受けた。その呪いのせいで、ぼくは二十五歳の誕生日の日に、街頭で命を落としそうになった。


十五歳の春、ぼくは入浴後、服を着ようとしたとき、体の変化に気づいた。下腹に何本か、毛が生えていたのだ。ぼくは夜の行為に対する心理的な重圧に加えて、また新たな恐怖を感じた。数本の細い毛は招かれざる客のように、つるつるだった体に突然現れた。最初は呆気《あっけ》にとられ、しばらくじっとそれを見つめていた。どう対処すればいいのかわからない。ぼくは自分の体がかつての無邪気さを失ったことに対して、恐怖を感じるばかりだった。

日差しの中を登校するとき、周囲のすべてはいつもどおりなのに、ぼくの体だけが変わっていた。醜いものがパンツの中に隠れているので、歩くたびに足取りが重く感じられた。ぼくはそいつらを嫌っていたが、その秘密は守らなければならない。ぼくの体の一部であることを否認するわけにはいかないから。

それから間もなく、すね毛も急速に生長し始めた。夏に長ズボンを脱いだとき、それに気づいたのだ。半ズボンで登校すれば、すね毛を隠しようがないので、ぼくは困り果てた。女生徒の視線がこちらに向けられると、いたたまれなくなった。翌日は目立ったすね毛を抜いて出かけたが、曹麗にもう見られてしまったのではないかと心配だった。

当時、クラスでいちばん背の高い生徒は、すね毛も黒々としていた。彼はそれを人目にさらし、平気で歩き回った。ぼくはその生徒のことが心配だった。女生徒の視線が彼のすね毛に向けられているのを発見すると、心配は自分に対する不安に変わった。

夏休み前のある日、ぼくは早めに学校に着いた。教室の中で数人の女生徒が大声で談笑していたので、ぼくは中に入る勇気が出なかった。いまでも、部屋の中に女の人あるいは見知らぬ人しかいない場合、ぼくは中に入るのが恐ろしい。たくさんの視線が同時に自分に注がれると、ぼくは途方に暮れてしまう。その日、ぼくはすぐに立ち去ろうとした。しかし、曹麗の声が聞こえたので、ぼくは心を奪われた。曹麗は友人たちに、好きな男子は誰かと聞かれていた。その大胆な質問に、ぼくはびっくりした。さらに驚いたことに、曹麗は恥ずかしがる様子がなかった。返事をする彼女の声は、いかにもうれしそうだった。彼女は友人たちに、「当ててみて」と言った。

ぼくは緊張のあまり、息が苦しくなった。友人たちは名前を列挙する。蘇杭《スー・ハン》の名前も、林文《リン・ウェン》の名前も出てきたが、ぼくには関係ない。ぼくは自分が忘れられていることに悲しみを感じた。同時に、曹麗が挙げられた名前をすべて否定したので、はかない希望を抱いた。あの黒々としたすね毛の持ち主の名前が挙がったとき、曹麗はあっさり認めた。彼女たちの大きな笑い声が聞こえた。一人の女生徒が言った。

「どこが好きなのか、知ってるよ」

「どこ?」

「すね毛でしょう」

ぼくは曹麗の説明を聞いて、その後ずっと、この世界は不可解だと思うようになった。彼女は、「クラスの男子の中で、いちばん大人っぽいから」と答えたのだ。

ぼくは黙って教室を離れた。曹麗の愉快そうな笑い声が、一人で歩いて行くぼくを追いかけてきた。先ほどの場面は、ぼくを悲しませるよりも驚かせた。その瞬間、人生はぼくに想像とはまったく違う一面を見せた。あの背の高い生徒は、自分のすね毛をまるで気にしていない。作文を書けば誤字だらけで、教師たちに皮肉を言われている。そんな生徒が曹麗のお気に入りなのだ。ぼくが醜いと感じたものが、曹麗にとっては魅力らしい。ぼくは学校の近くの池のほとりまで行き、しばらく一人で立っていた。水面に浮かぶ陽光と木の葉を見ているうちに、曹麗に対する深い失望が自分に対する憐れみに変わった。ぼくは生まれて初めて、美しい夢の破滅を味わった。

二度目の破滅は蘇宇によってもたらされた。女性の体に関する秘密である。当時、ぼくは女性に対する憧れを募らせていたが、生理的な知識は皆無だった。自分の最も純潔な部分をすべて捧げて、架空の女性イメージを作り上げていた。このイメージは夜、曹麗の顔となって現れる。ところが、現実の性とは大きくかけ離れていた。夜になると、ぼくはこの上なく美しい女性が暗闇の中で舞い踊る姿をいつも思い浮かべることができた。

その妄想は、蘇宇の父親の本棚にあった上製本から始まった。蘇宇は上製本の存在を早くから知っていたが、その本の真の価値に気づいたのは蘇杭を介してだった。彼らは南門から引っ越したあと、ずっと病院の宿舎に住んでいた。蘇宇と蘇杭は一階、両親は二階に部屋があった。両親は息子たちに毎日、モップで床を掃除するように命じた。最初の数年、蘇杭は一階の掃除を担当した。モップを担いで二階へ上がるのは大変だからだ。その後、蘇杭は突然、これからは二階の掃除を引き受けると蘇宇に告げた。蘇杭は理由を言わなかった。彼が兄に命令を下すことは、もはや当たり前になっていた。蘇宇は黙って蘇杭の提案を受け入れた。こんな些細《ささい》な変更を特段、気にすることはなかった。蘇杭が二階を担当してから、毎日二、三人の友だちがやってきて、掃除を手伝うようになった。蘇宇は一階で、二階の連中がひそひそ話をしたり、ため息をついたりするのをよく耳にした。ある日、蘇宇はたまたま二階の部屋に入り、上製本の秘密を知った。

その後、蘇宇はぼくと会うとき、憂鬱そうな顔を見せるようになった。彼もぼくと同様、女性に対して幻想に近い憧れを抱いていたので、現実のものを目の前にしたとき、当惑してしまったのだ。その夜、ぼくたちは街をさまよい歩いたあと、完成したばかりのコンクリートの橋の上に立った。蘇宇は思い悩んでいる様子で、川面に映る月光と灯火を見つめていた。そして、不安そうにこう告げた。

「知ってほしいことがあるんだ」

その夜、ぼくの体は月明かりの下で、かすかに震えていた。ぼくは、自分が何を目にすることになるのかを悟った。蘇杭に無視されたため、ぼくはあのカラー写真から遠ざかっていた。その間ずっと、自分が見張り番を買って出たことを後悔したが、後の祭りだった。

翌日の午前、ぼくは蘇家の二階の椅子にすわっていた。それは古びた籐《とう》椅子だった。蘇宇が本棚からあの上製本を取り出し、例のカラー写真を見せてくれた。

まず、強烈な刺激に圧倒されてしまった。想像を重ねてきた最高に美しい女性のイメージは、そのカラー写真によって瞬時に崩壊した。予想した美しさはなかった。それは奇怪で醜い写真だった。刺激的な写真は、凶暴な印象を与えた。蘇宇は青い顔をして立ち尽くし、ぼくも同じく青い顔をしていた。蘇宇は上製本を閉じて言った。

「見せるべきじゃなかったな」

カラー写真は、ぼくを美しい幻想から赤裸々な現実に突き落とした。蘇宇も同様の経験をした。ぼくはそれでも美しい憧れをしばらく持ち続けたが、つねに思うに任せないもどかしさを感じていた。

改めて女性を思い浮かべたとき、当初の純潔さは失われ、カラー写真がぼくを現実的な生理へと導いた。ぼくはあれこれ、女性のことを想像し始めた。どんどん堕落していると感じて恐ろしくなったが、純粋に生理的な欲望を抑えることはできなかった。年齢を重ねるにつれ、女性に対する見方も急速に変化した。尻や胸に目が行くようになり、以前のように美しい表情やまなざしに感動することがなくなった。

十六歳の秋、町の巡回映画上映隊が半年ぶりに南門へやってきた。当時、村の夜の映画会は盛大な行事で、隣村の人たちも夕暮れ前に腰掛けを持って集まってきた。長年にわたって、生産隊長の席は広場の中央と決まっていて、変わることがない。夕暮れに隊長が物干し竿を担いで、威風堂々と広場に現れる光景をぼくはいまだに覚えている。彼は腰を下ろし、長い竿を肩にのせていた。前方の誰かが視界を遮ると、それが誰であろうと彼は竹竿を伸ばして、頭をこつんと叩いた。隊長は竹竿で、視野の広さを確保していたのだ。

子どもたちは通常、スクリーンの裏側に立ち、登場人物が左手で銃を放ち、左手で字を書くのを見た。ぼくも小さいころはスクリーンの裏側の観客だったが、十六歳のときにはもう裏側には行かなかった。その日は隣村から来た二十歳過ぎの娘が、ぼくの前に立っていた。それが誰なのかは、いまもわからない。混雑していたので、ぼくは彼女の体に接近し、彼女の髪の上に見えるスクリーンに目を向けた。最初は冷静だったが、彼女の髪の匂いがしだいにぼくを落ち着かなくさせた。さらに体のぬくもりも、断続的に伝わってきた。人の群れに押されて、ついにぼくの手が彼女の尻に触れた。その一瞬の感触で、ぼくは気が動転してしまった。一度でも誘惑に負けたら、もう逃れることはできない。恐れを感じながらも、ぼくは手を伸ばした。娘は反応を見せない。それで、ぼくはますます大胆になった。手のひらを返して、彼女の尻に密着させた。そのとき、もし彼女が少しでも体を揺らしたら、ぼくは一目散に逃げ出していただろう。だが、彼女の体は微動だにしなかった。ぼくの手は彼女の体温を感じた。密着した部分が、どんどん熱を帯びてきた。何度か手の位置を変えたが、依然として彼女は反応しなかった。振り向くと、うしろに背の高い男が立っていた。そのあと、ぼくは思いきって彼女の尻をつかんだ。娘はゲラゲラと笑い出した。映画の山場ではなかったので、彼女の笑い声は異常に目立った。ぼくのエスカレートした大胆さは、あっという間にしぼんでしまった。ぼくは人混みを抜け出した。最初は何でもないふりをしていたが、すぐに我慢できなくなり、必死で家に駆け戻った。ベッドに横になっても、まだ心臓がドキドキしていた。足音が家に近づいてくると、彼女が人を連れてぼくを捕まえにきたのではないかと思い、全身が震えるのだった。映画が終わったあとは、ぞろぞろと帰宅する人たちの足音が響いたので、ますます肝を冷やした。両親と兄がベッドに入ってからも、ぼくはあの娘が訪ねてくることを心配していた。眠気に襲われて、ようやく救いが得られたのだった。

ぼくが自分の欲望を持て余していたとき、蘇宇も同様の苦境に陥っていた。ただし、ぼくと違って蘇宇は、そのおかげで南門の生活による心理的重圧から解放された。いま、昔のことを思い出してみると、池のほとりに立っている蘇宇の少年時代は楽しく、幸福そうに見える。実際は水面を吹き渡る風のように、頼りないものなのだが。当時、ぼくは蘇宇の父親と未亡人の間の問題に、薄々気づいていた。しかし、この問題が蘇宇に与えたショックの大きさには気づいていなかった。ぼくが家庭との対立を強めていたとき、蘇宇も父親の行為のため、家庭に対する不信感を募らせていた。

蘇一家が引っ越してきたとき、未亡人はまだ若かった。四十歳の女盛りで、蘇医師への強い関心を隠そうとしなかった。彼女は盛んな情欲を持て余していて、男にありがちな浮気癖が見られた。それまで彼女のベッドに出入りするのは、足が泥だらけの農民だった。したがって、蘇医師の登場は彼女の耳目を一新させた。メガネをかけた、消毒薬の匂いのする優雅な男を見て、未亡人は気づいた。多くの男が彼女の木製ベッドを訪れたが、タイプはみな同じだった。医師が現れたことで、未亡人は内心の激情を抑えられなくなった。彼女は会う人ごとに言った。

「インテリって素敵ね」

本当の話、医師に熱を上げた彼女は、少なくとも二週間は貞操を守り、誰でも受け入れたりしなかった。医師はみな衛生を重んじる。彼女は相手のメンツを考え、まずは病気のふりをして誘いをかけた。医師は彼女の家へ往診に行くとき、自分が罠《わな》にはまろうとしていることを知らなかった。未亡人のベッドの前に立ち、虚《うつ》ろな目で見つめられたときも、十分な警戒を欠いていた。医師は一貫して落ち着いた口調で、どこが痛いのかと尋ねた。彼女は、おなかが痛いと答えた。医師は布団をめくって、診察を始めようとした。ところが、未亡人は布団を払いのけただけでなく、裸体を医師の前にさらけ出した。突然のことに、医師は度を失った。彼は妻とまったく違う肉体、活力に満ちた女の肉体を目にして、しどろもどろに言った。

「いや、いや、全部脱がなくてもいい」

未亡人は彼を促した。

「来て」

医師はすぐに立ち去ろうとはせず、ゆっくりと向きを変え、ゆっくりと出て行こうとした。未亡人の活力に満ちた肉体に、うしろ髪を引かれながら。

するとと未亡人はさっと飛び起きて、いとも簡単に医師をベッドに引き入れた。その後ずっと、医師は独り言をつぶやいていた。

「妻に顔向けできない、子どもに顔向けできない」

医師は絶え間なく懺悔しつつも、行為をやめようとしなかった。ことは予期されたとおりに進んだ。のちに、未亡人は他人にこう告げた。

「羞恥心の塊みたいな人なのよ。まったく、根っからの善人ね」

それ以降、二人の間には何も起こらなかった。だが、しばらくは元気いっぱいの未亡人が、新《しん》疆《きょう》地方の娘のような三つ編みを結って医師の家の近くを歩き回り、色気を振り撒く姿が見られた。医師の妻はときどき出てきて彼女を見たが、また家の中に戻り、何事も起こらなかった。何度か、外出した医師が未亡人に道をふさがれることはあった。未亡人が情のこもった微笑みを見せると、医師は慌てふためいて逃げ出した。

ぼくが中学二年のある日の夜、蘇宇は穏やかな顔で、別の日の夜のことを語った。蘇宇の父親と未亡人の問題で家庭に波風が立つことはなかったが、こんな出来事があったという。その日は両親の帰宅がとても遅く、日が暮れてからようやく母親が帰ってきた。蘇宇と蘇杭が出迎えても、母親は二人にかまわず、衣裳箱から服を取り出してカバンに詰め込んで出て行った。母親が去って間もなく、父親も帰ってきた。父親は彼らに母親が帰ってきたかどうかを尋ね、返事を聞くとまた出て行った。彼らは夜中まで空腹に耐えたが、両親が帰ってこないので、寝てしまった。翌朝、目を覚ましたとき、両親はすでに台所で食事の用意をしていた。いつもと何の変わりもなく。

　その夜の蘇宇の声は不安そうだった。蘇宇は敏感でひ弱なので、父親の事件があってから、男と女が親しげに話しているのを見ただけでも、気持ちが落ち着かなくなった。父親の行為は両親によって巧みに隠蔽されたが、それでも彼はやがてすべてを知った。彼は何の悩みもない同級生を見て、彼らを羨み、彼らの両親に感動した。同級生たちの両親にも不潔な部分があるとは考えもしなかった。こんな醜聞は自分の家庭にしかないと思っていた。彼はぼくに対しても、羨望の気持ちを示した。ぼくが家庭内で、ひどい境遇に置かれていることは知っていたにもかかわらず。彼は羨ましそうに、ぼくを見た。ぼくの父・孫広才《スン・グアンツァイ》が、祖母の形見のたらいを手土産に、喜々として未亡人のもとを訪れていることを彼は知らないのだ。蘇宇の羨望のまなざしを受けて、ぼくは恥ずかしさに赤面した。

　高校最後の年、蘇宇は生理的にも大人になり、抑えられない欲望の激しさは、その後高校に進学したぼくと大差なかった。ある夏の日の昼下がり、彼は女性への渇望を募らせ、我々が恐れていた立場も名誉も失いかねないほどの行為に及んだ。その日、彼はひっそりした路地で、豊満な若妻を見かけ、全身に震えを感じた。その瞬間、自分をコントロールする力を失った彼はふらふらと若妻に近づき、無意識のうちに彼女に抱きついた。彼女が悲鳴を上げ、身を振りほどいて逃げて行ったあと、ようやく彼は意識を取り戻し、自分が何をしたのかを知った。

蘇宇はこれによって、重大な代価を支払うことになった。施設に送られ、一年間の労働矯正を課せられたのだ。連行される前の日、彼は学校の演壇に上げられた。胸の前には、「女性暴行犯、蘇宇」と書かれたプラカードが掛かっていた。

数人の顔見知りの生徒たちが、原稿を手にして壇上に立ち、蘇宇に対して厳しい批判を浴びせた。

ぼくはあとになって、ようやくこの件を知った。午前中の休み時間に、ぼくがいつものように蘇宇の教室へ行くと、数人の高学年の生徒が話しかけてきた。

「おまえ、いつ面会に行くんだ?」

そのとき、ぼくは何を言われているのかわからなかった。教室の中の蘇宇の席をのぞき込むと、鄭亮が厳しい表情でぼくに合図をよこした。鄭亮は教室から出てきて言った。

「蘇宇が事件を起こした」

その後、ぼくはやっと事実を知った。鄭亮は探りを入れるように、ぼくに尋ねた。

「蘇宇を恨むかい?」

ぼくの目から涙がこぼれた。ぼくは蘇宇のために心を痛めながら、鄭亮に答えた。

「永遠に恨んだりしない」

鄭亮はぼくの肩に手を置いて、並んで歩いて行った。さっきの生徒たちが、また声をかけてきた。

「おまえたち、いつ面会に行くんだ？」

鄭亮は小声で、ぼくに言った。

「やつらにかまうな」

そのあと、運動場の西側で林文と一緒にいる蘇杭を見かけた。彼はぼくの同級生たちに、目前の利をつかむべきだという人生観を語っていた。兄が事件を起こしたことに不安はまったくないようで、大声でこう言った。

「まったく、我慢して損したぜ。兄貴は涼しい顔して、女の尻を触ったんだ。明日はおれも女を抱くぞ」

林文が言った。「蘇宇は一人前の男になった。おれたちは、まだ一人前とは言えない」

半月後、蘇宇は坊主頭で壇上に立たされた。丈の短い窮屈な服が、痩せた体を包んでいた。どんよりとした曇り空の下で、彼はいまにも風に吹き飛ばされそうだった。蘇宇は突然、こんな境地に陥ってしまった。とっくに情報を得ていたが、ぼくは驚きを禁じ得なかった。彼が頭を垂れている様子を見て、ぼくの心中は複雑だった。ぼくは生徒たちの頭の向こうに、鄭亮の姿を探した。鄭亮もときどき振り返り、ぼくのほうを見ていた。鄭亮だけが、ぼくと同じ気持ちでいる。

ぼくたちは互いに支援が必要だった。批判集会が終わると、鄭亮はぼくに手招きをした。ぼくが駆け寄ると、鄭亮は言った。

「行こう」

そのとき、蘇宇はすでに演壇を下り、街頭へ引き回しに連れて行かれるところだった。多くの生徒があとに続いた。彼らは笑いさざめき、興奮していた。ぼくは蘇杭を見た。以前は兄の事件を気にしていない様子だったが、このときは一人きりで、元気なく端のほうに立っていた。批判集会という現実の出来事が、彼に大きなショックを与えたのだろう。引き回しの隊列が通りに出たとき、ぼくと鄭亮は人垣を掻き分けて進んで行った。鄭亮が叫んだ。

「蘇宇」

蘇宇は聞こえなかったらしく、うなだれたまま歩いていた。鄭亮は顔を紅潮させ、緊張と不安の表情を見せている。ぼくも、ひと声叫んだ。

「蘇宇」

呼びかけたあと、ぼくは血が頭に上るのを感じた。多くの視線が自分に向けられ、気持ちが落ち着かなくなった。蘇宇は振り向き、ぼくたちにそっと笑いかけた。

蘇宇の笑顔は、ぼくを驚かせた。あとになって、ぼくはようやく彼がなぜ笑ったのかを理解した。そのときの蘇宇は苦境にあったが、心の重荷から抜け出していた。彼はのちに、ぼくにこう告げた。

「父親がどうしてあんなことをしたか、そのときわかったんだ」

ぼくと鄭亮は、蘇宇の事件に対する反応、特に蘇宇に最後に声をかけた行為によって、教師から厳しい叱責を受けた。それぞれ、反省文を書くように命じられた。教師たちに言わせれば、ぼくたちは蘇宇の猥褻《わいせつ》な行為に憤りを見せないばかりか、明らかに同情を寄せている。これは、ぼくたちが猥褻行為の予備軍であることを意味するのだ。ある日の放課後、ぼくは帰宅途中に数人の女生徒の会話を耳にした。彼女たちは、ぼくに評価を下した。

「あの人は、蘇宇よりも質《たち》が悪いわ」

どんなに教師から強要されても、ぼくたちは反省文を書かなかった。鄭亮と会うと、お互いに誇らしげに言った。

「死んでも書かないぞ」

間もなく、鄭亮は情けない顔をして現れた。目と鼻のあたりが腫れ上がっているのを見て、ぼくは驚いた。彼は言った。

「おやじに殴られた」

そして、鄭亮は続けた。

「反省文を書いたよ」

ぼくはがっかりして言った。

「蘇宇に顔向けできないじゃないか」

鄭亮は答えた。「仕方なかったんだ」

ぼくは向きを変え、立ち去ると同時に言った。「ぼくは絶対に書かないぞ」

いま思い出してみると、強気でいられたのは家庭の圧力がなかったからだ。孫広才は当時、未亡人の木製ベッドに通うことに熱中していた。母は黙々と、未亡人に対する恨みを募らせていた。ぼくが直面している問題を知っているのは孫光平《スン・グアンピン》しかいない。だが、当時の兄はもう寡黙になっていた。蘇宇が事件を起こした日、兄は例の大工の娘に食べ残しの瓜子《グアズ》を投げつけられたことで意気消沈していたのだ。高学年の生徒がぼくを笑いものにしたときも、兄は遠くで心配そうに見ているだけだった。

あのころ、ぼくはなぜ憎しみで胸がいっぱいだったのかわからない。蘇宇がいなくなってから、周囲のすべてが邪悪で腹立たしく思われた。教室にすわって窓のほうを見ていると、急にいらついてガラスを粉々にしたくなった。高学年の生徒が挑発的な顔で、ぼくを呼び止めた。

「おい、どうして面会に行かないんだ?」

その生徒の笑い顔が憎らしくて、ぼくは体を震わせながら拳を振り上げ、殴りかかって行った。相手は身をかわし、ぼくの顔に一撃を加えた。ぼくは床に倒れた。起き上がろうとしたとき、相手はぼくの胸を蹴った。鈍い痛みに襲われ、ぼくは吐き気を覚えた。このとき、誰かがその生徒に飛びかかって行った。しかし、やはり打ちのめされた。見ると、それは蘇杭だった。蘇杭が加勢してくれるとは、思ってもみなかった。蘇杭は起き上がり、再び突進して行った。今度は相手の腰に抱きつき、一緒に転げ回った。蘇杭の助力を得て、ぼくの闘志は高まった。ぼくもすぐに飛びかかり、バタバタしている足を押さえた。蘇杭は両腕を押さえた。ぼくは相手の足に嚙みつき、蘇杭は肩に嚙みついた。相手は痛くて悲鳴を上げた。その後、ぼくと蘇杭は顔を見合わせた。興奮のあまり、二人とも泣き出してしまった。その日の午後、ぼくと蘇杭は大声で泣きながら、その高学年の生徒の体に頭突きを食らわせた。

蘇宇のことがきっかけで、ぼくは蘇杭と一時期友情を深めた。蘇杭はナイフを所持して、ぼくと一緒に校内を殺気立って歩き回った。彼はぼくに誓った。今度、誰かが蘇宇の悪口を言ったら、おれが息の根を止めてやる。

時の流れにつれて、蘇宇を覚えている者はいなくなった。ぼくたちが挑発を受けることもなくなり、二人が友情を確かめる機会も減った。この世界と厳しく対峙《たいじ》する覚悟を決めたとき、世界は急に温和になったのだ。憎しみがぼくと蘇杭を結びつけ、憎しみが薄らぐと、二人の友情はしだいに失われた。

間もなく、曹麗と音楽教師の情事が明らかになった。曹麗は大人の男性が好みだったことから、音楽教師の胸に飛び込んだのだ。最初にこのニュースを聞いたときは、開いた口がふさがらなかった。ぼくは心の奥底に不安を抱いていたことを否定できない。自分が曹麗に相応しくないという事実は受け入れていたが、結局のところ、彼女はぼくがかつて恋した女性、いまも好意を抱いている女性だった。

曹麗はこの事件のために、分厚い自白書を書かされた。数学の教師がこれを読んだあと、奇妙な笑みを浮かべながら、階段でタバコを吸っていた国語の教師に手渡した。国語の教師は待ちかねた様子で、すぐに読み始めた。両目を見開き、タバコの火が指を焦がしても気づかず、ただびくっとして吸い殻を投げ捨てただけだった。蘇杭がそこに通りかかった。国語の教師はなぜか、蘇杭の気配に気づき、うんうんとわけのわからない声を出して、彼を追い払おうとした。

蘇杭はすれ違いざま、自白書の一文を目にして、午後じゅう興奮が治まらなかった。彼は会う人ごとに、ぺらぺらとその一文を告げた。もちろん、ぼくにも言った。

「私は力が抜けてしまった」そのあと、彼は喜色満面で説明した。「曹麗がこれを書いたんだぞ。どういう意味か、わかるか？　曹麗のやつ、男を知ったんだ」

その後の二日間、「私は力が抜けてしまった」という言葉を多くの男子生徒が口にした。女生徒たちは、この言葉を聞くとキャーキャーと騒いだ。それと同時に、教員室では化学の女性教師が、曹麗の書いた詳細な自白書にあからさまな怒りを表明した。彼女は自白書をひらひらさせながら、憤慨して言った。

「これは完全な有害文書です」

男性教師たちは、すでに曹麗と音楽教師のベッドの上での出来事を詳細に知っていた。全員が端坐し、ひと言も発することなく、真剣なまなざしで化学の教師のほうを見た。

その日の放課後、教師の取り調べを受けた曹麗は、泰然自若として校門へ向かった。ぼくは、彼女が首に黒いスカーフを巻いていることに気づいた。スカーフと彼女の髪が風を受けて揺れ動いた。少し上を向いた顔は、寒風で赤らんでいた。

そのとき、蘇杭をはじめとする男子生徒たちは、校門に集まって彼女を待っていた。そして彼女がやってくると、声を合わせて叫んだ。

「私は力が抜けてしまった」

ぼくは少し離れたところに立ち、曹麗が笑いものにされているのを見ていた。その後、ぼくは彼女の強い個性を目の当たりにした。彼女は人垣の中で、わずかに首を回し、厳しい声で言った。

「恥知らず」

ぼくの同級生たちは、しんと静まり返った。曹麗がこんな反撃に出るとは、思っていなかったのだ。彼女が遠ざかったあと、ようやく蘇杭が反応し、大声で罵声を浴びせた。

「おまえこそ、恥知らずだ。あばずれ女じゃないか」

そして、驚いたような顔を見せて仲間たちに言った。

「それなのに、おれたちが恥知らずだって言いやがった」

音楽教師は監獄に入り、五年後に釈放されたあと、農村の中学へ転属になった。曹麗はほかの女生徒と同様、のちに結婚して子どもを産んだ。音楽教師はいまだに独身で、老朽化した家に住んでいる。泥んこ道を歩いて通勤し、田舎の子どもたちに歌や踊りを教えていた。

数年前に帰郷したぼくは、バスが田舎の停留所に止まったとき、偶然その音楽教師を見かけた。

かつて浮名を流した彼はもう年老いて、白髪を寒風になびかせていた。古びた黒いコートには、点々と泥がついている。田舎の人たちと一緒にいる中で、マフラーだけが異彩を放ち、昔日の風格を感じさせた。彼は湯気を上げている肉まん屋の前で、行列に並んでいた。実際のところ、きちんと並んでいるのは彼だけで、ほかの人たちはどんどん前へ押し寄せている。彼は体をまっすぐ伸ばし、力強い声で言った。

「みなさん、並んでください」

労働矯正から帰ってきた蘇宇と会う機会は少なかった。彼は高校を卒業した鄭亮とよく一緒にいた。ぼくも夜、町へ行ったときには合流したが、以前と同様に会話がはずむことはなかった。ぼくは蘇宇との距離を感じるようになった。彼の話し方は相変わらず遠慮がちだったが、話題の選択は以前のような慎重さを欠いていた。彼は単刀直入に、例の若妻に抱きついたときのことを語った。その話をする蘇宇の顔には、明らかに失望の色が浮かんでいた。その瞬間、彼は気づいたのだ。実際の女性の体は、想像とは大きく異なる。彼は言った。

「いつも触れている鄭亮の肩と大差ないのさ」

蘇宇は鋭いまなざしでぼくを見つめた。だが、ぼくは慌てて顔をそむけてしまった。この言葉がぼくを刺激したことは否定できない。蘇宇のこの言葉によって、ぼくは鄭亮に嫉妬を覚えた。

あとになって、ようやく気づいた。もともと、責任はぼくにある。蘇宇が戻ってきてから、ぼくは彼に向こうでの生活の話を聞こうとしなかった。蘇宇を傷つけるのではないかと心配したのだ。ぼくの気遣いがまさに、彼の疑いを招いた。彼は何度か、故意に話題をそのことに向けたが、ぼくは即座にはぐらかした。ある日の夜、一緒に河辺をしばらく歩いたあと、蘇宇は急に足を止めて、ぼくに尋ねた。

「どうして、施設の生活のことを聞こうとしないんだ?」

蘇宇の顔は月明かりの下で青ざめていた。彼に見つめられて、ぼくは反応できなかった。その後、蘇宇は寂しそうに笑って言った。

「おれが戻ったあと、鄭亮はすぐに聞いたけど、おまえは聞こうとしなかったな」

ぼくは不安になって言った。「聞こうと思わなかった」

彼は厳しい口調で言った。「おれを軽蔑しているんだろう」

ぼくはすぐに否定したが、蘇宇はさっと向きを変えて言った。

「おれは帰る」

蘇宇が背中を丸くして月光の下、河辺を歩いて行くのを見て、ぼくは蘇宇が二人の友情を終わらせようとしていることを知り、悲しくなった。ぼくには受け入れられない。ぼくは追いかけて行き、村の広場の映画会で、若い娘の体に触れたことを告げた。ぼくは蘇宇に言った。

「この話をしたいと思っていたけど、ずっと勇気が出なかった」

蘇宇は期待どおり、手をぼくの肩に置いた。そして、彼の穏やかな声が聞こえた。

「おれは施設でいつも、おまえに軽蔑されているんじゃないかと思っていた」

その後、ぼくたちは河辺の石段に腰を下ろした。河の水が足もとを流れて行く。ぼくたちは黙ってすわっていた。しばらくして、蘇宇が言った。

「話しておきたいことがある」

ぼくは月明かりを頼りに蘇宇を見た。彼は続きを言う前に、上を向いた。ぼくも顔を上げ、美しい夜空を眺めた。月が雲の群れに隠れようとしている。ぼくたちは静かに、夜空を移動していく月を見ていた。雲に近づいたとき、月は輪郭を輝かせ、それから姿を隠した。蘇宇が先を続けた。

「数日前に、おまえに言ったよな。女に抱きついたときのことを……」

蘇宇の顔は暗闇の中で見えなかった。しかし、彼の声ははっきりしている。月が雲から出ると、蘇宇の顔が光を受けて浮かび上がった。彼は話を中断し、また夜空を見上げた。

月は別の雲に近づき、もう一度姿を隠した。蘇宇が言った。

「鄭亮の肩と言ったのは間違いで、おまえの肩だった。あのとき、おれはそう思った」

蘇宇の顔が、パッと明るくなった。月の光がもう一度、蘇宇の生き生きとした笑顔を浮かび上がらせた。その夜、月明かりの中で見え隠れした蘇宇の微笑と遠慮がちな声は、ぼくに永遠のぬくもりを与えてくれた。

蘇宇の死

いつも早起きだった蘇宇《スー・ユー》は、ある日の朝、脳出血で昏睡状態に陥った。かろうじて残った意識によって、彼はかすかに目を開き、弱々しいまなざしをこの世界に投じて、最後の救いを求めていた。

ぼくの友人は人生の最後に、住み慣れた部屋を注視した。この世界が最後に示したのは、とても狭い空間だった。彼は蘇杭《スー・ハン》が熟睡していることを感じ取った。巨大な岩のように、出口をふさいでいる。彼は底なしの深淵に落ちていった。わずかな光が彼を引き止め、落下の速度を遅くした。そのとき、外の明るい日差しは紺色のカーテンに遮られ、まばゆい輝きを届けることができなかった。

蘇宇の母親は起床後、トントンと階段を下りてきた。その足音は、瀕死《ひんし》の蘇宇に健康を追求する束の間の時間を与えた。母親は、蘇宇がいつものように茶店へお湯をもらいに行っていないことに気づき、空の魔法瓶を手にして、息子への不満を口にした。

「役立たず」

彼女は、苦しんでいるぼくの友人の様子を見に行くこともしなかった。

次に起床したのは、蘇宇の父親だった。彼は顔を洗う前に妻からお湯をもらいに行ってくれと言われ、大声で叫んだ。

「蘇宇、蘇宇」

蘇宇は遠くから聞こえてきた力強い声によって、そよ風に持ち上げられたように、体が浮き上がった。しかし、この命を救うはずの声に反応することはできなかった。父親はベッドに近づき、蘇宇のわずかに開いている目を見て、小言を言った。

「早く起きて、お湯をもらってこい」

蘇宇は返事ができず、ただ黙って父親を見ていた。普段から蘇宇の寡黙さを快く思っていなかったので、父親はその態度に腹を立てた。台所に行って魔法瓶を持ってくると、怒気を露《あら》わにして言った。

「あのガキ、誰に似たんだ」

「あんたに似たんでしょう」

すべてが消えて、蘇宇の体は再び落下する石のように沈んでいった。突然、強烈な光が差し込んで彼を引き止めたのに、それはまたすぐに消えてしまった。蘇宇は自分の体が投げ出されたように感じた。父親が魔法瓶を持って出て行ったあと、室内には霧が立ち込めたようだった。母親が台所から発した声は、帆船のように遠くから漂ってきた。蘇宇は、自分の体が水のようなものの上に浮かんでいる気がした。

そのときの蘇宇は、台所からの声を聞き分けることができなかった。父親が戻ってきたとき、彼の体は屋外の日差しをわずかに浴びて、少しだけ上昇していた。両親の会話と食器のぶつかる音が、彼を薄暗闇の中に留めたのだ。ぼくの友人は永眠の前の静けさの中で横たわっていた。

蘇宇の両親は朝食を済ませたあと、それぞれ蘇宇のベッドの前を通りかかったが、出勤前に自分の息子の様子を見ようとはしなかった。両親がドアを開けたとき、ぼくの友人は再び光を浴びて上昇した。しかし、ドアはすぐに閉じてしまった。

蘇宇は薄暗闇の中で、しばらく横たわっていた。自分の体がゆっくりと沈んでいくのがわかる。命が疲労に堪えかねて、終わりに近づいているのだ。彼の弟の蘇杭は十時にようやく起床し、蘇宇のベッドの前に立ち、不思議そうに尋ねた。

「兄貴も今日は寝坊したのかい？」

蘇宇の目はすでに光を失いかけていた。その表情を見た蘇杭は、不思議そうに言った。

「いったい、どうしたんだ？」

それから蘇杭は台所へ行き、ゆっくりと顔を洗い、歯を磨いた。そして、朝食を済ませた。蘇杭も両親と同じように家のドアを開けた。兄の様子を見に行くことはしなかった。

蘇宇の体はついに、防ぎようのない落下を始めた。速度がしだいに増し、回転も伴うようになった。長い窒息状態が続いたあと、急に静寂が訪れた。気持ちよい微風が体に当たっているようだ。彼は自分が無数の水滴に変わり、爽やかに空中に消えていくのを感じていた。

蘇宇が死んだあと、ぼくは彼の家にやってきた。ドアも窓も閉ざされていたので、ぼくは外から叫んだ。

「蘇宇、蘇宇」

屋内には何の気配もない。蘇宇は出かけたのだろうと思って、ぼくはがっかりして立ち去った。

年下の友人

故郷を出る一年前、ある日の午後、ぼくは学校から南門《ナンメン》に帰ってきたとき、軽食屋の店先で三人の子どもがケンカをしているのを見かけた。小さな男の子が鼻血を流しながら、大きな男の子の腰にしがみついていた。抱きつかれた少年は、相手の腕を強く引っぱっている。別の一人が近くで、威嚇するように言った。

「手を放せよ」

魯魯《ルールー》という名前の小さな男の子は、ぼくのほうに目を向けた。黒い瞳に救援を求める意図は感じられない。先ほどの威嚇に対して、不満を示しただけのようだ。

抱きつかれた少年は、仲間に声をかけた。

「早く引きはがせ」

「無理だ、何とか振りほどけよ」

その少年は体を回し、魯魯を振り飛ばそうとした。魯魯の体は浮き上がったが、両手は依然として少年の腰をつかんでいる。魯魯は目が回らないように、まぶたを閉じていた。少年は何度か旋回したが、魯魯を振り落とすことはできず、息が切れてしまった。そこで、仲間に命じた。

「早く――引き――はがせ」

「どうやって？」仲間はどうすることもできずに叫んだ。

このとき、軽食屋から中年の女が出てきて、三人の子どもを怒鳴りつけた。

「いつまでケンカしてるの？」

彼女はぼくを見て言った。

「もう二時間も続いてるのよ。こんな子どもたち、見たことないわ」

抱きつかれた少年が弁解した。

「こいつが手を放さないからだ」

「二人で小さい子をいじめて」彼女は二人を非難した。

近くに立っている仲間の少年が言った。

「こいつが先に手を出したのさ」

「嘘を言うんじゃないよ。はっきり見てたんだから。あんたたちが先にいじめたんでしょう」

「先に手を出したのはこいつだ」

魯魯はまた、黒い瞳でぼくを見た。自分も弁明しようという気はまったくない。彼ら相手に何か言うことに、何ら意味を認めていないようだった。ただ、じっとぼくを見つめていた。

中年の女は少年たちを押しやった。

「店の前でケンカしないで、あっちへ行きなさい」

抱きつかれた少年は、不自由そうに前へ移動した。魯魯はぶら下がったまま、引きずられて行った。もう一人の少年はカバンを二つ持って、あとに続いた。魯魯はそのとき、ぼくから視線を移し、必死に振り返って自分のカバンのほうを見た。彼のカバンは店の前に落ちている。およそ十数メートル移動したところで、抱きつかれた少年は足を止め、額の汗を拭った。そして怒りをみなぎらせ、仲間の少年に言った。

「まだ、こいつを引きはがせないのか」

「無理だ。こいつの手に噛みつけばいいじゃないか」

抱きつかれた少年は下を向き、魯魯の手に噛みついた。黒い瞳が閉じたので、ぼくは彼が痛みをこらえていることを知った。彼は頭を相手の背中に強く押しつけている。

しばらくすると、抱きつかれた少年は顔を上げ、改めて威嚇した。

「手を放せよ」

魯魯は再び目を開け、振り向いて自分のカバンのほうを見た。

「くそっ、しぶといやつだ」仲間の少年は足を上げて、思いきり魯魯の尻を蹴った。

抱きつかれた少年が言った。

「こいつのキンタマを握れ。そうすれば手を放すだろう」

仲間の少年は周囲を見渡し、ぼくがいるので小声で言った。

「おれたちを見てる人がいる」

魯魯はずっとうしろを見ていた。一人の男が店に近づいてきたので、彼は叫んだ。

「ぼくのカバンを踏まないで」

ぼくは初めて魯魯の声を聞いた。その爽やかな声は、少女の髪を飾る鮮やかなリボンのようだった。

抱きつかれた少年は仲間に言った。

「こいつのカバンを河に投げ込め」

仲間の少年は店の前に戻り、カバンを拾った。そして道を横切り、コンクリートの橋のたもとまで行った。魯魯はずっと、ハラハラしながら見ていた。仲間の少年はカバンを橋の欄干に置いて言った。

「手を放せ。さもないと、カバンを投げ込むぞ」

魯魯は手を放し、その場に立ち尽くして自分のカバンを見つめていた。体の自由を取り戻した少年は自分たちのカバンを拾い上げ、河辺に立っている仲間に言った。

「返してやれ」

河辺にいた少年はカバンを思いきり地面に叩きつけ、さらに足で蹴り、そのあと仲間のところへ戻ってきた。

魯魯は少年たちに向かって叫んだ。

「兄ちゃんに言い付けてやる。兄ちゃんが、きっと落とし前をつけるぞ」

そう言い残して、魯魯は自分のカバンを取りに行った。よく見ると、なかなか整った顔立ちをしている。白いシャツに鼻血のしみが点々とついていた。カバンの近くでしゃがみ込み、中から教科書や筆箱を取り出して、確認している。黄昏の中で小さな体をかがめている姿は、とても愛らしかった。確認を終えると魯魯は立ち上がり、カバンを胸に抱えて、服の袖で泥を払った。彼の独り言が聞こえてきた。

「兄ちゃんが、きっと落とし前をつけるぞ」

魯魯は腕を上げて涙を拭った。そして声を出さずに泣きながら、遠ざかって行った。

蘇宇《スー・ユー》が死んでから、ぼくはまた独りぼっちになった。たまに鄭亮《ジョン・リアン》に会うと、しばらく立ち話をした。しかし、ぼくは鄭亮との間の唯一のつながり——蘇宇の不在を知っていた。だから、ぼくと鄭亮の関係も必然性を失った。鄭亮がうれしそうに、新しく知り合った工場の友だちと歩いているのを見たとき、ぼくは自分の考えが正しかったことを確信した。

ぼくはときどき、思索に耽《ふけ》りながら河辺でぼくを待っていた蘇宇を思い出した。蘇宇の死によって、友情はもはや将来への美しい期待を示すものではなくなった。完全に過去のものとなったのだ。ぼくは当時、背中を丸めて、独りぼっちで河辺を歩いた。ちょうど生前の蘇宇と同じように。ぼくは散歩が好きになった。それは蘇宇が残してくれた楽しみだった。散歩をしながらの思索は、どこまでも広がった。簡単に過去にさかのぼり、昔のように蘇宇と微笑みを交わすこともできた。

それは、ぼくが故郷を離れる一年前のことだった。大人になる直前の精神生活でもあった。この年に、ぼくは魯魯と知り合ったのだ。

彼の名前を知ったのは、ケンカの三日後だった。町の通りを歩いていたとき、彼がカバンを抱えて急いで走り去るのを見た。そのあとから、五、六人の少年が追いかけてきて、声を揃えて叫んだ。

「魯魯、魯魯」

「意地を張るなよ」

魯魯が振り返り、彼らに向かって叫んだ。

「おまえたちは最低だ」

その後、魯魯は少年たちが叫んでも相手にせず、怒りをみなぎらせて遠ざかって行った。彼の内心の怒りは身の丈よりも大きく、それを受けとめきれない体が揺れているようだった。彼は小さな尻をくねらせて、大人たちの中に消えた。

実を言えば、そのときは魯魯との間に親密な友情が生まれるとは思いもしなかった。この少年は強い印象を残したけれども。その後また、彼が殴り合いをしている場面に出くわした。魯魯は七、八人の同年代の少年とケンカをしていた。少年たちは飛び回るハエのように騒ぎながら、魯魯に攻撃をしかけた。最後はやはり魯魯が敗北したが、彼はまるで勝利者のように叫んだ。

「兄ちゃんが仕返しするから覚悟しておけ」

彼の顔には、誰にでも対抗してやろうという気概、そしてつねに独りぼっちの寂しさが表れていたので、ぼくは身につまされ、感慨無量だった。まさにその瞬間から、ぼくは本気で彼に関心を持つようになった。この少年のまだ幼い歩き方を見るたびに、ぼくの心に深い情愛が湧き上がった。まるで昔の自分を見ている気がしたのだ。

ある日、校門を出て帰宅する魯魯を見かけて、ぼくは思わずうしろから声をかけた。

「魯魯」

彼は足を止めて振り返り、ぼくをしげしげと見てから尋ねた。

「ぼくを呼んだ?」

ぼくは微笑みを浮かべて、うなずいて見せた。

彼は言った。「あんたは誰?」

ふいに問われて、ぼくは返答に困った。この幼い少年を前にして、年上の余裕を完全に失っていた。魯魯は向き直って立ち去った。彼のつぶやきが聞こえてきた。

「知り合いでもないのに、声をかけるなんて」

試みが失敗したため、ぼくは気持ちがくじけてしまった。その後は魯魯が校門から出てくるのを見ても、ただ慎重に目で追うしかなかった。同時に、彼がぼくを意識していることをうれしく思った。前を歩きながら、ときどき振り返って、こちらを見るのだ。

魯魯との友情が成立する前のこのような駆け引きは、二年前に蘇宇との間で生じた、帰宅途中の出来事の再現のようだった。ぼくたちはひそかに相手を注視していたが、どちらも口を開こうとしなかった。しかし、ある日の午後、ついに魯魯が近づいてきて、黒い瞳を輝かせながら叫んだ。

「ねえ」

突然、呼びかけられて、ぼくは驚いた。彼は続けて尋ねた。

「何か、お菓子を持ってない？」

ついさっきまで、二人の間に友情が成立することは困難だったが、魯魯の呼びかけによって簡単にそれが現実になった。二人の友情は空腹から始まったと言うべきだろう。だが、ぼくはまだ羞恥と不安を感じていた。ぼくはもうすぐ十八歳で、魯魯から見れば大人だったが、手もとには一銭もなかった。ぼくは仕方なく彼の頭をなでて言った。

「昼ご飯を食べてないの？」

彼はぼくが空腹を満たしてくれないことを知り、うつむいて小声で答えた。

「うん」

ぼくは重ねて尋ねた。「どうして？」

「母さんが食べさせてくれないんだ」

魯魯の言い方には少しも母親を責める意図はなく、ただ冷静に事実を述べているだけだった。

いつの間にか、ぼくは彼の肩に手を置き、一緒に歩き始めていた。かつての蘇宇を思い出す。蘇宇はぼくの肩に手を置いて、いつも仲よく並んで歩いたものだ。いま、ぼくは蘇宇のように、魯魯に接していた。ぼくたち二人は、ぼくたちを相手にしない連中と同じ道を歩いた。

その後、魯魯は顔を上げ、ぼくに尋ねた。

「どこへ行くの？」

「きみは？」ぼくは聞き返した。

「家に帰る」

ぼくは言った。「送って行くよ」

彼は拒否しなかった。ぼくは目を潤ませた。蘇宇の幻影を見たのだ。蘇宇は南門に通じる木の橋の上に立ち、ぼくに手を振って別れを告げた。生前の蘇宇がぼくを家まで送ってくれたときの心情をいま実感できたのだ。

ぼくたちは狭い路地に入り、荒れ果てたアパートの前まで来た。魯魯の肩がぼくの肩から離れ、彼は体を揺らしながら階段を上がって行った。階段の途中で彼は振り返り、大人のように手を振って言った。

「もう帰って」

ぼくも手を振りながら、彼が上がって行くのを見ていた。彼の姿が消えて間もなく、女の怒鳴り声が聞こえた。続いて、物が倒れる音がした。その後、魯魯がまた階段口に現れた。今度は階段を駆け下りてくる。怒気を露わにした女が追いかけてきて、手に持っていた靴を魯魯に投げつけた。靴は命中せず、ぼくの足もとに転がった。このとき、女はぼくに気づき、興奮して乱れていた髪を直し、向きを変えて戻って行った。

女を見て、ぼくは驚いた。歳月を経て容貌は衰えていたが、それはまぎれもなく馮玉青《フォン・ユーチン》だった。かつての慎み深い娘が、遠慮のかけらもない母親になっていた。

母親の追撃をかわした魯魯は靴を拾って、また階段を上がって行った。母親に靴を返しに行ったのだ。カバンを抱えたときのように靴を抱え、痩せた体をくねらせながら、懲罰を受けに行った。馮玉青の声がまた聞こえた。

「出て行け」

魯魯はうなだれて、悔しそうに階段を下りてきた。ぼくは歩み寄り、髪をなでてやった。彼は身をひるがえし、ぼくの友情を拒否して、泣きながら竹林のほうへ向かった。

ぼくと魯魯の友情は急速に発展した。二年前には年上の蘇宇から温情を受けていた。そして二年後、ぼくは年下の魯魯と一緒にいるとき、自分が蘇宇になって、かつてのぼくを見守っているように感じた。

魯魯と話をするのは楽しかった。彼はぼくの話の多くを理解しきれなかったが、真剣に耳を傾けてくれた。黒い瞳を輝かせながら、喜びと崇拝のまなざしでぼくを見つめていた。ぼくは自分が他人から完全に無条件で信頼されていることを感じた。話を終えて笑顔を向けると、魯魯はすぐに歯の抜けた口を開け、同じような微笑みを返した。ぼくの話を理解したわけでもないのに。

その後、ぼくは魯魯に兄がいないことを知った。しかし、この事実については沈黙を守った。彼は、ぼくが捏造《ねつぞう》に気づいていることを知らない。孤立無援の状況に追い込まれたとき、彼は想像上の兄に救いを求めるのだ。彼が想像と希望を必要としているのは、よくわかる。ぼくも同じ心境だったから。

魯魯は、ぼくが蘇宇のために鄭亮に嫉妬したのと同様、ぼくのために鄭亮に嫉妬した。だが、鄭亮は街でぼくに出会っても、魯魯が不安を感じるような親しさを見せたりしなかった。もともと、さほど親密ではなかったので、鄭亮はただ友好的に立ち話をするだけだった。新しい友人がたくさんいる鄭亮は、ぼくが魯魯のような少年と一緒にいることについて、驚きを隠さなかった。ぼくが鄭亮と話していたとき、魯魯は冷遇されたと思って、大声で言った。

「帰るよ」

彼は明らかに腹を立てて歩き出した。ぼくはすぐに鄭亮との話を切り上げ、魯魯に追いついた。彼は二十メートル以上、不機嫌なままで、ぼくの話に耳を貸さなかった。その後、はっきりした口調で、彼は警告を発した。

「あいつと話をしちゃダメだ」

魯魯が友情を独占しようとするので、ぼくはその後、鄭亮と出会ったときに不安を覚えた。ぼくは鄭亮に気づかないふりをして、急いで通り過ぎた。だが、それで制約を感じることはなかった。ぼくは鄭亮の仲間ではない。鄭亮は、流行の服を着てタバコを口にくわえ、大声でしゃべりながら道を歩いている若い労働者たちの友人だった。魯魯だけが、ぼくの友人なのだ。

ほとんど毎日、午後の授業が終わると、ぼくは魯魯が通っている小学校の校門の前に立ち、この年下の友だちが出てくるのを待った。魯魯はすでに自分の感情を制御できる子どもになっていた。度を超えた興奮や動揺を見せることはなく、つねに微笑を浮かべ落ち着いた様子で、ぼくの前に現れた。感情を露わにするのは、ぼくがいつもの場所にいないときだけだ。ある日、彼は校門を出たあと、ぼくの姿を見つけられず、慌てた様子を見せた。突然の衝撃を受けたかのように立ち尽くし、失望と不安の表情を浮かべていた。その後、周囲に目を走らせたが、ぼくの存在には気づかない。魯魯は意気消沈して、うしろを振り返りながら歩いてくるうちに、ようやく微笑んでいるぼくを見つけた。そしてなりふりかまわず駆け寄ってきて、ぼくの手を握った。彼の手のひらは汗で湿っていた。

ところが、ぼくと魯魯の友情は長続きしなかった。魯魯はすべての子どもとうまく行かず、ぼくはまたケンカの場面を目撃した。校門の前で、ぼくに近づいてきた魯魯を子どもたちが冷やかしたのだ。

「魯魯、兄ちゃんはどうした？　兄ちゃんなんかいないんだろう。おまえには、臭い屁しかない」

子どもたちは手で鼻の前を煽ぎ、本当に臭い屁を嗅いだかのように顔をしかめた。魯魯は顔色を変え、怒りで肩を震わせていた。そして、ぼくの目の前で突然身を躍らせ、大声を上げながら子どもたちの群れに突進して行った。

「覚悟しろ」

彼は手足をバタつかせて子どもたちの中に割り込んだ。最初は二人の子どもと戦う様子が見えたが、その後みんなに取り囲まれ、混乱状態に陥った。再び魯魯の姿が見えたとき、戦いはもう終わっていた。魯魯は埃にまみれ、傷だらけになりながらも立ち上がり、また拳を振り回した。すると、子どもたちはやはり彼に一斉攻撃を加えた。泥と鮮血にまみれた魯魯の顔を見て、ぼくは全身を震わせた。ついに参戦して、一人の子どもの尻を蹴り、別の子どもの襟首をつかんで投げ飛ばした。攻撃を受けた子どもたちはぼくを見てすぐに逃げ出し、残っていた数人も間もなく退散した。彼らは遠くまで行ってから、ぼくに怒りの声を浴びせた。

「大人が子どもを殴るのかよ」

ぼくは彼らを相手にせず、魯魯のそばへ行った。そのとき、彼はすでに立ち上がっていた。ぼくは彼に身を寄せ、周囲の視線や非難を気にせずに大声で言った。

「あいつらに言ってやれ、ぼくが兄ちゃんだって」

しかし、魯魯の恐怖と不安のまなざしを見て、ぼくの興奮はすぐに醒《さ》めた。彼は突然、顔を真っ赤にして、うつむきながら立ち去った。ぼくは呆気にとられ、彼の小さなうしろ姿が遠ざかるのを見ていた。彼はついに振り返ることがなかった。翌日の午後、ぼくは校門の前でしばらく立っていたが、彼は出てこなかった。すでに裏門から出て、家に帰ってしまったのだ。その後、たまたま出会うことがあっても、魯魯は緊張した様子でぼくを避けた。

ぼくは自分が虚構の兄として、魯魯の心の中でどのような地位を占めていたかを知った。魯魯に語った話を思い出す。それはぼくが貧弱な想像力で編み出したものだった。ウサギのお父さんが息子の子ウサギを守るため、オオカミと闘い、最後はオオカミに食い殺された。魯魯はこの話をすっかり気に入った。その後、もう一度話してくれと頼まれたとき、ぼくは同じ話を繰り返したが、ウサギのお父さんをウサギのお母さんに作り替えた。魯魯は目を見開いて聞いていた。さらに、ぼくがウサギのお母さんをお兄さんに替えて話を始めたとき、魯魯は最後まで聞かずに、お兄さんが食い殺されるという結末だと気づいた。彼は目を潤ませて立ち上がり、悲しそうに言った。

「もう聞きたくない」

馮玉青に会ってから、ぼくは強い意志を感じさせる二つの場面をよく思い出した。彼女が木の橋の上で王躍進《ワン・ユエジン》に抱きついた場面、そして魯魯が二人の大きい子どもに抱きついた場面だ。この母と子は、とてもよく似ていた。

馮玉青は月光が降り注ぐ夜に南門から消えて以降、ぼくの前に現れるまで、どのような生活を送っていたのだろう。それはずっと謎だった。それとなく魯魯に、父親のことを聞いてみたことがある。彼はいつも遠くを見つめ、そのあと熱心に、つまらない蟻《あり》やスズメなどにぼくの関心を向けさせようとした。彼が本当に何も知らないのかどうか判断はつかないが、その話題を避けているることは明らかだった。ぼくは遥か昔の記憶をたどって、馮玉青の家の石段にすわっていた、あの四十過ぎのよそ者の男を思い浮かべるしかなかった。

その後、ぼくは馮玉青が他村の農民の泥船に乗って帰ってきたことを知った。それは、ある日の夕暮れだった。彼女は右手に古びた旅行カバンを提げ、左手で五歳の少年の手を引きながら、慎重に踏み板を伝って岸に上がった。彼女の目は、やがて訪れる闇夜のように暗かったはずだ。運命に見放された彼女は、岸辺に立って呆然と周囲を見回した。

馮玉青は南門に戻ることなく、町に腰を落ち着けた。妻を失ったばかりの五十歳の男が、二間の部屋を提供した。最初の晩、男がこっそりベッドに忍び込んだとき、馮玉青は拒否しなかった。月末に男が部屋代を要求すると、彼女はこう答えた。

「最初の晩に払ったでしょう」

これが馮玉青の体を張った生活の発端だったのかもしれない。同時に、彼女はビニールシートを洗う仕事を始めた。

馮玉青は完全にぼくを忘れていた。あるいは、そもそも記憶になかったのだろう。ある日の午後、魯魯が学校から帰ってくる前に、ぼくは一人でここへやってきた。馮玉青は家の前の空き地で、洗濯物を干すためのロープを木と木の間に張っていた。腰にビニールのエプロンをして、汚れたビニールシートを大量に抱え、井戸のほうへ向かった。桶を井戸に投げ込む姿はまさに洗濯女で、昔のような生き生きした様子は見られない。髪も短く、かつての長いお下げは南門の井戸端に置いてきたらしい。彼女はビニールシートの洗浄を始めた。陽光の下、気持ちよい水の音が絶え間なく響く。馮玉青は機械的な動作を繰り返し、ぼくが近くに立っていることには気づかないようだった。少女と若妻の境目はどこにあるのだろう。ぼくは馮玉青の昔の姿といまの姿を同時に見た気がした。

その後、彼女は立ち上がり、敷布のようなシートを持って近づいてきた。ロープの前まで来ると、遠慮なくシートを揺り動かしたので、水滴がぼくの体にかかった。彼女はようやく気づいてぼくを見たあと、シートをロープに掛けて干した。

その瞬間、ぼくは歳月に痛めつけられた彼女の顔をはっきりと見た。顔の皺までもが明瞭になった。若いころの情熱を失った彼女のまなざしが、薄暗い土埃のように漂ってきた。彼女は向きを変えて井戸のほうへ行ったので、垂れ下がった尻と太くなった腰が露わになった。そこで、ぼくは立ち去った。悲哀を感じたのは、馮玉青がぼくを忘れていたからではない。美の残酷な零落を初めて目にしたせいだ。家の前に立ち、朝日に向かって髪をとかしていた馮玉青の記憶はそれ以来、厚い土埃をかぶってしまった。

馮玉青は昼と夜、二種類の労働に従事するようになった。夜の仕事は敵を作った。警察によって、彼女は別の生活を選択することを迫られた。

その当時、ぼくはもう故郷を離れていた。運命がついに、感動的な微笑をぼくに見せてくれたのだ。まったく新しい生活が北京で始まった。最初のうち、ぼくは幅の広い大通りに魅せられ、よく一人で夜の十字路に立った。周囲をビルに囲まれた十字路は、まるで広場のようだった。ぼくは道に迷った子羊が水辺の青草を気に入ったみたいに、その場を立ち去りがたかった。

そのようなある日の夜、あの故郷の町の荒れ果てたアパートの一室で、裸の馮玉青と裸の客が、突然踏み込んできた警察に捕まった。眠っていた魯魯は、まぶしい光と大きな怒声で目を覚ました。彼は黒い瞳を大きくして、この突然の事態を不思議そうに眺めた。

服をはおった馮玉青が息子に言った。

「目を閉じて、寝てなさい」

そこで、魯魯はすぐベッドに横たわり、目を閉じた。ただし、母親の言い付けに背いて、眠ることはしなかった。彼はすべての会話を耳にした。みんなが階段を下りて行く音を聞いて、魯魯は突然、母親が二度と帰ってこないのではないかと思って恐ろしくなった。

公安局に連行されたあと、もともと口数の少ない馮玉青は、物静かに滔々と警官たちに訴えた。

「あんたたちが着ている服も、持っているお金も、国から支給されたもの。あんたたちは、国のことだけかまっていればいい。私の体は自分のもので、国から支給されたわけじゃない。私が誰と寝ようと勝手でしょう。自分のことは自分で始末するわ。余計な口出ししないでよ」

翌朝、公安局の門番は開門のとき、凜々《りり》しい少年が悲痛な表情を浮かべて立っているのに気づいた。少年の髪は朝露に濡れていた。魯魯は言った。

「お母さんを引き取りに来ました」

この自称九歳の少年は、実のところまだ七歳だった。馮玉青は彼に早く稼ぎ手になってほしかったので、六歳のときに八歳と偽って小学校に入れた。この日の朝、魯魯は大胆にも、母親を引き取りに行こうと考えたのだ。

間もなく、彼は自分の望みがかなわないことを知った。彼は制服を着た五人の警官と向き合っていた。彼らは言葉巧みに魯魯を誘導して、馮玉青の売春行為の全貌を語らせようとした。賢い魯魯は、すぐに彼らの目的を見抜いて言った。

「うまいこと言って、ぼくを騙すつもりだな。いいかい」少年は憎々しげに言った。「ぼくは何も教えてあげないよ」

魯魯は、母親が帰ってこないだけでなく、労働矯正のため農場に送られることを知り、涙を流した。しかし、このときも驚くほどの冷静さを保ち、はっきりした声で叫んだ。

「お母さんを連れて行っちゃダメだ」

その後、彼は泣きながら、警官たちが理由を尋ねるのを待ったが、誰もその質問をしなかった。彼は仕方なく言った。

「お母さんを連れて行ったら、誰がぼくの面倒を見るの？」

魯魯は、自分が身寄りを失うことを最後の切り札にした。これは彼が門の外に立っているとき、すでに考えていた方策だった。そう言えば、母親は彼のもとに帰ってくると固く信じていた。しかし、子どもの言うことを誰が相手にするだろう？　魯魯の切り札で母親を救出することはできず、彼自身は社会福祉施設に入れられた。

母親が農場に送られたことを魯魯はまったく知らなかった。ほとんど毎日、公安局へ行き、引き渡しを求めた。警官たちは、うんざりして彼に言った。馮玉青は七橋《チーチアオ》の労働矯正農場に送られた。会いたいなら七橋へ行け。魯魯は七橋という地名を記憶した。傷心のあまり、その場で声を上げて泣いていると、警官たちが引きずり出そうとした。彼は警官たちに言った。

「手を放せ、自分で歩けるから」

そのあと、彼は向きを変え、両腕で涙を拭って出て行った。塀伝いに泣きながら歩いて行こうとしたとき、まだ言い残したことがあるのに気づいた。そこで公安局に引き返し、歯を食いしばって警官たちに言った。

「大きくなったら、きっとおまえたちを七橋に送ってやる」

魯魯が社会福祉施設で過ごしたのは、わずか一週間に過ぎない。一緒にいたのは二十歳の盲人、六十歳のアル中、そして五十歳あまりの女だった。この身寄りのない四人は、町の西にある廃屋で生活をともにした。アル中は若いころに同棲していた粉粉《フェンフェン》という女が忘れられず、失明したが元気は失っていない盲人に一日じゅう昔話を語った。その話は色気にあふれていた。粉粉という女は柔肌の美人だったのだろう。アル中は、自分の手がすべすべした粉粉の太腿に触れたというところまで語ると、口をポカンと開け、アーアーと声を発した。盲人はじりじりして、呼吸が荒くなった。そのあと、アル中は盲人に尋ねる。

「小麦粉を触ったことがあるか？」

肯定の答えを得てから、アル中は得意げに説明した。

「粉粉の太腿は、小麦粉みたいに滑らかなんだ」

青白い顔をした女は、ほとんど毎日この話を聞かされて、そうした環境のために憂鬱と妄想に取りつかれてしまった。彼女はつねに、アル中と盲人が共謀して危害を加えることを恐れていた。魯魯がやってきたとき、彼女は緊張した表情で彼を呼び寄せ、隣の部屋の男たちを指さして囁《ささや》いた。

「あいつら、私を強姦《ごうかん》するつもりよ」

この五十歳あまりの女は毎朝、病院へ出かけた。彼女は医者が病気を見つけてくれることを期待していた。そうなれば入院できて、アル中と盲人が企んでいる強姦から逃れられるからだ。しかし、彼女はいつも残念そうに福祉施設に戻ってきた。

魯魯はこのような環境の中で、まる一週間を過ごした。毎日、学生カバンを背負って登校し、帰りはいつも顔を腫らし、体を埃まみれにしていた。ケンカの理由は、もはや架空の兄を守るためではなく、実在する母親を守るためだった。この賢い少年は公安局で七橋という地名を聞いてから、決意を固めた。だが、自分の計画は誰にも伝えなかった。福祉施設でも多くは語らず、アル中と女から七橋の所在地だけを聞き出した。当日は夜明けとともに、こっそりと布団包みを背中にくくりつけ、自分の学生カバンと馮玉青の旅行カバンを手にして、バス停に向かった。旅の行程は頭に入っている。切符がいくらするかも、七橋に最寄りのバス停がないことも知っていた。母親が残していった五元で切符を買ったあと、残った三元五角《ジアオ》〔角は元の十分の一〕を握りしめて、バス停のわきの店に立ち寄った。高級タバコを一本買って、賄賂として運転手に渡すつもりだった。高級タバコは一本二角だが、三角出せば二本買えることがわかった。幼い魯魯は迷ったが、結局のところ三角出して、タバコを二本買った。

夏が近づくその日の午前、魯魯は七橋方面へ行くバスに乗った。左手にハンカチに包んだ三元あまりのお金、右手に二本のタバコを握って。バスに乗るのは初めてだったが、まったく喜びはない。彼は神妙な顔で窓の外を眺めていた。ときどき隣の中年女性に、七橋までの距離を尋ねた。その後、間もなく七橋に着くことを知ると、席を離れ、旅行カバンと布団包みをドアの近くまで運んだ。そして運転手に、汗で湿ったタバコを差し出し、懇願した。

「運転手さん、七橋でちょっと停《と》めてくれない？」

運転手はタバコを受け取り、ひと目見たが、湿っていることがわかると、窓の外に投げ捨ててしまった。魯魯は運転手が相手にしてくれないので、がっかりして下を向いた。心の中で計算してみる。七橋を過ぎた次の停留所で降り、歩いて引き返さなければならない。ところが、運転手は七橋でバスを停めてくれた。すでに昼近くになっていた。魯魯は長く続く塀を目にした。塀の上の鉄条網を見て、それが労働矯正農場であることがわかった。七歳の魯魯は、布団包みを背負い、身の丈ほどもある旅行カバンを持って、まぶしい日差しの中を歩き出した。

労働矯正農場の門に着くと、銃を持った兵士が見張り番に立っていた。魯魯は兵士に近づき、手もとに残っているタバコに目をやったが、運転手が窓から投げ捨てたのを思い出し、差し出すことができなかった。彼は若い見張り番に微笑みかけ、おずおずと言った。

「お母さんと一緒に暮らしたい」彼は布団包みと旅行カバンを指さした。「家のものを全部、運んできた」

魯魯が母親に会えたのは、午後になってからだった。若い見張り番が別の人に取り次ぎ、その人が髭《ひげ》の男のところへ案内してくれた。髭の男は、彼を小さな部屋へ連れて行った。

黒い服を着た馮玉青は、顔が腫れている息子と再会した。幼い息子が一人でここまで来たことを知り、彼女は涙を流した。

ついに母親に会えたので、魯魯は興奮して言った。

「もう学校には行かない。自分で勉強して、立派な大人になるよ」

馮玉青は両手で顔を覆って泣いた。すると、魯魯も泣き出した。彼らの面会は短かった。間もなく一人の男が入ってきて、馮玉青を連れて行こうとした。魯魯は慌てて旅行カバンと布団包みを手にして、一緒について行く構えを見せたが、制止された。彼は甲高《かんだか》い声で叫んだ。

「どうして?」

男は彼に、もう帰りなさいと言った。彼は首を振って言った。「帰らない。お母さんと一緒に暮らす」そのあと、母親に向かって言った。「お母さんからも言ってよ。ぼくは帰らないって」

しかし、母親も振り向いて、彼に帰るように言った。彼は悲しそうに大声を上げて泣き、母親に向かって叫んだ。

「布団も担いできたんだよ。お母さんのベッドの下で寝る。場所は取らないから」

それから数日、魯魯は野宿した。布団をクスノキの下に敷き、旅行カバンを枕にして、横になって教科書を読んだ。腹が減ると、母親が残してくれたお金を持って近くの食堂へ行き、何か食べた。彼はとても用心深かった。整った足音がするとすぐに教科書を投げ捨て、起き上がって目を見張った。黒い服を着た囚人たちが鍬《くわ》を担ぎ隊列を組んで、近くを通り過ぎて行く。彼はうれしそうに、自分のほうを見ている母親に視線を向けた。

第3章

遥か昔

ぼくの祖父・孫有元《スン・ヨウユエン》は怒りっぽい性格だというのが、父の見方だった。孫広才《スン・グアンツァイ》は責任逃れがうまい父親で、ぼくを荒っぽく育てた。ぼくが傷だらけになり、自分も息絶え絶えというときに、孫広才は祖父のことを語り始めた。

「おれのおやじなら、おまえを殴り殺していたはずだ」

祖父はすでに死んでいる。父は当時まだ生きていた人たちと同様、墓場の死者に暴君のレッテルを貼り、自分は文明的で上品だと思っていた。父の話は多少なりとも効果を上げた。ぼくは死にたいくらいつらい時期を乗り越えたあと、心の中で父に感謝した。父の話によって、命を大切にする気持ちが生まれたからだ。

大人になって、祖父の真実のイメージが心の中で形作られたとき、ぼくは祖父が怒りっぽい人だとはどうしても思えなかった。父は自分の幼年時の経験を語ることで、ぼくを慰めようとしたのかもしれない。確か、父はこう言った。おれが小さいころに食らった拳骨《げんこつ》に比べたら、こんなものは屁でもないぜ。当時、その意味がわかっていたら、ぼくは肉体に痛みを感じたとき、自尊心を失わずに済んだはずだ。しかし、痛みはぼくの知力をすべて奪ってしまった。動物のように叫ぶ以外、ぼくに何ができただろう?

　あの時代に、祖父は女性を驚くほど尊重した。彼は無意識のうちに、運命に感謝していたのだ。祖母は甘やかされて育ち、十六歳のとき、刺繡《ししゅう》をした小さい布靴を履き、カゴに乗って別の男のところへ嫁入りした。しかし二年後、彼女は大きな屋敷を出ざるを得なくなった。素寒貧《すかんぴん》の祖父の背中で眠ったまま、雑草に覆われた南門《ナンメン》へ連れてこられた。輝かしい少女時代を過ごした祖母が、孫有元の一生を暗いものにしてしまった。

　ぼくが三歳のときに死んだ祖母は、当時の我が家の雰囲気と相いれない存在だった。それによって、過去の栄光を少しでも示そうとしたのだろう。寒さの厳しい冬の日、貧しいにもかかわらず、我が家には炭火が燃えていた。祖母は一日じゅう火鉢のそばにいて、両目を薄く開け、いかにも退屈そうだった。寝る前には必ず、足をお湯で温めた。怪しい形をした小さな足が、しだいに薄紅色に染まる。その記憶は、いまも忘れられない。野良仕事に出たことのない、纏足の足だ。農民と三十年、連れ添ったのではあるが。うらぶれた我が家で、祖母は数十年にわたって、のほほんと貴族趣味を押し通した。父から見ると怒りっぽい祖父だが、ぼくから見ると印象が違う。祖父はいつも両手をだらりと下げて、足を洗っている祖母の前に、かしこまって立っていた。

　祖母はある冬の日の朝、起きるべき時間に目を覚まさなかった。何の前触れもなく、急死したのだ。祖父は悲しくて、どうしようもなかった。村人に出会うと、不安そうな笑みを見せた。まるで妻が死んだのではなく、何か不祥事を起こしたかのようだった。

ぼくは、こんな情景を見た気がする。孫有元が粉雪の舞う中、ボタンのない黒い綿入れを着て立っていた。綿入れは汚れて、テカテカ光っている。肌着はつけていない。縄で縛った綿入れの胸もとからのぞいた素肌は、冬の寒さにさらされている。老人は背中を曲げ、両手を袖の中に入れ、舞い落ちた雪が胸もとで融けるに任せていた。笑顔を浮かべていた彼の目が赤く潤み、涙があふれ出した。自分の悲しみを何も知らないぼくに伝えようとして、祖父が口にした言葉を覚えている。

「おばあちゃんは土に帰ったんだ」

祖母の父親は、当時の平凡な資産家だったのだろう。祖父は貧乏人の誠実さをもって、幸いにも一面識を得た岳父に接し、ずっと揺るがぬ敬意を払い続けた。孫有元は晩年よく、歯が抜けた口を開いて、祖母がどんなに裕福だったかを語った。しかし、意味のない感嘆によって、祖父の話はしばしば中断するのだった。

幼いころ、ぼくは祖父の岳父がなぜいつも折檻のための板を手にしていたのか、不思議でならなかった。糸とじの本でも持っているほうが似つかわしいのに。孫広才も同様に、箒を手にしていた。持ち物は違っても、目的は一つである。この恐ろしいものは、旧時代の厳格さを象徴している。平凡な資産家は、同じく平凡な二人の息子に教育を施し、一族に栄光をもたらしてくれることを期待したのだ。彼は娘——ぼくの祖母に対しても、厳しさを忘れなかった。祖母の生活は儀式のように、時間が決められていた。哀れな祖母は、それによって最低限の自由を失っていることに気づかなかった。彼女は盲目的に、喜んで父が決めた掟《おきて》を守った。何時に起床し、何時に刺繍を始めるか、どのような姿勢で歩くか、など。その後、彼女は父親の威厳を祖父に受け継がせた。孫有元のおどおどした表情を見て、祖母は満足げに優越感を味わっていた。祖父は一生、祖母の一時の栄耀栄華《えいようえいが》から逃れられなかった。しかし、祖母が唯一、謙虚さを示す仕草があった。祖父の前では、必ずわきに寄ってすわるのだ。父親の教えが、いかに強力だったかがわかる。すでに父親のもとを離れているにもかかわらず、なお束縛を受けていたのだった。

この慎み深い父親は娘を嫁がせるに当たって、鋭い観察眼で自分に近い男を選んだ。祖母が最初の夫とぎこちなく並んで立ったとき、運命はもう決まっていた。その男は普通の話をする前にも熟慮を要する有り様で、いま考えてみると頭が弱かったのではないかと思われる。活気に満ちた素寒貧の祖父とは、比べものにならない。ところが、祖母の父親には気に入られていた。それが祖母にも直接的な影響を与え、彼女は祖父の前で、その男を褒め称えた。祖父は第二の被害者として、恭《うやうや》しく話を聞いた。そして、パリッとした中国服を着たその男に対して、一生コンプレックスを抱くことになった。

その頭の弱い男は絹の中国服を着て、祖母の家の朱塗りの門から入ってきた。髪はポマードで固め、右手で服の裾を持ち上げ、中庭を抜けて客間に現れた。八角形のテーブルを迂回《うかい》し、祖母の父親の前に立った。こうして、いとも簡単に祖母を娶《めと》ったのだ。祖父がこの話をしてくれたのは、ぼくが六歳のときだった。ちょうど孫広才が、ぼくを里子に出そうとしていたころである。

祖父の話を聞いても、ぼくは少し驚いただけで、興奮を覚えることはなかった。門が開いていれば、そこから入って奥に進み、妻を娶るのは簡単なことだ。ぼくは、自分だってできると思った。

祖母の豪華な嫁入りは、その後の三十年あまりに及ぶ貧困によって、本人が想像をふくらませて誇張されることになった。その後、祖父の信用ならない口を通じて、ぼくの耳に入ったのだ。だから、ぼくの頭の中は賑やかな銅鑼や太鼓の音でいっぱいだった。とりわけ、チャルメラの音が大きく響く。嫁入りの行列は、果てしなく遠くまで続いていた。祖父は、八人担ぎの大きなカゴを強調した。だが、わずか六歳のぼくに想像がつくはずがない。祖父の形容が大げさ過ぎたため、ぼくの頭の中で祖母の婚礼はめちゃくちゃになった。最も致命的だったのがチャルメラだ。祖父が覚えて吹くチャルメラの音は、深夜の犬の遠吠えのように、ぼくを悩ませた。

まだ十六歳の祖母の顔には、厚く頬紅が塗られ、木から落ちる前の熟したリンゴのように赤かった。カゴから下りたとき、その顔は日差しを受けて、きらきらと輝いていた。

古めかしい新郎の身なりを見て、祖母は驚いた。婚礼の間、新郎はずっと荘厳な微笑を浮かべていた。その笑顔は、まるで絵のように動かない。だが、この君子の作り笑いは寝床まで持たなかった。新婚初夜が訪れると、新郎の動作は急に敏捷《びんしょう》になった。気がつくと、祖母は丸裸にされていた。新郎はものすごい勢いで、なすべきことを終えた。しかし、翌朝、彼が目を覚ましたとき、不思議なことに新婦は姿を消していた。慌てて探したあげく、衣裳ダンスの扉を開けてみると、裸のままで震えている祖母がいた。

その男は悪人ではない。これは祖母が最終的に下した結論である。新婚の夜に新婦を驚かせたあと、彼がどのような手段を使って有効な慰めを与えたのか、ぼくには想像できない。それから二年間、祖母は毎晩、心安らかに夫を受け入れた。ぼくの祖父・孫有元は、その男が女をいたわることを知っていたと述べたが、それは祖母が長い年月を回想する中で作り上げた偶像なのだろう。祖母は昔が忘れられないのであり、孫有元の三十年あまりの従順さと謙虚さはどうでもよいのだ。

祖母の姑《しゅうとめ》は黒い絹の服を着て、客間にすわっていた。夏なので、傍らの召使いが団扇《うちわ》で風を送っている。姑は苦しそうな表情で、体の不調について語った。だが彼女は自分自身も含め、うめき声が家の中で発せられることを許さなかった。それはバカ笑いと同様、恥ずべき行為なのだ。そこで、彼女はうめき声を冷淡な口調に変えた。まるで、他人の病気の苦しみを語っているかのようだった。祖母は長時間、いろいろな病気の話を聞かされた。その重苦しい雰囲気は、容易に想像できる。だが、祖母は大して心理的な影響を受けなかった。父親から事前に、似たような教育を受けていたから。この死んだような家庭では、彼女の夫が夜、ベッドで行う短い行為のときにだけ、活力が生まれる。祖母はそれが当たり前のことだと思って、受け入れていた。のちに祖父の背中に担がれるまで、祖母は別種の家庭が存在することを知らなかったのだ。自分の人並み以上の容貌にも、祖母は気づいていなかった。のちに祖父が何度も言及し、心から賛美したので、ようやく自覚するようになった。祖母の父親と夫と姑は、この方面のことには口を閉ざしたままだった。

　ぼくは祖母の家庭内の出来事をそれ以上知らない。当時の生活は、彼らの死とともに葬られてしまった。祖父は妻を亡くしてから数年の間、寂しさと悲しさが募り、祖母を思い出しては胸を熱くした。陰鬱な目が涙で光るとき、祖父の言葉の中で祖母が生き返った。

　祖母はある爽やかな朝に、運命の変わり目を迎えた。祖母はまだ若く、その後ぼくが目にした皺だらけの老婆ではなかった。家庭生活で染みついた古めかしさがあるとは言え、まだ十八歳だった。家にこもっていた若妻が、戸外の鳥たちのさえずりに心惹かれるのも無理はない。祖母は真っ赤な服を着て、刺繍のある布靴を履き、石段の上に立っていた。朝の日差しを艶《つや》のよい顔に浴び、ほっそりした手をだらりと下げている。元気のいいスズメが二羽、中庭の木の上でチュンチュンと鳴いていた。祖母はスズメたちの小さな動きに魅力を感じた。若くて無知だった祖母は、スズメたちが恋をしていることには気づかず、ただ仲のよさに感動するばかりだった。姑が重い足取りで背後に近づいてきたのも知らずに、清々しい朝の情緒に浸っていた。間もなく、二羽のスズメがまだ木の枝で羽づくろいをしているとき、厳格な姑は嫁の常軌を逸した様子を見ていられなくなった。全身を病に冒されている姑は嫁の耳もとで突然、冷ややかに言った。

「部屋に入りなさい」

　そのときの祖母の驚きは、一生忘れがたいものだった。祖母が振り返って目にしたのは、いつもの厳格さではない。姑の表情には複雑さと鋭さがあり、祖母は自分の前途に不安を感じた。聡明な祖母はすぐに気づいた。美しく見えた二羽のスズメは、実のところ、下品な行為の最中だったのだ。祖母は自分の部屋に戻ってから、大きな災いを招いてしまったと思った。この先、どうなるかわからない。祖母は胸がドキドキした。姑がのろのろとした足取りで別の部屋に入ったあと、軽快な足音が近づいてきた。召使いがやってきて、書斎に入ったのだ。召使いは、書斎でうたた寝していた夫を呼びに来たのだった。

その後は静寂が続き、何も起こらなかった。しかし、祖母の内心の不安は募るばかりだった。最終的に、恐れの中に期待の気持ちが生まれた。突然、祖母は姑の懲罰を受けたいと思った。どっちつかずの状態が続くことには耐えられない。

夕食のとき、祖母は不幸の到来を予感した。姑は驚くほどの親しみを示し、何度も目もとを赤くしたのだ。一方、夫は鬱々としていた。夕食後、祖母は引き止められ、姑の長々しい話を聞かされた。姑は非の打ちどころのない一家の歴史を語った。学問においても官職においても、誇らしい実績がある。さらに、祖先の中には貞節を守った烈女もいて、女色を好んだ清代の皇帝から栄誉を称えられた。姑の話は尽きることがなかった。最後に、祖母は荷物の整理を命じられた。言わんとすることは明白だった。離縁状を叩きつけられたのである。

それは祖母にとって、忘れがたい最後の夜だった。昔気質《むかしかたぎ》の夫が、珍しく優しさを見せた。相変わらず口は開かなかったが、いつまでも祖母を愛撫《あいぶ》してくれた（祖母はのちに、祖父にそう話したという。彼が涙を流したかどうかについて、祖父は言及しなかった）。その夜のおかげで、祖母は夫を永遠に記憶に留めたのかもしれない。それ以来、祖父の口から語られる祖母の前夫は、ろくでなしから女の気持ちがわかる男に変わった。

祖母の姑は旧時代の尻尾に位置する女で、祖先のような専横さはなかった。息子に対してあれこれ指示することもなく、選択の自由を与えた。ただし息子の選択は、彼女の想定を外れることがなかった。

翌朝、祖母は早く起きたが、姑はすでに起床していた。客間に現れた夫は、いつもの様子に戻っていて、昨夜の悲哀の表情は見られなかった。彼らは一緒に朝食をとった。そのとき、祖母はどんな心情だったのだろう？　まだ若い彼女は、気が動転していた。災いが差し迫っていることは疑いない。だが、祖母は頭がぼんやりして、何も見えない状態だった。

その後、三人は家を出た。黒い服を着た姑は先頭に立ち、大通りまで行くと、祖母に西へ向かうよう命じ、自分は東へ向かった。当時は日本軍の部隊が近くまで迫っており、避難民の群れが朝の大通りにあふれていた。一族の名誉を守ろうとする姑は、朝日の昇る方角へ歩き出した。一方、祖母は陽光を背中に受けるしかなかった。祖母の夫は、遠ざかる妻の姿を最後に見たとき、言い表せない悲哀を感じたが、母親のあとを追って東に向かうという選択に迷いはなかった。

祖母は重い風呂敷包みを背負っていた。中身は彼女の衣服と装身具、そしてわずかな銀貨である。顔色は恐ろしいほど青白い。それから三十数年、その顔が再び真っ赤になることはなかった。朝の風で髪が乱れたが、彼女はまったく気づかず、避難民と一緒に歩いた。彼女は慰めを得たのかもしれない。そうしていれば、離縁された女には見えないから。彼女の顔に浮かんでいる困惑と悲哀は、周囲の人たちも共有するものだった。祖母は波に漂う木の葉のような自分を悲惨な避難民と同一視していた。いまさら、厳格な父のもとへ帰るわけにはいかない。祖母は避難民と一緒に歩きながら、自分の将来について考えることを棚上げにしていたのだ。

お嬢様育ちの祖母は、戦争の勃発によって野宿の生活を始めることになった。しかし、転落の原因は戦争とまったく関係がない。本当の不運は、あの顔ももうはっきりしない肉屋の男との出会いにあった。祖母は男の体に染みついた脂っこい肉の臭みを嗅いだとき、すぐにそう判断した。それから三十年あまり、祖母は肉の臭いがすると恐怖を感じてしまった。あの男がすさまじい勢いで、肉を切り刻むように、祖母を凌辱《りょうじょく》したからだ。

戦火に見舞われた日の夕刻、祖母はうかつにも、避難民の群れから離れ、河辺で薄汚れた顔を洗った。振り返ると人影は消えていたが、祖母はしゃがんだまま、感傷に浸っていた。こうして、彼女は一人で肉屋と対面することになった。日が暮れようとするとき、祖母は男の足もとにひれ伏し、風に体を震わせながら哀願した。風呂敷包みを広げ、中のものすべてと引き換えに見逃してくれと頼んだ。男は彼女の姑のように意地悪い笑い声を上げて言った。

「やることをやってからでも、遅くはない」

祖母がカゴに乗って嫁いだとき、祖父の孫有元は二十三歳だった。彼は名の知れた石工の父親や兄弟子たちとともに、北蕩橋《ペイダン》という場所へやってきた。橋脚の間に三つの空洞がある大きなアーチ形の橋を作るためである。それは初春の朝、曽祖父は木造船を雇い、弟子たちを連れて、幅の広い河を下った。曽祖父は船尾にすわり、刻みタバコを吸いながら、興味深げに息子を見ていた。孫有元は胸をはだけて船首に立っている。初春の冷たい風を受けて、その胸は真っ赤になっていた。船はわずかに揺れ、掻き分けられた鋭い刃のような波が背後に飛び去って行った。

この年の冬、中華民国の一人の官僚が里帰りすることになっていた。彼はかつて資産家の屋敷に火を放ち、幅の広い河を泳いで逃れたあと、出世を果たした。それから数年、県の役人は考えた。故郷に錦を飾る彼に、また河を泳いで渡らせるわけにはいかない。そこで、曽祖父に銀貨を渡したのだ。とても意義のある仕事なので、曽祖父は弟子たちに言った。

「今回作るのは、お役人のための橋だ。みんな、心してかかれよ」

彼らは、橋がないのに北蕩橋と呼ばれている場所に着いた。そのとき、曽祖父はすでに五十を過ぎていたが、体は引き締まり、声も大きかった。彼は河辺を行ったり来たりしたあと、のんきな様子で仕事を始めた。それに続いたのが、若さあふれる祖父だった。曽祖父は地形を調査するとき、何度も振り返って、曽祖母が飼育するニワトリを叱るように、弟子たちに指示を与えた。祖父はときどき土をつかんで手のひらにのせ、舌先で舐《な》めてみた。こうして河の両岸の調査が終わり、地形図が出来上がった。曽祖父は弟子たちに飯場の建設と石材の採掘を命じ、自分は祖父と二人で、食料と工具を担いで山に入った。

目的は「龍門石」の掘削だった。曽祖父と祖父は野良猫のように山中を駆け回り、三か月の間、鑿《のみ》の音を響かせた。当時、石工の腕の見せどころは、この「龍門石」にあった。橋の中央に据える大きな石で、工事の最後に設置される。大き過ぎても小さ過ぎてもいけない。

曽祖父は貧乏だが、とても賢い男だった。祖母の父親と比較すると、明らかに有能で元気があった。全国各地を流浪し、芸術家のロマンと農民の堅実さを兼ね備えていた。その跡取りで、薫陶を受けて育った祖父も、同様に逸材だった。この二人の先祖が山奥で鑿を振るい、四角い「龍門石」を掘り出したのだ。正面には、二匹の龍が玉に戯れている図柄が彫られている。二匹の石の龍は丸い玉を争って、いまにも天に舞い上がりそうだった。彼らは河に石橋をかける単なる石工ではない。彼らが作り出した橋は芸術品として、後世に伝わるものなのだ。

三か月後、石材の準備を終えた弟子たちが、曽祖父と祖父を迎えに山中へやってきた。酷暑の夏の日の午後、曽祖父は「龍門石」の上にすわり、弟子たちに担がれて山を出た。上半身裸で、すぱすぱと刻みタバコを吸いながら目を細めている曽祖父は、いかにも満足そうだった。しかし、得意がる様子はまったくない。このような経験は、珍しいことではなかったから。孫有元は顔を上気させ、元気な足取りで傍らを歩いていた。そして十歩進むたびに、大声で叫んだ。

「龍門石のお通りだぞ」

それを栄光のときと言うのは、まだ早い。本当の栄光のときは、その年の秋、橋が完成して「龍門石」を置くときに訪れた。橋の両端に記念の門楼が建てられ、五色の紙飾りが風を受けて、木の葉のように揺れていた。楽隊の演奏の音が鳴り響き、線香の煙が漂う。近隣の村から見物人が集まり、ざわめきがやまない。この騒ぎにスズメたちも驚いて、遠くの樹木に身をひそめ、飛んでこようとしなかった。このような栄光のときを経験した孫有元が、晩年になってなぜ祖母の婚礼を賛嘆したのか不思議でならない。比較すれば、祖母の婚礼など、コップの中の水に過ぎないだろう。

曽祖父は、この栄光の日を境に自分が再起不能に陥るとは、夢にも思っていなかった。自身の才能で世を渡ってきた彼は、北蕩橋でドジを踏んだ。実を言えば、ここの土壌がもろくて、橋が沈んでいることには気づいていた。しかし、これまでの経験から、橋のわずかな沈下はよくあることなので、高をくくっていたのだ。橋の完成が近づくにつれて、沈下の速度が増した。曽祖父はこれを見逃したために、悲惨な晩年を迎えることになった。

あとで失敗の憂き目を見ることになるのだが、八人の弟子は当初、心を躍らせながら「龍門石」を運んでいた。彼らは元気いっぱいで、橋の中央にたどり着いた。エッサ、ホイサッという掛け声がやみ、「龍門石」が慎重に橋の隙間に置かれると、楽隊も演奏をやめ、見物人たちは息を呑んだ。そのとき、曽祖父は「ゴロン」という音を聞いた。予想していた「カチッ」という音ではない。そこで彼は、その場にいた人たちよりも先に、災難の訪れを知った。曽祖父は当時、門楼の上にいた。衝撃の事実を知って、微笑を浮かべていた顔は、そのまま引きつってしまった。祖父がのちに語った致命的な「ゴロン」という音を聞いて、曽祖父はパッと椅子から腰を上げた。祖父がのちに語ったところによると、その瞬間、曽祖父は瀕死の魚のように、白目をむいていたという。だが、彼は世間を渡り歩いた男だ。何が起こったのか、まだ誰も気づいていないうちに、門楼を下りた。キセルを肩にのせ、酒屋へ向かうように見せて、立ち去ったのだ。彼はそのまま山奥に入り、屈辱を息子と弟子たちに味わわせた。

「龍門石」は、しっかりと隙間に挟まった。牛のように屈強な八人の若者が顔を真っ赤にして、また持ち上げようとしたが、石はびくともしなかった。見物人たちのため息が、波のように押し寄せてきた。八人の顔は夏の強烈な日差しに照らされ、豚のレバーのように光っていた。シーソーの板に似た「龍門石」は斜めに突き刺さったまま、押しても引いても動かなかった。

孫有元がその運命の日の昼間をどう過ごしたのかはわからない。曽祖父は、こそ泥のように雲隠れしてしまった。それで、孫有元は二倍の屈辱を味わうことになる。弟子たちと同様に意気消沈しただけでなく、息子としての恥ずかしさも感じていた。当時の混乱ぶりはひどいもので、祖父の言葉を借りるなら、家屋の倒壊に等しかった。彼個人の状況はさらに悪く、「龍門石」を橋の上に運んだ八人のうちの一人でもあるのだ。橋の欄干につかまっても、歩行がままならない。まるで、股間を誰かに握られたかのように、力が出ないのだった。

曽祖父は日が暮れてから帰ってきた。見物していた村人に会わせる顔はなかったが、息子や弟子たちに対しては相変わらず強気だった。内心は焦っていただろうが、太い声で、途方に暮れている弟子たちを叱責した。

「情けない顔をするな。おれはまだ死んだわけじゃない。最初からやり直せばいい。あのころは……」

曽祖父は感情を込めて、刺激的な過去を振り返った。さらに、麗《うるわ》しい前途を弟子たちに語ったあと、突然宣言した。

「解散だ」

弟子たちが呆気にとられている間に、彼は向きを変えて立ち去った。意表を突くことを得意とする曽祖父は、飯場の前まで行くと振り返り、自信たっぷりで、弟子たちに忠告を与えた。

「師匠の言葉を覚えておけ。金さえあれば、女もついてくる」

この旧時代の老人は、簡単に自分で自分に感動する。その夜のうちに県城〔県政府のある町〕へ行って、中華民国の役人に謝罪しようと決めたとき、彼は伝説中の英雄のように大義を重んじているつもりでいた。祖父に向かって、自分がやったことには責任を持つんだと言ったとき、彼は感激で声を震わせた。失敗を栄光に転じようとしている父親を見て、愚かな孫有元も一緒に感激した。

しかし、ほんの十数歩行ったところで、曽祖父の勇ましさは跡形もなく消えた。思わず振り向いて、石の橋を見たのが間違いだった。反り返った「龍門石」が月光を受けて輝いていた。まるで夢の中のオオカミが、曽祖父に向かって牙をむいているかのようだ。祖父は曽祖父のうしろ姿が突然、揺らめくのを見た。物寂しい月明かりの夜、曽祖父はあの果てしなく続く小道を歩いて行った。果てしなく大きな失敗に胸を痛めながら。その姿は、のちに孫有元が語ったように勇ましいものではない。県城の牢獄に入ったときの曽祖父は、診療所に運び込まれる瀕死の病人よりも惨めだった。

長い間、孫有元も父親の見せかけの英雄気取りに騙されていた。彼は父親が別れ際に命じたように、別の仕事を始めようとしなかった。多くの弟子たちは風呂敷包みを背負って田舎に帰ったが、「龍門石」を担いだ祖父と七人の職人は引き続き、その地に残った。孫有元は、石橋を救済することを誓った。祖父の才能は、父親がいなくなったあと、余すところなく発揮された。彼は七人の弟子たちを引き連れて、橋の下にもぐり、鑿で十六か所の穴をあけた。それから、十六本の杭《くい》を用意した。猛獣のような八人の若者は木槌《きづち》を振るって、穴に差し込んだ杭を激しく打ったのだ。たっぷり二時間も木槌を振るっていた八人を見て、通行人は気が触れたのだと思った。ところが、彼らの微力が功を奏して、巨大な橋がついに少し持ち上がった。祖父は感動的な「ゴロンゴロン」という音を聞いた。そして間もなく、轟音《ごうおん》とともに祖父の願いがかなった。「龍門石」は無事に、橋の隙間に納まったのである。

祖父は感動のあまり、あの小道を駆け出した。目に涙をため、大きな声で曽祖父に呼びかけた。そして県城まで、一気に二十キロあまりの道を走った。ふらふらと牢獄から出てきた曽祖父は、自分の息子がひと晩じゅう雨に打たれたように、全身が濡れているのを見た。だが、空は晴れ渡り、太陽が輝いていた。祖父は体内の水分がなくなるほど、大汗をかいて走ってきたのだ。彼は叫んだ。

「父さん……」

そしてバタンと倒れ、気を失ってしまった。

曽祖父は、あの時代特有の脆弱《ぜいじゃく》さを持っていた。北蕩橋での失敗は、幸いなことに息子が挽回してくれたが、それによって元気を取り戻すことはなかった。意気消沈したまま年老いた農民となり、若いころに水もしたたる美人だった曽祖母を頼りにした。この二人の老人は人生の最後に、ようやく団欒《だんらん》を実現させたのだ。

一方、孫有元は自分の功績に大満足で、かつての父親のように弟子を率いて、先祖伝来の石工の仕事を続けていた。ところが、祖父の栄光のときも、あっという間だった。彼らは最後の旧式の石工で、冷酷な時代の波を思い知ることになる。しかも、近隣の河には、すでに多くのアーチ形の石橋がかかっていた。いずれも先祖の精巧な技術の成果で、それらの橋が一夜にして崩れることはあり得なかった。彼らはいつも腹をすかせ、幼稚な理想を掲げて、江南の水郷地帯を放浪した。一度だけ機会を得て、彼らは小さな石橋を築いた。彎曲《わんきょく》した橋だった。まさにそのとき、孫有元は岳父の優雅な尊顔を拝したのである。

橋の建設は、農民たちが金を集めて彼らに依頼したのだ。祖父はすでに、生きるために手段を選べない状態だった。アーチ形の大きな石橋を作ってきた孫家が、小さな石橋しか作れないところまで落ちぶれていた。彼らは大通りの交差点に橋脚を立てることにしたが、向かい側の大きなクスノキが邪魔になった。祖父はさっと手を振って、クスノキを切るように命じた。そのときはまだ、それが岳父の木だということを知らなかったのだ。

のちに孫有元の岳父となる劉欣之《リウ・シンジー》は、誰もが知る大金持ちだった。当然、彼は未来の娘婿が素寒貧だとは知らなかった。「苦は楽の種」を口癖にしていたこの知識人は、自分の家のクスノキが切り倒されると聞くと、先祖の墓を暴かれたかのように激怒した。完全に知識人の体面を忘れ、相談にきた人たちに対して、農民の口調で罵声を浴びせた。

孫有元は仕方なく、橋脚を少し斜めにして、三か月後に彎曲した橋を完成させた。橋が落成すると、農民たちは劉欣之を招き、橋に名前をつけてほしいと頼んだ。

その日の朝、祖父は岳父と出会った。絹の服を着た劉欣之がゆっくり歩いてくるのを祖父は呆然として眺めていた。日差しの下で、わざと重々しく振る舞う姿は、中華民国の役人よりも威厳があった。数年後、祖母とベッドをともにしたとき、祖父は当時の思い出を語った。劉欣之は老いてはいたが、活気に満ちた孫有元を感動させたという。

祖母の父親は知識人の態度を保ったまま橋に近づいたあと、軽蔑を露わにした。そして自分が侮辱を受けたかのように、厳しい声で言った。

「こんなひん曲がった橋に、名前などつけられるか」

そう言うと、不愉快そうに立ち去った。

祖父は相変わらず各地を放浪し、国共内戦の銃声と凶作の中で生きていた。そんな時代に、誰が金を出して彼らの技能を求めるだろう？　彼らは仕事を探して、あちらこちらを乞食《こじき》のようにさまよい歩いた。祖父は橋を建設するという時宜に合わない夢を捨てずに、破壊の時代を生き抜いたのだ。最終的に、この石工の集団は当初の純粋さを失って、どんな仕事でもした。遺体の洗浄も、墓掘りも辞さなかった。そうしなければ、自分の死体を荒野にさらすことになる。孫有元はいかに苦しいときでも、希望のない放浪に弟子たちを同行させた。どんな甘言を使ったのか、想像がつかない。その後、ある日の夜、彼らは共産党ゲリラと見なされて、国民党軍の襲撃を受けた。時代遅れの理想を抱いていた石工たちは、こうして永遠の別れを迎えたのだ。

当時、祖父たちはみな貧しい独り者で、河のほとりで寝泊まりしていた。最初に銃撃を受けたとき、孫有元は無事だった。彼は起き上がり、誰が爆竹を鳴らしたのかと大声で叱責した。その後、隣に寝ていた弟子の顔がつぶれているのに気づいた。月光に照らされたその顔は、まるで割れたタマゴのようだった。祖父は眠気を振り払い、さっと駆け出した。河沿いを走りながら、叫び声を上げた。だが、銃弾が股間を貫通し、彼は言葉を失った。まずい、睾丸《こうがん》をやられた。それでも、祖父は依然として必死で走った。一気に十キロほど先まで行ってから、ズボンが濡れていることに気づいた。彼はそれが汗だとは考えず、血が流れているのだと思った。すぐに足を止め、手を伸ばして股間の傷口に触れた。そこには、確かに自分の睾丸があった。最初はそれが何だかわからなかったが、そっと触ってみて無事であることがわかった。祖父は木の下にすわり、汗に濡れた睾丸を長い間なでていた。笑いが止まらなかった。自身の安全を確信したあと、彼はようやく河辺の仲間たちのことに思い至った。弟子のつぶれた顔を思い出し、大声を上げて泣いた。

明らかに、孫有元はもう先祖伝来の仕事を続けられなくなっていた。年はまだ二十五だったが、父親が引退して故郷に帰ってきたときの物悲しい心情が理解できた。祖父はこの年の春節前に、埃の舞う道をたどり、老人のような苦悩に満ちた表情で帰宅した。

曽祖父は一年以上前に帰宅してから、寝たきりになった。曽祖母が蓄えをすべて注ぎ込んでも、かつての元気を取り戻すことはなかった。そこでさらに、家じゅうの金目のものを質入れした。最後には曽祖母自身も、病気で起き上がれなくなった。祖父は大晦日に、ボロボロの身なりで、一文無しになって帰宅した。そのとき、彼の父親はすでに病気であの世へ旅立ち、母親は夫の遺体の横で瀕死の状態にあった。病魔にとりつかれた曽祖母は、息子が帰ってきたことを喜んだが、その気持ちを荒い呼吸で表すしかなかった。祖父は貧困家庭に貧困を持ち帰ったのだ。

若いころの祖父にとって、それは最も悲惨な時期だった。家庭にはもはや、質屋に入れる価値のあるものは何もなかった。春節の前後は、肉体労働で生活の糧を得ることもできない。万策尽きて孫有元は旧暦の正月一日の朝、身を切るような寒風の中、父の遺体を担いで町へ向かった。若かった祖父は、父親の遺体を質入れするという奇想天外なことを思いついたのだ。道中、祖父は何度も肩にのせた死体に詫びると同時に、何とか知恵を絞って理由を見つけ、自己弁護した。曽祖父の遺体は隙間風の入るあばら家で二日二晩を過ごしたあと、祖父に担がれて北風の中を十数キロ移動した。だから町の質屋のカウンターに置かれたときには、すでにアイスキャンディーのようにカチカチになっていた。

祖父は涙ながらに、自分は親不孝者ではない、ほかに方法がないのだと質屋の番頭に訴えた。

「おやじは死んだけど、弔いが出せない。おふくろは病気で寝ているけど、治療費がない。助けてください。数日後に、きっとおやじを受け取りにきますから」

質屋の番頭は六十過ぎの老人だったが、死人を質入れするという話は聞いたことがなかった。彼は鼻を押さえて、手を振った。

「ダメだ、ダメだ。仏さんは質入れできん」

番頭は春節なので縁起のいい言葉を使おうと思って、曽祖父を仏さんと表現したのだ。

しかし、世間を知らない祖父は依然として懇願を続けた。すると、質屋の小僧が三人現れて、曽祖父の遺体を押し返した。硬直していた遺体は石板のように、地面に落下してズシンという音を立てた。なんと罪作りなことだろう。孫有元は急いで父親を抱きかかえ、遺体に損傷がないかどうか確かめた。続いて、冷たい水が祖父の頭上に浴びせかけられた。祖父が立ち去る前に、質屋の小僧たちは遺体で穢《けが》れたカウンターを水で清めたのだった。孫有元はかんかんになって、小僧の一人の鼻先に拳骨を見舞った。相手の体はパチンコで弾《はじ》かれたように、吹っ飛んだ。腕っぷしの強い祖父はさらに力を発揮して、カウンターを引っくり返した。ほかの小僧たちは、棍棒《こんぼう》を振りかざして反撃してきた。孫有元は父親の遺体を担ぎ上げ、彼らに対抗した。厳寒の朝、祖父は遺体を盾にして、質屋で立ち回りを演じたのだ。勇敢な孫有元は父親の遺体の助けを借りて、小僧たちを打ちのめした。彼らは遺体に攻撃を加えることができなかった。この先一年、災厄に見舞われたら大変だ。その時代の迷信のおかげで、孫有元はほとんど抵抗を受けなかった。土気色の顔をしている番頭に襲いかかろうとしたとき、今度は孫有元のほうが慌てる事態となった。父親の頭を椅子にぶつけてしまったのだ。悲鳴が聞こえて、祖父は自分のバチ当たりな行為に気づいた。父親の遺体を武器にするなんて、人間のやることではない。遺体の頭部は、すでに変形している。祖父は一瞬呆然としたあと、すぐに父親を担いで質屋を出て、身を切るような寒風の中を走った。その後、孫有元は孝行息子のように大声で泣いた。ニレの木の下にすわり、損傷を受けた父親の遺体を胸に抱きながら。祖父は力を込めて、父親の曲がった首をもとに戻した。

孫有元は父親を埋葬したが、貧困を埋葬することはできなかった。数日間は、青草を抜いてきて、煮て母親に食べさせた。それは塀際に生えていた薄緑色の植物で、益母草《やくもそう》という名前であることを孫有元は知らなかった。寝たきりだった母親が、この草を食べてからベッドを下りて歩けるようになったのを見て、祖父は大喜びした。そして、浅知恵をめぐらせて、真理を発見したつもりになった。名医と呼ばれている人たちは、特別な技術を持っているわけではない。青草を見つけてきて、羊に餌をやるように病人に食べさせるだけなのだ。そこで、祖父は町へ働きに行くという考えを放棄した。石工から医者に商売替えして、病気の治療に当たることを決意したのだった。

祖父は張り切って、まずは往診に回ることにした。そのうちに名声が広まり、家にいても病人がやってくるようになるだろう。祖父は雑草を入れたカゴを背負って出かけ、廃品回収のように大きな声を上げて、各家を回った。

「薬草で病気が治るよ」

独特な呼び声が注目を集めた。だが、貧しそうな身なりを見た人たちは半信半疑だった。ついに、祖父を呼び止めて診察を頼んだ家があった。祖父にとって最初で最後の病人は、下痢が止まらない男の子だった。孫有元は息も絶え絶えの子どもをチラッと見ただけで、脈も取らず問診もしなかった。カゴから青草を取り出して患者の家族に渡し、よく煮て子どもに食べさせるように言った。家族が怪訝そうに青草を見ている間に、孫有元はもう家を出て、呼び声を上げていた。

「薬草で病気が治るよ」

子どもの家族が追いかけてきて、真剣に疑問をぶつけた。すると驚いたことに、祖父は胸を張って相手に答えた。

「おれの薬を飲んだのだから、あの子の病気は治るだろう」

可哀そうな男の子は青草を食べたあと、すぐに緑色の液体を吐いたり下したりして、二日としないうちに命を落とした。その日の午後、十数人の男が血相を変えて押しかけてきたのを見て、曽祖母は肝をつぶした。

祖父はそのとき、少しも慌てることなく、顔面蒼白の母親を屋内に閉じ込め、自分は微笑を浮かべて友好的に男たちを出迎えた。死者の家族と親族は、孫有元に命の償いを求めにきたのだ。激高している人たちに対して、祖父は甘言を並べてあしらおうとした。しかし、彼らが孫有元の冗長な話に耳を傾けるはずはない。一気に祖父を取り囲み、きらりと光る鍬を額に突きつけた。孫有元は国民党軍の銃弾の雨を体験しているので、慌てず騒がず、自信満々で言った。たった十数人が相手か。たとえ倍の人数がいても、コテンパンにやっつけてやる。孫有元は絶体絶命の場面で、このような出まかせを言って、相手を煙に巻いた。祖父は上着のボタンをはずしながら言った。

「服を脱いでから、おまえたちと勝負だ」

そう言うと、孫有元は鍬をはねのけ、引き返して家の戸を押し開けた。そして屋内に入り、静かに足で戸を閉めた。その後は大海に沈んだ石のように、まったく動きがない。復讐にやってきた人たちは、外で手ぐすねを引いて待ち構えていた。彼らは、祖父がすでに窓を乗り越えて逃走したことを知らず、強敵の来襲に備えていたのだ。いくら待っても孫有元が出てこないので、彼らはようやく異変に気づいた。戸を蹴り開けると、室内はもぬけの殻だった。その後、彼らは祖父が母親を背負って、小道を走って遠ざかる姿を見た。祖父は愚かな田舎者ではない。窓を越えて逃げたことが、彼の勇気と思慮深さを証明していた。

孫有元は曽祖母を背負って逃走したあと、東奔西走を余儀なくされた。祖母と同様に、避難民の群れに加わり、何度も日本軍の砲弾の音を背後に聞いた。祖父はその時代の典型的な孝行息子だった。纏足している曽祖母がよろよろ歩く姿を見たくないので、いつも母親を背負い、埃の舞い上がる道を大汗をかいて、避難民の群れを追って駆け回った。そしてある日の夜、精根尽き果てた祖父は群れを離れ、曽祖母を枯れかけた木の下に残して、水を探しに行った。戻ってきたとき、もう母親を背負って駆け回る必要はなくなっていた。連日の避難で衰弱していた曽祖母は、木の下に横たわったまま眠りについた。そして月光がうら寂しい夜に、寝ているところを野犬に食われてしまったのだ。ぼくは幼いころ、この悪夢のような情景を思い浮かべた。眠りについたあと、野犬に食われるなんて、なんと恐ろしいことだろう。祖父が木の下に戻ってきたとき、曽祖母の体は見るも無残な状態だった。野犬は長い舌を伸ばして自分の鼻を舐めながら、凶悪な目で祖父を見ていた。母親の悲惨な姿を見て、孫有元は狂ったように大声を上げた。自分が人間であることを完全に忘れてしまった。野犬と同じように牙をむいて、突進して行った。野犬は祖父の叫び声に驚いて、さっと向きを変えて逃げ去った。孫有元は半狂乱で、逃げた犬を追った。罵声を浴びせながら走ったせいで、追いかけるスピードが落ちたのだろう。犬は姿を消してしまった。祖父は呆然としたまま、目に涙をいっぱいためて、母親のところへ戻るしかなかった。孫有元は曽祖母の前でひざまずき、頭を地面に打ちつけた。大きな泣き声のせいで、その夜はますます重苦しくなった。

孫有元は母親を埋葬したあと、それまでの自信がすっかり消えてしまった。祖父は悲しみを胸に秘め、流れのままに逃亡を続けていたが、母親の死によって流浪生活は瞬時にして意義を失った。したがって、祖父は崩れた塀の下で初めて祖母に出会ったとき、心の中に泉が湧き出たような気がした。ただし、当時の祖母にはもはや富貴の痕跡はまったくなかった。彼女はボロボロの服を着て雑草の上にすわり、髪を振り乱し、ぼんやりとした目で祖父の顔を見つめた。飢餓のため気息奄々だった祖母は間もなく、祖父の背中で眠っていた。若き日の孫有元は、こうしてやがて妻となる女を得た。彼はもう、あてのない流浪はしなかった。孫有元は長い間、飢餓と貧困に苦しんできたが、祖母を背負って歩き出したとき、彼の顔は若々しく艶やかだった。

残り少ない命

祖父が腰を痛めたあと、ぼくの記憶に叔父が登場する。まったくなじみのない人で、小さな町の野外で看板を掲げ、歯を抜く仕事をしていたらしい。彼のほかに肉屋と靴屋が、通りの曲がり角を占有していたという。叔父は、かつて祖父がやっていた怪しい医者の稼業を受け継いだのだ。しかし、その職業を長く続けられたのは、彼の医術が祖父のようなインチキではなかったからだろう。叔父は大きな油布の傘を広げ、賑やかな通りに向かって店を開いていた。まるで釣りでもしているかのように。点々としみのついた白衣を着ると、医者らしく見える。小さいテーブルには、数本の錆《さ》びかけたペンチと数十本のまだ血のついている抜いた歯が並んでいた。これらの歯は、有力な宣伝材料になる。自分の技能が熟練の域にあることをひけらかして、歯がぐらついている患者を招き寄せるのだ。

ある日の朝、祖父が青い風呂敷包みを背負い、古い傘を抱えて、静かに通り過ぎて行くのを見て、ぼくと兄は不思議に思った。出かけるとき、祖父はぼくの両親に声もかけなかった。両親も別に気にかけていない様子だ。ぼくは兄と一緒に、裏の窓に貼りついて、ゆっくり遠ざかって行く祖父を見ていた。母がぼくたちに告げた。

「おじいさんは、叔父さんの家へ行くのよ」

祖父の晩年の姿は、捨てられた古い椅子のようだった。声も上げず、燃やされるのを待っている状態だ。災難が祖父の身に訪れた日、ぼくの兄・孫光平《スン・グアンピン》は、年齢が上なので、ぼくよりも先に学生カバンを手にした。それは幼年時代の記憶の中で、輝かしいひとときだった。兄が学校に上がる前の日の晩、ぼくの父親・孫広才《スン・グアンツァイ》はなぜか上機嫌で、誇らしそうに敷居にすわり、大声で兄に教訓を与えた。もし、町の子どもとケンカになった場合の心得である。

「相手が一人だったら、打ちのめせ。二人だったら、急いで逃げ帰るんだ」

孫光平は、ぼんやりと孫広才を見つめていた。それは兄が最も父親を崇拝していた時代だった。兄が神妙な顔をしていたので、父は面倒をいとわず、さらに同じ道理を何度も説いて聞かせた。それがもう、言うだけむだな話だとは考えもせずに。

父は賢い田舎の男で、どんな現代的なことでも、すぐに受け入れた。兄が学生カバンを肩にかけて町の学校へ初めて行く日、孫広才は村の入口に立ち、最後の試練を与えた。滑稽なことに、父は映画の中の悪人の口調をまねて、大声を発した。

「心得！」

兄は生まれつき、非凡な能力を備えていた。まだ八歳の少年が振り向いて答えたのは、父が前の晩に語ったくどい話ではなく、簡単なひと言だった。

「相手が一人だったら、打ちのめす。二人だったら、急いで逃げ帰る」

この喜ばしい光景と対照的なのは、晩年の祖父が縄を手にして、黙ってぼくの前を通り過ぎ、山へ薪《たきぎ》を拾いに行く姿だ。孫有元《スン・ヨウユエン》のうしろ姿は、ぼくの目には大きくて強そうに見えた。地べたにすわっていたぼくの前を祖父が力強い足取りで通過したとき、舞い上がった土埃がぼくの顔にかかった。兄に対する嫉妬と理由のない興奮が、それによって少し色あせたようだった。

祖父の災難と兄の興奮は密接につながっている。二十数年前のあの日、ぼくと弟が池のほとりでタニシを捕まえるのに夢中になっていたとき、初めて町の学校へ行って戻ってきた孫光平は、すでに知識をひけらかすことを覚えていた。孫光平が学生カバンを肩にかけて、意気揚々と帰ってきた姿は忘れられない。八歳の兄はカバンを胸の前にかけ、手を背後に回した。後者の動作は、明らかに学校の先生のまねである。その後、兄は池のほとりにすわって教科書を取り出すと、まず太陽の光にかざしてから読み始めた。ぼくと弟は、呆気にとられた。飢えた犬が、空中に放り上げられた骨を見ているかのようだった。

ちょうどそのとき、孫広才が土気色の顔をした孫有元を背負って走ってきた。父はとても腹を立てていて、孫有元をベッドに下ろしたあと、外にまで聞こえるように文句を言った。

「おれは家族に病人が出ることを恐れていた。もうダメだ。この痛手は大きい。飯を食うやつが一人増えて、働き手が一人減った。合わせて二人分の損害だ」

祖父は一か月、寝込んだ。その後、起きて歩けるようになったが、山で転んで痛めた腰は永遠に回復しなかった。孫有元は労働能力を失い、村人と顔を合わせても、弱々しい笑顔を見せるだけだった。祖母が急死したときよりも、元気がなかった。そのおどおどした表情をぼくははっきりと覚えている。祖父は口癖のように言っていた。

「腰が曲がらないんだ」

その言葉には、焦りと自責の念が込められていた。急に訪れた疾患が孫有元の運命を変え、働かずに食べるだけの生活が始まった。ぼくが南門《ナンメン》を離れるまでの一年足らずのうちに、元気いっぱいだった老人は化粧でもしたかのように、顔色が悪くなった。明らかに足手まといの存在となったので、二人の息子が交替で面倒を見る生活が始まったのである。ぼくはそのとき、初めて叔父の存在を知った。祖父は我が家に一か月滞在すると、あの小道を歩いて自ら町へ向かった。町から汽船に乗り、ようやく叔父の家に到着する。一か月後、決まって夕方に、祖父はよろよろと再びあの小道に姿を現すのだった。

祖父が帰ってくると、ぼくと兄は興奮して駆け寄った。取り残された弟は仕方なく、村の入口に立って、ぼくたちが駆けて行くのを笑いながら見ていた。孫有元は涙を流し、震える手でぼくたちの頭をなでた。実を言えば、ぼくたちが情熱を込めて祖父に駆け寄ったのは、うれしかったからではない。ぼくと兄は勝敗を競っていた。帰ってきた祖父が持っている傘と背中の風呂敷包みが、ぼくたちの興奮の原因だった。傘を先に手にしたほうが、間違いなく勝者となる。ある日、兄は傘と風呂敷包みを独占し、意気揚々として祖父の隣を歩いた。ぼくは何も得られず、悲しみに暮れていた。家に着くまで、ぼくは泣きながら何度も兄の横暴を訴えた。

「傘だけじゃなくて、風呂敷包みまで取られちゃった」

祖父は期待したように正義の味方になってはくれず、ぼくたちの争いを誤解して感激の涙を流した。手の甲で涙を拭う姿が、いまでも目に浮かぶ。四歳の弟は目ざとく祖父の涙に気づき、飛ぶように家に戻って、甲高い声で両親に告げ口した。

「おじいちゃんが泣いてるよ」

これによって弟は、ぼくと同様に何も得られなかった不足を補った。

ぼくが南門を離れるまでに、祖父が我が家で味わった屈辱は、当時のぼくの年齢では理解しがたいものだった。いま思い返してみると、父は祖父が滞在する一か月の間、いつも腹を立てていた。冬の嵐のように、狭い家の中で突然、わめき出すのだ。孫広才は孫有元をはっきり指さしながら悪態をつくので、父の怒りの矛先がわかった。そうでなければ、ぼくは父に恐怖を感じていただろう。孫広才は急に、ぼくを蹴飛ばすかもしれなかったから。ぼくの幼年時代、父はつかみどころのない人物だった。

祖父は言われるがまま、家の中で可能な限り自分を消した。いつも人知れず隅のほうにすわり、残り少ない命を静かに浪費していた。だが、食事のときには、稲妻のように素早く現れて、ぼくたち兄弟三人を驚かせた。弟はそのころ、自分をアピールできるようになった。手を胸に当てて興奮の表情を浮かべ、驚きを誇張して見せた。

祖父がいかに臆病だったか、ぼくはいまでも鮮明に記憶している。ある日、よちよち歩きだった孫光明《スン・グアンミン》がつまずいて転び、大泣きした。しかも、誰かに足をすくわれたかのように、悪態をついた。口の回らない弟は懸命に何かを主張していたが、子犬がキャンキャン鳴いているようにしか聞こえなかった。祖父は、恐怖で顔を青くした。父が畑から帰ってくるまで孫光明が泣き続けていたら大変だ。孫広才が雷を落とす機会を逃すはずはない。災難が訪れることに対する恐怖が、孫有元の目に浮かんでいた。

孫有元は腰を痛めてから、祖母の話をして、ぼくたちを不安に陥れることがなくなった。自分一人で、祖母と暮らした日々を懐かしんでいた。確かに、往年の祖母と祖父の物語は、他人には味わい尽くせないものだった。

孫有元は竹製の椅子にすわり、若くて美しかった、かつて富貴を極めた妻を思い出した。日を浴びることの少ない皺だらけの顔を生き生きと輝かせながら。ぼくは青草のように揺れる祖父の笑顔をひそかに観察した。その笑顔をいま思い出すと感動を覚える。しかし、六歳のときのぼくは一種の驚きを感じた。人間は自分だけで笑い出すことができるのだ。ぼくは、この驚きを池のほとりでエビを捕っていた孫光平に告げた。すると兄は、ぼくが追いつけない速さで家に駆け戻った。兄の興奮は、ぼくの驚きが正しかったことを証明した。ぼくと兄が泥だらけで祖父の前へ行くと、祖父は相変わらず微妙な笑顔を浮かべていた。八歳だった兄は、信じられないような勇気を発揮した。大きな声で、祖父を感傷的な回想の中から呼び戻したのだ。祖父は雷に打たれたように体を震わせ、楽しそうな笑顔は葬り去られた。祖父の目には、うろたえた様子が見てとれた。続いて、兄は祖父に歩み寄りながら、幼稚な声に厳粛さを加えて言った。明らかに祖父を叱責したのだ。

「一人で笑うなんて、どうかしてるよ。頭のおかしい人みたいだ」兄は手を振って見せた。「これからは一人で笑っちゃダメだよ。わかった?」

正気に戻った祖父は、孫光平に向かって謙虚にうなずいた。

孫有元は晩年、家族全員から歓心を買おうとした。年長者が卑屈になれば、尊敬を得るのは難しい。ある時期、ぼくは矛盾する感情を抱えていた。一方では自らを励まし、兄を見習って祖父に権威を見せつけようとした。子どもが大人に命令を下せるのは、刺激的なことだ。しかし、祖父の慈悲深いまなざしに屈服してしまうこともあった。見つめ合うと、孫有元のまなざしは温かく、ぼくは偽りの権威をひけらかす気持ちをなくしてしまう。元気なく家を出て、崇拝すべき兄を捜しに行った。

祖父が平気で弟を陥れたとき、ぼくは祖父に権威を見せつける気持ちを完全に失った。その後の孫有元は、不気味な存在となった。

　事件はきわめて単純だった。部屋の片隅にいた祖父は、立ち上がって歩き出したとき、うっかりしてテーブルの上の茶碗を落としてしまった。ぼくは近くで、それを目撃した。祖父はひどく慌てて、床に落ちて割れた茶碗の破片をしばらく呆然と見つめていた。いま祖父のうしろ姿を思い出すと、それは影のように頼りない。しかし、そのとき祖父がつぶやいた言葉は、何とも恐ろしかった。あんな早口の独り言は、いままでに聞いたことがない。

　孫有元はぼくが予想したように、床の上の破片を拾い上げようとしなかった。ぼくは六歳になっていたので、恐ろしい出来事の発生に薄々気づいていた。それは、もうすぐ父が帰宅することと関連している。孫広才はどんな大声を上げるだろう。腕っぷしの強い父は、母がスカーフを揺り動かすように軽々と、思うがままに拳を振るう。ぼくはその場で、祖父がもとの位置に戻るのを見ていた。自分の過失を覆い隠すことをせず、静かに部屋の隅ですわっている。祖父の落ち着きが、ますますぼくを不安にさせた。茶碗の破片と祖父の冷静な顔の間で、ぼくは戸惑い、最後は蛇ににらまれたかのように逃げ出してしまった。

　ぼくが恐れたように、孫広才はこの損失を知って興奮した。父は茶碗を割ったのが祖父であることを期待していたのだろうか。それによって、祖父に対する罵倒や叱責に当然の理が生まれるからだ。顔を真っ赤にした孫広才は子どものように、疲れも知らずにわめき散らした。嵐のような叫び声を聞いて、ぼくたち兄弟三人は震え上がった。怯えながら孫有元を見たぼくは驚いた。

祖父は謙虚に立ち上がり、孫広才に告げた。

「孫光明がやったんだ」

そのとき、四歳の弟はぼくの横に立っていたが、祖父の言葉を気に留めなかった。その前から、孫広才の恐ろしい形相に怖気づいていたからだ。父は弟を問いただした。

「おまえか？」

弟は目を見張ったまま、言葉を失っていた。父の凶悪な顔を見て、魂が抜けてしまったのだ。孫広才がもう一度怒鳴りつけ、怖い顔を近づけると、弟はようやく弁解した。

「ぼくじゃない」

弟は口が回らない。死の前日まで、ずっとそうだった。

弟の返事は父の怒りに油を注いだ。父はさらに鬱憤《うっぷん》を晴らす機会を得たかのように、声を張り上げた。

「おまえじゃないなら、どうして茶碗が割れたんだ？」

弟はわけがわからず、父の質問に対して、愚かしく首を振ることしかできなかった。弟は幼過ぎた。単純に否定するだけで、理由の説明の仕方を知らない。致命的だったのは、そのとき弟が急に戸外の鳥に気を引かれ、喜び勇んで出て行ったことだ。父はこれを絶対に容認できず、孫光明に向かって雷を落とした。

「このバカ息子、戻ってこい」

弟は恐怖を感じたけれども、問題の深刻さを十分に認識していなかった。戻ってきた弟は目を丸くして、戸外を指さしながら、真面目に孫広才に告げた。

「小鳥、小鳥が逃げちゃった」

父の分厚い手のひらが、幼い弟の顔を打った。弟は投げ出されたように、床に倒れた。孫光明は声も立てずに横たわっていた。長い時間が経過したようだ。怒り狂う父の前で、ぼくたちと同様に怯えていた母が、声を上げて弟に駆け寄った。孫光明もついに「ワーッ」と泣き出した。弟は自分が殴られた理由がわからなかった。大声で泣き出してからも、自分がなぜ泣いているのかがわからなかった。

父はしだいに怒りを鎮め、テーブルを叩いて言った。

「泣けばいいと思ってるのか」

それから、父は外へ出て行った。自分の怒りと孫光明の泣き声の間で、バランスを取ったのだ。父は部屋を出るときも、文句を言い続けていた。

「ごくつぶし。どいつもこいつも、ごくつぶしばかりだ。年寄りは腰が痛いと騒ぐ。ガキは四歳になっても口が回らず、まともにしゃべることもできない。この家がつぶれるのは、時間の問題だな」

最後に、父は自分を哀れんだ。

「おれはついてねえ」

当時のぼくは、この速過ぎる展開についていけなかった。呆気にとられているうちに、父はもう部屋を出てしまった。ぼくは憎しみのまなざしを祖父に向けた。祖父は恐怖を味わい尽くし、まだドキドキしている様子だった。すぐに弟を弁護しなかったぼくも悪かったが、六歳の子どもには即座に反応する能力はない。少なくとも、当時のぼくはそうだった。それ以来、この事件は月影のように、ぼくにまとわりつくこととなった。祖父の嘘を暴こうかとも思ったが、結局はそうしなかった。ある日、ぼくは一人で祖父に近づいて行った。孫有元は部屋の隅にすわり、慈愛に満ちた表情で、ぼくを見ていた。その親しげなまなざしに、ぼくは思わず身震いしたが、勇気を奮って言い放った。

「茶碗を壊したのはあんただ」

祖父は平然として首を振ると同時に、穏やかに笑みを浮かべた。その笑顔は強烈なパンチのように、ぼくを襲った。すぐに逃げ出したいという気持ちを必死でこらえ、ぼくは大声を上げることで内心の焦りを隠した。

「あんただ」

ぼくの正義の声にも祖父は屈服せず、冷静に言った。

「わしじゃない」

信じて疑わない祖父の態度を見て、自分の間違いだったのではないかという疑念が湧いた。迷っている間に、祖父はまたあの致命的な笑顔を見せた。ぼくはあっという間に勇気を失い、慌てて逃げ出した。

月日がたつにつれて、祖父の嘘を暴くことは困難になった。同時に、ぼくは祖父に対して、説明のつかない恐怖を感じ始めた。家に忘れ物を取りに帰ったとき、ぼくは部屋の隅にすわってい
る祖父に気づいて全身を震わせた。

若いころ活気に満ちていた孫有元は、略奪した祖母との三十年にわたる生活を経て、晩年には気の小さい従順な老人に変わった。ところが、体力の衰えと同時に、心の強さは増したようだ。老い先短い孫有元が、再び若いころの才知を発揮したのだった。

父はよく食卓で祖父に文句を言った。そういうときの孫広才はいつも、自分が被《こうむ》った損害を嘆いた。虚勢を張った父の罵声を浴びながら、祖父はうつむいて不安そうな表情を浮かべていた。しかし、食事のスピードはまったく落ちない。驚くほどの速さで、箸を伸ばして料理をつまんだ。孫広才の小言には耳を貸さず、美食を堪能しているかのようだった。手にしていた箸と碗を取り上げられると、ようやく動きが止まる。孫有元は相変わらず下を向いたまま、じっと卓上の料理を見つめていた。

父はその後、低い椅子に祖父をすわらせることにした。祖父は食事のとき、卓上の碗が見えるだけで、碗の中の料理は見えない。そのころ、ぼくはもう南門を離れていた。哀れな祖父は、あごをテーブルにのせ、家族が料理を取ってくれるのを見ているしかなかった。弟も背が低いため、同様の運命にあったが、随時母の助けを得ることができた。孫光明は負けず嫌いで、ときどき突

然椅子の上に立ち、母の助けを得るまでもなく、自分で自分の胃袋を満たした。当然、弟は厳しい懲罰を受けることになった。父は、まったく手加減をしない。こんな些細なことでも、弟を殴ったり蹴飛ばしたりした。同時に、暴君のように何度も宣告した。

「今度、食事中に立ち上がったやつがいたら、足をへし折ってやる」

賢明な祖父は、孫広才の真意を知っていた。弟に対する厳しい懲罰は、祖父を恫喝《どうかつ》するためにほかならない。祖父は従順な態度で、小さい椅子にすわっていた。料理を取るためには、腕を高く上げなければならない。それを見て、孫広才は満足げだった。

ところが、祖父は堤防に穴をあけるネズミのように、目立たないやり方で自分の息子に対抗した。碗を割った責任を転嫁したときと同様、孫有元はまた幼い孫光明に目をつけた。実際、祖父と同じくテーブルの高さを気にしていたのは孫光明だけだ。だが、弟は食事のときを除けば、そんなことは忘れている。野ウサギのように、あちこち飛び回るのに夢中だった。一方、祖父は部屋の隅にすわっている間に、ゆっくりと対処の方法を考えていた。

数日来、弟が近くに来るたびに、祖父は暗示を与えた。

「テーブルが高過ぎる」

孫有元が何度も繰り返すので、九歳の弟はついに、祖父とテーブルの間で立ち止まった。孫光明はしばらく、祖父とテーブルを交互に眺めていた。孫光明の目が輝いたので、祖父はこの子どもがすでに何かを思いついたことを知った。

弟の心理を読み取った孫有元は、激しく咳込んだ。それは自分をごまかすためだったのだろうか。祖父は忍耐強く、孫光明の決断を待っていた。

弟は口が回らないことを除けば、すべてにおいて優秀だった。その年齢特有の破壊欲と少しばかりの才知によって、弟は高いテーブルへの対処法を考え出した。

「ノコギリで切っちゃおう」

祖父はとても驚いたが、驚きの中には明らかに称賛の気持ちが含まれていた。間違いなく、それが孫光明を後押しした。弟は有頂天になって、自分の賢さに酔いながら、孫有元に言った。

「脚をちょっと切ればいい」

孫有元は首を振って言った。

「おまえの力じゃ無理だ」

愚かな弟は、自分が罠にはまりつつあることに気づかなかった。祖父の侮蔑《ぶべつ》に腹を立て、大声で叫んだ。

「力はあるよ」

孫光明は言葉だけでは足りないと思い、さっとテーブルの下に潜り込み、テーブルを持ち上げて歩いて見せた。そして、テーブルの下から出てきて言った。

「とっても強い力があるよ」

孫有元はなおも首を振った。手の力は体全体を使うときよりも弱い、だから弟がテーブルを切ることは無理だと言うのだ。

最初にテーブルの脚を切ろうと考えたとき、孫光明はその思いつきに満足しただけだった。しかし孫有元に力を疑われて、本当に行動に移す必要が生まれた。弟は憤然として、テーブルの脚を切る力があることを証明するために、その日の午後、家を出て村の大工のところへ行った。孫光明が到着したとき、大工は椅子にすわり、お茶を飲んでいた。弟は親しげに、声をかけた。

「おじさん。ノコギリを、貸してくれる?」

大工はまったく弟を相手にせず、手を振って言った。

「どけ、どけ。誰が貸してやるもんか」

「そう言うと思った」孫光明は言った。「でも、父さんはきっと貸してくれるはずだって。この家を建てるとき、父さんが手伝ったからね」

祖父の計略にはまった孫光明は、大工を計略にはめようとした。大工が尋ねた。

「孫広才はノコギリを何に使うんだ?」

弟は首を振った。「知らない」

「持って行け」大工は承諾した。

弟はノコギリを担いで帰宅した。そしてノコギリを床に叩きつけ、甲高い声で祖父に尋ねた。

「これでも無理だって言うの?」

孫有元は首を振って言った。

「一本でも切れれば上出来だろう」

その日の午後、賢くもあり愚かでもある弟は、大汗をかきながらテーブルの四本の脚を切った。その間、何度も振り返って孫有元に尋ねた。

「どう？　力があるでしょ？」

祖父は弟を勇気づけようとはしなかったが、ずっと驚きの表情を浮かべていた。それだけでも弟はすっかり気をよくして、テーブルの脚をすべて切ってしまった。だが、そのあと孫光明は、浮かれていられなくなった。祖父が非情にも、恐ろしい現実を突きつけたからだ。孫有元は言った。

「バカなことをしたな。孫広才はおまえを殴り殺すぞ」

哀れな弟は、驚いて目を丸くした。ようやく、恐ろしい結果を招いたことに気づいたのだ。孫光明は涙を目にためて祖父を見た。しかし、孫有元は立ち上がり、自分の部屋に入ってしまった。弟は一人で家を出て、翌朝まで姿を消した。家に帰る勇気はなく、飢えをこらえながら田んぼで夜を明かした。父はあぜ道に立ち、稲が陥没している場所を見つけて、弟を捕まえた。夜通し怒鳴り散らしていた孫広才は、まだ腹を立てていて、弟の尻を強く叩いた。弟の尻はリンゴの実のように赤青まだらになり、まる一か月、椅子にすわることができなかった。一方、祖父は食事のとき、もう手を高く上げなくてもよくなった。十二歳のぼくが南門に帰ってきたとき、ノコギリで脚を切られたテーブルは火に包まれていた。それ以降、家族は食事のときに腰を曲げ、うつむく必要がなくなった。

南門に帰ってから、六歳のときに抱いた祖父に対する恐れは、あっという間に同情に変わった。ぼくは家庭内における自分の立場が難しくなるにつれて、祖父の存在は欠かせない慰めとなった。ぼくは家庭内で何かが起こるのを恐れた。たとえ、それが自分と関わりのないことでも、災いは自分に降りかかってくる。ぼくは祖父が弟を陥れたわけを理解した。当時、父はいつも村人にあばら骨の浮き出た胸を露出して見せ、痩せている理由を説明した。

「おれは回虫を二匹飼っているからな」

ぼくと祖父は招かれざる客のようなもので、ずっと孫広才に寄生していたのだ。

弟がノコギリでテーブルの脚を切ってから、祖父と父の間では激しい力比べが始まった。父は気性の激しさを最後まで保っていたが、内心では祖父に負けていた。ぼくが南門に帰ってきて以降、父が祖父に対して大っぴらに罵声を浴びせることはなかった。以前は日常茶飯事だったのに。父の祖父に対する不満は最終的に、情けない形で示された。孫広才はいつも敷居に腰を下ろし、年配の女のように愚痴をこぼした。父はしきりに嘆いた。

「羊を飼うほうがまだましだ。羊毛は金になるし、糞は肥やしになるし、肉は食える。人間は最悪だ。毛もないし、肉を食えば犯罪になっちまう」

孫有元は屈辱を受けても冷静だった。その姿はいまも強く印象に残っている。祖父はつねに慈愛に満ちた笑顔で、相手の攻撃に向き合った。ぼくが成年後、祖父を思い出すたびに浮かんでくるのは、その感動的な微笑である。父は生前、祖父の笑顔をかなり恐れていた。孫広才はすぐに背を向け、打撃を受けたように落ち着かなくなった。遠くまで行き、一人きりになったところで、ようやく悪態をつくのだ。

「笑っているときは、まるで死人だ。そのくせ、飯を食うとすぐに生き返る」

年老いて終日うつらうつらしていた孫有元も、しだいに家庭内におけるぼくの苦境に気づき、明らかにぼくを避けるようになった。その年の秋、祖父が塀際にしゃがんで日向ぼっこをしているところに、ぼくは通りかかった。黙って立ち止まり、祖父が声をかけてくれるのを待ったが、祖父は世間に無関心の様子で、沈黙を破ろうとしなかった。その後、田畑のほうから仕事を終えた人たちの声が聞こえてくると、手足がこわばった孫有元は立ち上がり、よろよろと歩いて家に戻った。祖父は、嫌われている二人が一緒にいるところを孫広才に見られたくなかったのだ。

ぼくと祖父が現れるのと同時に火事が我が家を襲ったので、孫広才はその後ずっと、ぼくたち二人を疑いの目で見ていた。まるで、ぼくたちが火事をもたらしたかのように。当初、ぼくが祖父と一緒にいると、父は胸を叩き足を踏み鳴らして大声を上げた。驚いたことに、近くに立っていた孫広才はヒステリーを起こして叫んだのだ。

「おれの家、おれの家はもうおしまいだ。この二人が一緒にいたら、また大火事が起こる」

ぼくは七歳になる年に、軍服を着た王立強《ワン・リーチアン》に連れられて南門を去るとき、叔父の家から一か月ぶりに戻ってきた祖父とあの小道で出会った。ぼくは両親が自分を他人に譲ったことをまだ知らず、よそへ遊びに行くのだと思って興奮した。兄はもう、ぼくと競って祖父を出迎えることはせず、退屈そうに村の入口に立っていた。元気のない兄の様子を見て、ぼくは軍服姿の王立強と一緒に村を出ることを誇らしく思った。だから、祖父と出会ったとき、ぼくは意気揚々として言った。

「あんたと話をしている暇はないんだ」

幼かったぼくは、大股でわざと埃を巻き上げて、偉そうに祖父とすれ違った。いまでも、祖父のまなざしを覚えている。ぼくは振り返って兄を見る前に、祖父に目を向けた。そして、視線を移すことができなくなった。孫有元は立ち止まり、ぼくを疑いと不安のまなざしで見つめていた。祖父は当時のぼくと同様、今後の運命がどうなるか、まったく知らなかった。しかし、経験豊かな老人の慧眼《けいがん》で、有頂天になっているぼくに疑いを抱いたのだ。

五年後、ぼくは一人で南門に帰ってきたとき、夕焼けと黒雲が混じり合うころ、運命のいたずらによって祖父と再会した。だが、お互いにもう相手のことがわからなかった。五年の間に蓄積した大量の記憶によって、過去の記憶はどこかの片隅に追いやられていた。さすがに家族構成は覚えていたが、それぞれの顔は闇に包まれた樹木のように、はっきりしなくなっていた。ぼくの記憶が大幅に増加した一方、祖父は逆に病気と老化のため、無情にも昔の記憶を奪われていた。祖父はいちばんよく知っている道で迷子になってしまった。ぼくに出会った祖父は、溺れた者が水に浮いている板をつかむように、ぴったりと寄り添って南門まで帰った。二人が帰り着いたとき、我が家は火に包まれていた。

ぼくたちが南門に帰った翌日、祖父はまた叔父の家へ戻り、今回は二か月、向こうで暮らすことになった。祖父が次に帰ってきたとき、すでに茅ぶきの家が建っていた。そのあたりの記憶は、ほとんど残っていない。話し言葉もはっきりしない老人は、どうやって二つの家を行き来していたのだろう？　祖父は翌年の夏、息を引き取った。

孫有元は長い間、おとなしく暮らしていたが、驚いたことに、臨終に当たって若いころの元気を取り戻した。それで祖父の人生の最後は、華々しいものとなった。余命いくばくもない老人が、最後のロウソクを明るくともすように、連日の雨模様の天気と力比べをしたのだ。

田んぼの苗は収穫の時期を迎えていた。鬱陶《うっとう》しい長雨が、村人たちを不安に陥れた。田んぼは水があふれ、一面にビニールをかぶせたような状態になった。稲穂は下を向き、いまにも水面に触れそうだ。あの災難の到来を忘れることはできない。農民たちはなすすべがなく、喪に服しているかのような神妙な面持ちだった。羅《ルオ》じいさんは一日じゅう、敷居にすわって涙を拭いながら、村人たちに悲観的な予言を告げた。

「今年は乞食に出なければならんな」

羅じいさんの記憶力は驚異的だ。歴史の流れを簡単にさかのぼり、一九三八年と一九六〇年に同様の冠水被害があったことを語った。ぼくたちはすぐに、乞食に出なければならないという話を信じた。

あちこち駆けずり回っていた孫広才も、このときばかりは病気のニワトリのように静かになった。しかし、父が突然発したひと言は、羅じいさんの言葉よりも刺激的だった。

「そうなったら、死人の肉を食うしかない」

村の長老たちは、泥で作った菩薩《ぼさつ》像をひそかに持ち出し、安置して祈りを捧げた。菩薩様のご加護によって、田んぼの稲が救われることを願ったのだ。祖父はちょうどそのとき、救いの神のように人々の前に現れた。いつも片隅にすわっていた老人が、この日の午後はさっと立ち上がり、ボロボロの傘を手にして家を出た。ぼくは、早めに叔父の家に行くのかと思った。よろよろと歩く祖父の顔は、久しぶりに紅潮していた。祖父は油布の傘をさし、風雨をものともせず、村じゅうの家々を回って呼びかけた。

「菩薩を外に出せ。自分が濡れれば、雨をやませてくれるだろう」

菩薩を雨にさらすという祖父の大胆な考えを聞いて、信心深い家の人たちは驚いた。祖父の滑稽な様子を見て、父は最初、面白いと思った。ずっと元気のなかった顔に笑みを浮かべながら、孫広才は雨の中をよろよろ歩き回る祖父を指さして言った。

「年寄りの冷や水だな」

村の長老たちは慌てて孫広才に、孫有元の冒瀆的な行為をやめさせてくれと頼んだ。父はようやく、祖父が面倒を引き起こしていることに気づいた。ぼくは祖父が心配になった。

孫広才は孫有元に近づき、脅すように言った。

「家に帰るんだ」

驚いたことに、祖父はいつものように父を恐れなかった。雨の中で硬直した体をゆっくり回して、しばらく孫広才と向き合った。そして、息子に指を突きつけて言った。

「おまえが帰れ」

祖父はなんと、孫広才を家に帰そうとした。父はかんかんになって罵声を浴びせた。

「この死にぞこない。命が惜しくないのか」

村の生産隊長は共産党員だったので、自分に責任があると思い、この菩薩を拝むという迷信行為を制止しにやってきた。三人の民兵を引き連れ、人間の力は自然に打ち勝つことを説きながら、各家に菩薩像がないか捜索した。彼は揺るぎない権威を示して、気の小さい村人たちを恫喝し、菩薩像を隠し持っていた者は一律に反革命行為として処分すると警告した。

共産党員が迷信を打破する方法は、その日の午前に祖父が菩薩に懲罰を与えることで菩薩を拝むやり方と期せずして一致した。少なくとも十数体の菩薩像が雨の中に投げ出された。その日の午前、祖父は一昨日の行動を再現した。あのボロボロの傘をさし、よろよろしながら家々を回り、新しい迷信を吹き込んだ。歯がないために不明瞭な声が、雨の中に響いた。祖父は安堵の微笑を浮かべながら、村人たちに告げた。

「菩薩は一日雨にさらされて降参した。雨を降らせないでくれと龍王に頼んでくれるはずだ。明日は晴れるだろうよ」

祖父の自信にあふれた予言は実現しなかった。孫有元は翌日の朝、軒下に立ち、舞い落ちる雨を見ていた。皺だらけの顔は、悲哀に閉ざされてしまった。ぼくは、祖父が長い間、立ち尽くしているのを見ていた。その後、祖父は震えながら顔を上げて叫んだ。こんなに怒りに満ちた叫び声は、いまだかつて聞いたことがなかった。孫広才の落とす雷など、及びもつかない。祖父は天に向かって吼《ほ》えた。

「天よ、わしを犯してくれ、そのまま死なせてくれ」

それから祖父は突然、精根尽きた様子を見せた。大きく開けた口は、死後のようにこわばっていた。体も伸びきったまま、しばらくもとに戻らなかった。祖父は声を上げて泣き出した。

不思議なことに、その日の昼に雨はやんだ。特に驚いたのは、村の長老たちだった。空を見上げると、しだいに雲が切れて日差しが漏れてきた。彼らは、孫有元の冒瀆的としか思えない乱暴な行為を思い出さざるを得なかった。迷信深い長老たちは恐れ入って、孫有元に仙人の風格を感じるようになった。祖父のボロボロの衣服さえ、乞食坊主と呼ばれた済公《さいこう》〔宋代の高僧、道済《どうさい》〕を連想させた。実際のところ、共産党員の生産隊長が民兵を率いて捜索をしなかったら、彼らは菩薩を雨の中に出さなかっただろう。だが、そのときは誰も隊長の功績に考えが及ばなかった。孫有元は仙人かもしれないという噂が、村じゅうに広がって三日がたっていた。その後、母も半信半疑になり、おずおずと父に尋ねた。父は言った。

「くそったれ」

父は徹底した唯物論者だったので、母にこう言った。

「おれはおやじの息子だ。おやじが仙人なら、おれも仙人のはずじゃないか」

消 失

死ぬ前の孫有元《スン・ヨウユエン》の様子は、殺されようとする村の水牛にそっくりだった。当時、ぼくが目にした巨大な水牛は、四肢を伸ばして地面に伏せ、おとなしく縄で縛られていた。ぼくは村の広場の端に立ち、兄弟たちは最前列に立っていた。弟がわけもわからずに何か言っている声が、その日の朝の土埃とともに漂ってきた。ときどき、孫光平《スン・グアンピン》が弟を叱責する声も聞こえた。

「何もわかっちゃいないな」

最初、ぼくも弟と同様に無知で、水牛は自分の運命を知らないと思っていた。しかし、ぼくは水牛の目の涙に気づいた。四肢を縛られたあと、水牛は雷雨の雨粒のような涙を地面に落とした。消えようとする命が、名残を惜しんでいるのだ。水牛の姿は悲哀というよりも、絶望を感じさせた。絶望以上に人の心を揺さぶるものはない。その後、兄は別の子どもに、水牛は縛られたときに目を赤くしていたと言った。それ以来、ぼくは水牛が死ぬ前の情景を戦慄とともに思い出すようになった。水牛は自分の命に対して謙虚で、何の抵抗もせずに死を受け入れた。それを思うと、目の前に断片的な場面が浮かんで、ぼくは不安になった。

祖父の死は、ぼくにとって永遠の謎だった。神秘の匂いと現実の確かさが入り混じっているので、本当の死因がわからないのだ。楽しみが極まって悲しみが生じるように、祖父はあの雨の日に天に向かって吼えたあと、急速に意気地《いくじ》なしになってしまった。何をするでもなく、ただ呆然としていた。孫有元は口を大きく開けて吼えたとき、体の中から何かが飛び出して行ったのを感じた。それは鳥のように、美しい翼をはばたかせて飛んで行った。それから、祖父は慌てて体の向きを変え、悲しそうに叫んだ。

「わしの魂、わしの魂が飛んで行った」

祖父の魂は鳥のように、口から飛び出して行った。十三歳だったぼくにしてみれば、それは不思議であると同時に、恐ろしいことだった。

その日の午後、ぼくは祖父の顔に死ぬ前の水牛の表情が浮かんでいるのを見た。すでに雨が上がり、晴天だった。村の長老たちは孫有元の予言が当たったことに驚いていたが、祖父は栄誉に浴するつもりはなく、魂を失った悲しみに浸っていた。孫有元は涙を浮かべて敷居にすわり、日差しを受けながら、何かぶつぶつと愚痴をこぼした。ぼくの両親が野良に出てから泣き出し、両親が帰ってきたときも涙は止まっていなかった。ぼくは、あんなに長く泣いている人を見たことがない。

父は田んぼから戻り、孫有元が泣いているのに気づいた。孫広才《スン・グアンツァイ》は、その涙が自分に向けられたものだと思い込み、皮肉を言った。

「おれはまだ死んでないのに、弔いの涙かよ」

その後、祖父は敷居から立ち上がり、泣きながら奥の部屋に入った。いつものように家族と一緒に食事をすることなく、自分のベッドに横たわった。だが、しばらくすると、驚くような大きな声で息子を呼んだ。

「孫広才」

父は返事をせず、母に言った。

「カッコつけやがって。おれに飯を運ばせるつもりだろう」

祖父は叫び続けた。

「孫広才、魂が抜けちまったんだ。わしはもう死ぬ」

父は祖父の部屋の前まで行き、ようやく返事をした。

「もうすぐ死ぬくせに、そんな大きな声が出るのか?」

祖父は大声で泣き出した。泣き声の合間に、はっきりしない言葉が聞こえた。

「息子よ、おまえのおやじが死ぬんだぞ。死がどんなものか知らないから、心配なんだ」

孫広才は面倒くさそうに指摘した。

「おやじはピンピンしているだろう?」

息子の返事によって元気を得たようで、孫有元はますます大きな声で叫んだ。

「息子よ、わしは死ぬしかない。わしが生きている限り、おまえは貧乏なんだから」

祖父の大きな声は、父を不安に陥れた。孫広才は腹を立てて言った。

「少し声を小さくしたらどうだ。人様はおれがおやじを虐待していると思うぞ」

孫有元が自分の死を予感して準備を進めているのを知って、少年だったぼくは言いようのない驚きと恐怖を覚えた。いま思うと、祖父は生理的な実感として、魂が飛び出して行ったことを瞬時に悟ったのだ。自分の死に向き合ったときには、嘘も偽りもなかったと思う。孫有元は腰を痛めてから、最期の日を迎える準備を始めていたのかもしれない。だからこそ、空に向かって吼えた瞬間に得た生理的感覚が、魂が抜けるという死の予兆に昇華したのだろう。あの雨が上がった日の午後、涙が止まらなくなった孫有元は、すでに自分に判決を下した。余命いくばくもない老人は、この俗世間と決別して亡妻と再会するという選択に、なかなか踏み切れなかった。まる九年間、迷い続けていた。もはや死は避けられないと知ったとき、祖父は苦難に満ちていた俗世間との別れを惜しんで、涙を流したのだ。祖父の唯一の望みは、孫広才に棺桶を用意させ、銅鑼とチャルメラであの世へ送ってもらうことだった。

「チャルメラの音は大きくしてくれ。あの世で待っている、おまえの母さんに聞こえるようにな」

祖父がベッドに横たわり、死を迎えようとしているというのは、驚愕的な事実だった。そのとき、祖父の姿はぼくの心の中で決定的に変化した。もはや、部屋の片隅にすわって過去を回想している老人ではない。祖父は死と密接に結びついていた。ぼくにとって、祖父は遠い存在になった。ほとんど記憶のない祖母と一体化してしまった。

弟は祖父の死に対して、興味津々だった。午後はずっと戸口に立って、隙間から祖父の様子をうかがっていた。ときどき、兄のところへ走って行って報告する。

「まだ死んでないよ」

弟は孫光平に説明した。

「じいちゃんのおなかの皮が、まだ動いてる」

孫有元の死に対する覚悟を父は虚勢に過ぎないと見なしていた。孫広才はその日の午後、鍬を担いで家を出て行くとき、孫有元が新たな面倒を引き起こしていることに不満を募らせた。夕方、ぼくたちが食事を終えても、祖父は部屋から出てこなかった。母が食事を運んで行くと、祖父はか細い声を上げた。

「わしは死ぬ。飯はいらない」

これを聞いて、父は祖父の決心を尊重することにした。驚いたことに、父は祖父の部屋に入り、敵《かたき》同士の二人が仲のよい兄弟のように話し合いを始めたのだ。孫広才は孫有元のベッドにすわり、それまで聞いたことのない穏やかな口調で話をした。孫広才は部屋から出てきたとき、祖父が間もなく世を去ることを確信して、喜びを隠せない様子だった。父は自分が孝行息子かどうかということに、まるで無関心だった。孫有元が死にそうだという情報を父は自ら外に漏らした。

ぼくは父が遠くで叫んでいる声を聞いた。

「飯を食わなくなったら、あとは時間の問題だろう」

期待を集めて一夜を過ごした孫有元は、翌朝、孫広才が様子を見に行くと、敏捷に体を起こして尋ねた。

「棺桶は？」

父は驚いた。孫有元が予想したような気息奄々の状態ではなかったからだ。部屋から出てきた父は失望して、頭を振りながら言った。

「まだ二、三日は持ちそうだ。棺桶のことをまだ覚えていやがる」

父は昼食のときに孫有元が急に現れて、食事の輪に入ることを恐れていた。それは決してあり得ない話ではない。そこで、父は祖父が欲している棺桶を重視せざるを得なかった。その日の午前、父は木材を二本手にして泥棒のように家に入ってきて、弟に奇妙な命令をした。木材を打ち鳴らせというのだ。いつも偉そうにしている父がこそこそしていることに、ぼくは違和感を覚えた。その後、父は背筋を伸ばし、祖父の部屋の戸を開けて、いかにも孝行息子のように言った。

「おやじ、大工を呼んだよ」

半開きの戸の隙間から、祖父が体を少し起こして、安心の笑みを浮かべているのが見えた。いつも暇にしている弟は一時的に、室内で木材を刀剣のように振り回すという仕事を得た。だが孫光明《スン・グアンミン》は自由主義者なので、長時間にわたって屋内にいることができない。すぐに戦いに熱中し、古代の将軍になりきって、汗を流しながら家を出て行った。このとき、弟は自分の仕事を忘れ、殺戮《さつりく》の快感に浸っていたのだ。弟のあえぎ声はしだいに遠ざかり、午前の日差しの中に消えた。どこへ行ってしまったのか、誰にもわからない。夕食前に、ようやく帰ってきたとき、弟は手ぶらだった。木材はどこだと父に聞かれても、孫光明は戸惑うばかりで、しどろもどろに言い訳をした。まるで木材になど、触れたことがないかのようだった。

弟が立ち去ったあと、薄暗い部屋に寝ている祖父の不安そうな声が響いた。

「棺桶」

魂を落ち着かせてくれる木材を打つ音が聞こえなくなってから、もともと力のない孫有元の声は、すっかりかすれてしまった。生前の最後の望みが、弟のうかつさのために頼りないものになったからだ。

その後、想像上の祖父の棺桶を打つ仕事は、ぼくが受け継いだ。十五歳の兄はもう、こんな茶番には見向きもしなかったから。孫広才は、ぼくを捕まえた。この陰気な少年が役に立つときもあることに突然気づいたのだ。父は木材を手渡し、軽蔑した口調で言った。

「おまえも、タダ飯を食ってないで、少しは働け」

このあと二日間、ぼくは単調な音を立てて、祖父に安心を与えた。そのうちに悲しみが湧いてきて、どうしようもなくなった。十三歳のぼくは感受性が強く、自分のために音を鳴らしているように思えたのだ。南門《ナンメン》に帰ってからの日々、孫有元がぼくに理解と同情を示すことはなかった。

けれども、家庭内の立場が似ていたので、孫有元がときどき見せる自己憐憫《れんびん》は、ぼくに対する憐れみでもあるように感じられた。父と家族に対するぼくの恨みは、祖父の死を促す木材を打つ音とともに募った。あとから考えると、父は無意識のうちに、ぼくに残酷な刑罰を科していたのだと思う。ぼくの当時の気持ちは、死刑囚が別の死刑囚に対して刑を執行するようなものだった。

孫有元が死にそうだという情報は、普段何もすることがない村に驚きと活気をもたらした。長生きの果てに幼児化してしまった老人たちは、死を迎えようとしている祖父に敬意を示した。孫有元が信心深くなったのを見て、彼らは祖父の昇天が近いことを悟った。この世に誕生した祖父に関しては、面白い言い伝えがある。まるで雨のように、天から降臨したというのだ。いま、祖父が自分の死を予知しているのは、俗世での期限が来たことを意味している。祖父は間もなく昇天して、本来の居場所に戻るのだ。

少し若い人たちは共産党の無神論の教育を受けているので、年長者たちの考えを鼻で笑った。孫広才が孫有元を叱責したように、彼らは愛すべき老人たちを長生きすればするほど頭がボケてしまうと見なしていた。

ぼくは扉を開けた部屋の中で、祖父のために木材を叩いて音を立てていた。屋外の野次馬たちは、ぼくが滑稽な仕事をしていると思っただろう。ぼくはそのとき、どんな気持ちだったか？村の子どもたちは身振り手振りをぼくに示しながら、ゲラゲラ笑っていた。ぼくは自尊心を傷つけられ、屈辱と悲哀の感情から抜け出せなくなった。

孫有元は今わの際に屋外のざわめきを聞いて、若いころに国民党軍の銃弾に追われた情景を思い出した。そして落ち着きを失い、大声で孫広才を呼んだ。外で何が起こっているのか、祖父は知らなかった。父が部屋に入ると、孫有元は元気を振り絞ってベッドの上にすわり、誰かの家が火事になったのかと尋ねた。

祖父はベッドに横たわり、死を待っていたにもかかわらず、三日後には元気を回復した。祖父は毎日、何も食べないとわめいたが、母は何も言わずに食事を運んだ。理想的な死と現実の飢えの間で、祖父は激しい葛藤を繰り広げた。だが結局、飢えには勝てなかった。母は毎回、空になった茶碗を持って部屋を出てきた。

孫広才はもともと、忍耐力がない。祖父は父が想像したように衰弱していかなかった。そこで、父は孫有元の死を疑い始めた。母が食事を運んで行くと、祖父は毎回、食べないと叫ぶ。孫広才は母を引き留め、部屋の中の祖父に罵声を浴びせた。

「死ぬつもりなら食うな、食うつもりなら死ぬことは諦めろ」

母はそのとき異常に慌てて、小声で孫広才をたしなめた。

「縁起でもない。お天道様のバチが当たるよ」

だが、父は気にせず、さっと外に出て野次馬たちに言った。「死人が物を食うなんて話を聞いたことがあるか?」

実際、祖父の状態は父の考えるようなものではなかった。孫有元が自分の魂が飛び出したと思ったのは確かな感覚だった。祖父は自分が間もなく死ぬことを固く信じていた。精神的にはもう死んでいて、肉体的にも楽になる日が来るのを待っていたのだ。父の我慢が限界に近づいていたとき、孫有元も自分がなかなか死ねないことに悩んでいた。

余命いくばくもない孫有元は、ありったけの知恵を絞って、どうして自分が死ねないのかを考えた。収穫間近の稲が日差しを浴びて揺れている。東南の風が植物の息吹を運んできた。祖父がそれを感じ取ったかどうかはわからない。しかし、祖父は怪しげな論理で、自分に死が訪れないこととずっしり重い稲穂の間には関連があると断定した。

その日の朝、孫有元はまた大声で孫広才を呼んだ。父は怒りを爆発させたあと元気をなくしていて、気だるそうに祖父の部屋に入った。孫有元は謎めいた口調で孫広才に告げた。自分の魂はまだ遠くに行っていない。すぐ近くにあるので死ねないのだ。孫有元の用心深い話し方は、抜け出した魂に聞かれるのを恐れているかのようだった。魂が遠くへ行かないのは、稲穂の香りに引き寄せられたからだ。祖父は孫広才に告げた。わしの魂はスズメたちと一緒にいる。いま、田んぼの上空を飛び回っているスズメたちだ。孫有元は父に、案山子《かかし》を家の周囲に置いてくれと頼んだ。そうすれば、魂を追いやることができる。さもないと、魂はいつか突然、体内に戻ってしまうかもしれない。祖父は歯のない口を開けて、はっきりしない声で孫広才に言った。

「息子よ、わしの魂が帰ってきたら、おまえはまた貧乏に苦しむだろう」

父はすぐ大声を上げた。

「おやじ、死ぬのは諦めてくれ。生き返ればいいだろう。棺桶だとか、案山子だとか、もううんざりだ」

不満いっぱいの孫広才からこの話を聞いた村の老人たちは、父のように孫有元に非があるとは考えなかった。魂がまだ近くに漂っているという祖父の話は、十分に信じられるものだった。その日の昼、ぼくはもう木材を叩くことをやめた。数人の老人が案山子を二つ運んでくるのが見えた。陽光の下、彼らの表情は異様なほど厳かだった。老人たちは一つの案山子を我が家の戸口に立てかけ、もう一つを孫有元の部屋の窓の外に置いた。その後、彼らが孫広才に説明したように、それは祖父を滞りなく昇天させるために必要なことだった。

祖父の命は確かに尽きようとしていた。その後の三日間で、孫有元の病状は急激に悪化した。あるとき、父が祖父の部屋に入ると、孫有元は蚊の鳴くような声で息子に話しかけた。祖父はそのころ、もう数日前のように飢えに屈することがなくなっていた。最低限の食欲も失われたと言っていい。母が運んだ食事にも、ほんのひと箸しか手をつけなかった。父は二つの案山子の近くを半信半疑で歩き回りながら、ぶつぶつとつぶやいた。

「こいつが本当に役立ったのか?」

祖父は暑い部屋に寝たきりで、何日も入浴しなかった。さらに、気息奄々の状態になってからはベッドで失禁した。雑然とした部屋は熱気と臭気に包まれていた。

孫有元がいよいよ臨終を迎えたとき、孫広才は冷静になった。毎朝、様子を見るために祖父の部屋に入り、眉をひそめて出てくると、例によって大げさな表現で断言した。孫有元のベッドは、糞尿に埋もれている。三日目の朝、父は祖父の部屋に入らなかった。臭気に耐えられないと言うのだ。父は母に様子を見に行かせ、自分はテーブルの前で、兄と弟に解説した。

「じいさんはもうすぐ死ぬ」理由は簡単だ。「イタチは捕まえようとすると屁をこいて、相手がひるんだ隙に消え失せる。人間も同じさ。じいさんの部屋が臭いのは、もうすぐ消え失せるからだ」

母は祖父の部屋から出てきたとき、顔が青白かった。両手でエプロンの裾を強く握りながら、孫広才に言った。

「早く行って見て」

父は矢のように祖父の部屋へ突進した。しばらくすると、父は緊張した面持ちで出てきたが、躍り上がって言った。

「死んだ、死んだ」

実際のところ、孫有元はまだ死んでいなかった。断続的に、生と死の境目を行き来していたのだ。だが、粗忽《そこつ》な父は慌てて村人に協力を求めた。墓穴もまだ掘っていないことを急に思い出したのだった。孫広才は鍬を担いで、泣きながら村人を訪ね歩いた。その後、村人たちの協力を得て、祖母の墓のわきに孫有元の墓穴を掘った。

孫広才は容易に満足する男ではない。村人が墓穴を掘り終えて帰ろうとしたとき、父は彼らに文句を言った。手伝うなら最後まで手伝えと言うのだ。孫広才は彼らに祖父を担ぎ出してくれと頼み、自分は部屋に入らず、扉のわきに立っていた。のちにケンカをすることになる王躍進《ワン・ユエジン》が眉根を寄せて、なぜこんなに臭いのかと尋ねると、父はうなずきながら腰をかがめて言った。

「死人はみんなそうさ」

そのとき、祖父が目を開けた。村人たちはすでに、祖父を担ぎ上げていた。孫有元は彼らが自分を埋葬しようとしていることを知らず、意識が戻ると笑い出した。祖父が突然笑ったので、村人たちは腰を抜かした。室内から大騒ぎする声が聞こえたあと、村人が一人ずつ、慌てふためいて出てきた。最もたくましい王躍進でさえ、顔が土気色になっていた。彼は手で胸を押さえ、何度も繰り返した。

「びっくりした、びっくりした」

続けて、彼は孫広才を罵倒した。

「末代まで呪ってやる。人を驚かすのも、いい加減にしろ」

父は何が起こったのかわからず、怪訝そうに彼らを見ていた。最後に王躍進が言った。

「まだ、生きてるじゃないか」

それでようやく、孫広才は急いで部屋に入った。祖父は息子を見て、またへらへらと笑った。孫有元の笑顔を見て孫広才は怒りを爆発させ、部屋を出る前に罵声を浴びせた。

「この死にぞこない。本気で死ぬつもりなら、首をくくれ。河に飛び込め。ベッドに寝てるんじゃない」

孫有元は細く長く、延命を続けた。村人たちは、それが不思議でならなかった。当初、ほとんどの人が孫有元はすぐに死ぬだろうと思っていた。しかし、孫有元は臨終をいつまでも先延ばしにした。いちばん驚いたのは、ある夏の日の夕方の出来事だ。暑さをしのぐため、ぼくたちがテーブルをニレの木の下に運んで晩ご飯を食べていたとき、祖父が突然現れた。

二十日以上も寝たきりだった孫有元がベッドを下り、歩き始めたばかりの子どものように壁を伝って、よろよろと登場した。ぼくたちは、この情景に呆然としてしまった。そのとき、祖父は内心に不安を感じていたのだろう。なかなか死ねないことに焦りを感じ、気が気でなかったはずだ。祖父はやっとの思いで敷居のところまで歩いてきて、震えながら腰を下ろした。ぼくたちが驚いていることには気づいていない。その姿はまるで、袋に詰めたサツマイモのようだった。祖父は元気なく、つぶやいた。

「まだ死ねない。つまらんことだ」

孫有元は翌日の朝に死んだ。父が枕もとへ行ったとき、祖父はまじまじと孫広才を見つめた。祖父のまなざしは、きっと恐ろしいものだったのだろう。そうでなければ、父が腰を抜かすはずはない。父がのちに語ったところによると、祖父の目つきは息子を道連れにして死のうとしているように見えた。しかし、父は逃げ出さなかった。逃げようがなかったと言うべきか。孫広才の手は、臨終を迎えた父親に、しっかり握られていた。祖父は目尻にわずかな涙を浮かべたあと、永遠に目を閉じた。孫広才は、握られた手がしだいに自由を取り戻すのを感じた。このとき、父はようやく慌てて逃げ出し、はっきりしない言葉で母に、様子を見に行けと言った。父に比べると、母はずっと落ち着いていた。母は部屋に入るとき、明らかにためらいがあったが、出てきたときの足取りはしっかりしていた。母は父に告げた。

「もう冷たくなってるわ」

父は重荷を下ろしたように笑い、外に出て繰り返し言った。

「ようやく死んでくれた。ありがたい。ようやく死んでくれた」

父は家の前の石段にすわり、近くをうろついているニワトリをニコニコしながら見つめていた。だが間もなく、悲しそうな顔になり、口をゆがめて涙を流した。その後、父は涙を拭いながら泣き出した。父のつぶやきが聞こえた。

「おやじ、すまなかった。おやじ、つらい一生だったなあ。おれはろくでなしだ。親不孝者だ。でも、仕方なかったのさ」

祖父は念願かなって死んだので、当時のぼくは誰かを失ったという感覚を持たなかった。奇妙な心境で、悲哀とも不安とも言えない。明確に意識したのは、一つの情景が目の前から永遠に消えたということだった。夕方になると、あの小道に孫有元がよろよろと現れ、ぼくがいる池のほとりに近づいてくる。ぼくはいつも遠くから、油布の雨傘を胸に抱え、青い風呂敷包みを肩にかけている祖父を見ていた。この情景は、ぼくに何度も陽光のようなぬくもりと安らぎを与えてくれた。

父を打ち負かした祖父

孫有元《スン・ヨウユエン》は弱虫ではなかった。少なくとも、心は弱くない。自己卑下は、ほとんどの場合、自分に対する不満の表れだった。ぼくが南門《ナンメン》を出て四年後、すなわち弟がテーブルの脚を切ってから、祖父の家庭内における境遇は明らかに悪化した。

孫有元は孫光明《スン・グアンミン》にテーブルの脚を切らせたことによって、孫広才《スン・グアンツァイ》との敵対関係を解消できたわけではなかった。父は追及の手を緩めるような男ではない。孫有元に心の安らぎを与えるはずがあろうか。間もなく、父は祖父が食卓につくことを禁じ、部屋の隅で小さな茶碗一杯の飯だけを食べるようにさせた。祖父は飢えに耐えることを学ばなければならなかった。すでに晩年を迎えた老人とは言え、食べ物に対する欲望は結婚したばかりの若者のように強い。ところが、小さい茶碗一杯の飯しか与えられないのだ。孫広才が大きな損害を受けているという顔つきを見せていたので、祖父はお代わりを要求するわけにいかなかった。ぼくの両親と兄弟が大きな音を立てて食事をしているのを腹をすかせて見ているしかない。飢えをしのぐ唯一の方法は、みんなの食器を洗う前にすべて舐めることだ。当時、村人たちは我が家の裏窓から、孫有元が舌を伸ばしている姿を見ることができた。祖父は必死になって、食べ物の痕跡が残っている茶碗を舐めていた。祖父は甘んじて屈辱を受けていたわけではない。前にも述べたように、祖父は意気地なしではなかった。あのとき、祖父は孫広才と対立するよりほかに、方法がなかったのだ。およそ一か月後、母が小さい茶碗を運んで行ったとき、祖父はわざと受け取りそこねて、床に落としてしまった。ぼくは父が激怒する場面を想像したが、実際は違った。孫広才はさっと椅子から立ち上がり、孫有元を指さしながら、度肝を抜く大声で叫んだ。

「この老いぼれ、茶碗もまともに持てないのか。飯なんか食わせないぞ」

祖父はすでに膝をつき、床に落ちた食べ物を拾い集めていた。重罪を犯したかのような表情で、孫有元はしきりに弁明した。

「茶碗を壊しちゃいかん。茶碗を壊しちゃいかん。この茶碗は先祖から受け継いできたものだから」

孫有元の最後の言葉を聞いて、父は目を丸くした。しばらくして、孫広才はようやく反応を示し、母に言った。

「これでも、あの老いぼれが哀れだと思うか？　実に陰険だ」

祖父は孫広才のほうを見なかった。目に涙を浮かべ、相変わらず同じ言葉を繰り返した。

「この茶碗は先祖から受け継いできたものだから」

孫広才は激怒し、祖父に向かって吼えた。

「わざとらしいまねはやめろ」

孫有元は大泣きを始め、よく響く声で叫んだ。

「この茶碗が壊れたら、わしの息子はどうやって飯を食うんだ?」

そのとき、弟が突然笑い出した。祖父の様子が滑稽に見えたのだ。状況を理解していない弟は、あろうことか声を上げて大笑いした。孫光平《スン・グアンピン》は、笑うべきときではないことを知っていたが、孫光明の笑いが伝染して、やはり笑い出した。父はまさに四面楚歌《しめんそか》となった。一方では孫有元が自分のみじめな晩年を予告している。また一方では、息子たちが父親の不幸を笑いものにしている。孫広才は不安そうに、二人の息子を見つめながら、こいつらは確かに頼りにならないと思った。

兄と弟の笑い声は、祖父にとって強い味方だった。彼らは無意識で笑ったのだが。自信満々だった父が、少し慌て出した。泣き続けている孫有元に対して、孫広才は怒りを失った。力なく戸口まで後退しながら、手を振って言った。

「もういい、わかったから、泣かないでくれ。おれの負けだ。あんたにはかなわない。だから、もう泣きわめくのはやめてくれ」

だが家を出ると、孫広才は怒りを爆発させた。屋内の家族たちを指さして罵倒した。

「どいつもこいつも、出来そこないだ」

第4章

威嚇

　ある日の昼下がり、大人になったぼくは、街角に立っている少年の幼稚だが興味深い動作に見入っていた。派手な身なりの少年は、まぶしい日差しの中で、肉付きのいい腕を空中に伸ばしている。単純な身振りで、自分の想像のすべてを表現しようと努めているのだ。少年は突然、右手をズボンの中に入れた。現実の痒みにやむを得ず対処しながらも、想像に浸り続け、顔は笑っている。騒がしい街頭にいるにもかかわらず、少年は何ら制約を受けることなく、ささやかな自我に浸っていた。

　その後、カバンを肩にかけた小学生たちが近くを通り過ぎたので、ようやく少年は自分が決して幸福ではないことに気づいた。少年はただ呆然と、優位な年齢にある小学生たちが遠ざかるのを見ていた。少年のまなざしは確認できなかったが、気落ちしていたに違いない。小学生たちの肩のカバンは、それぞれ揺れながら遠ざかって行く。まだ学齢に達していない少年にとって、この光景が何を意味するかは、言うまでもないことだ。しかも、小学生たちは隊列を組んで歩いて行った。少年の心には嫉妬、羨望、憧れが満ちあふれていた。このような感情に苦しんだ末、少年は自分に不満を覚えた。くるりと向きを変え、泣きそうな顔で路地に姿を消した。

二十年あまり前、兄がカバンを肩にして意気揚々と出かけるとき、父は彼に最後の忠告を与えた。ぼくは村の入口に立ち、初めて自分の不幸に気づいた。ほぼ一年後、ぼくが同じようにカバンを肩にして学校へ向かうとき、もはや孫広才《スン・グアンツァイ》は孫光平《スン・グアンピン》に与えたような忠告を口にしなかった。ぼくは、まったく違う指導を受けた。

南門《ナンメン》を離れて半年後、ぼくを連れて行った背の高い男は、ぼくの父親になった。ぼくの母親も、青い格子柄のスカーフをかぶって畑で動き回る痩せた女から、一日じゅう元気なく青白い顔をしている李秀英《リー・シウイン》に代わった。新しい父親は、王立強《ワン・リーチアン》という名前だった。ある日の午前、彼はたくましい腕で重い木箱を運んできて、下のほうから真新しい薄緑色の軍用カバンを取り出し、これを学生カバンにしなさいと言った。

王立強は農村から来た子どもに対して、独特の理解をしていた。彼自身が農村出のせいか、田舎の子どもは犬と同様、あたりかまわず大小便をすると思っていた。正式にぼくを養子にした最初の日には、便器の重要性について繰り返し説明した。ぼくの排泄《はいせつ》に対する彼の気遣いは、カバンを肩にかけるという神聖なときにも、頭に残っていた。彼はぼくに告げた。学校では、勝手に便所に行ってはいけない。まず手を上げて、先生の許可を得るんだ。

ぼくは心の中で誇りを感じていた。パリッとした服を着て、薄緑色のカバンを肩にかけ、軍服を着た王立強と並んで歩いて行った。ぼくたちは、そうして学校に着いた。セーターを編んでいる男に会うと、王立強は小声で話を始めたが、ぼくは笑わなかった。その男が、ぼくの先生だったのだ。その後、ぼくと同年齢の男の子が、カバンを振り回しながら駆け寄ってきた。その男の子とぼくが顔を見合わせているのを、近くで大勢の子どもたちが眺めていた。王立強が言った。

「行きなさい」

ぼくが見知らぬ子どもたちの輪に入ると、彼らは好奇の目をぼくに向けた。ぼくも同じように、好奇の目で彼らを見た。しばらくして、ぼくは自分が優位にあることを知った。ぼくのカバンは彼らのものより大きい。だがそのとき、ぼくが誇らしい気持ちになっていたとき、帰り際に王立強が近づいてきて、大声でぼくに注意を与えた。

「便所に行くときは手を上げるんだぞ」

ぼくの小さな自尊心は、瞬時に致命的な打撃を受けた。

幼年時代の五年間の都市生活は、過度にたくましい男と過度に虚弱な女の間で営まれた。ぼくが選ばれたのは、都会人に好かれたからではない。ぼくが都会に憧れる以上に、王立強夫妻はぼくを必要としていた。子どもができなかったのだ。養母となった李秀英は、授乳する力がなかったと言った。王立強の説明は、まったく違う。病気がちの李秀英が子どもを産めば命を失うことになると断言した。それを聞いて、当時のぼくは怖気づいた。二人とも、赤ん坊は欲しくない。六歳のぼくを選んだのは、働き手になるからだ。公平に言って、彼らは一生ぼくを息子として育てるつもりだった。そうでなければ、十四、五歳の少年を養子に迎えることもできた。働き手としては、もっと彼らを満足させただろう。だが問題は、十四歳の少年はもう変えようのない習性が身についているということだ。彼らは、それで大いに悩んだと思う。そしてぼくを選び、食べ物と着る物を与え、ほかの子どもと同じように就学の機会を与えると同時に、ぼくを叱責し殴打した。別の男女の婚姻によって生まれたぼくが、こうして彼らの子どもとなった。

そこでの丸五年の生活の間、李秀英が家を出たのは一度だけだった。そして、そのまま二度と彼女の姿を見ることはなかった。李秀英が何の病気だったのか、ぼくは知らない。陽光を特に好んでいたことが、消せない記憶として残っている。この養母は、体じゅうが小糠雨《こぬかあめ》のように湿気を帯びていた。

王立強が初めてぼくを彼女の部屋に導き入れたとき、たくさんの腰掛けに驚かされた。腰掛けの上には、山のように下着が並んでいる。ガラス窓から差し込む陽光が、それらを照らし出していた。彼女はぼくたちが入ってきたことに気づかない様子で、細い糸を引っぱっているかのように手を伸ばし、陽光を探し求めていた。陽光の移動に伴って、彼女は腰掛けを動かし、色とりどりの下着に日光浴をさせようとした。安らかな表情で、単調さと退屈さの中に浸っていた。どれくらい時間がたったのか、ぼくにはわからない。彼女がこちらに顔を向けたとき、大きくて虚ろな目が見えた。いま思い出してみても、彼女の視線は確認できない。続いて、か細い声がした。まるで針穴を通る糸のように、ぼくの耳に入ってきた。彼女は、ぼくに言った。湿気のある下着を身に着けることはできない。

「そんなことをしたら、死んでしまうわ」

ぼくは驚いた。このまるで生気のない女が、死ぬという言葉をはっきりと口にしたのだ。ぼくは慣れ親しんだ南門と活気に満ちた両親や兄弟のもとを離れ、ここにやってきた。そして、ぼくを不安にさせる女が最初に言ったのが、自分はいつ死んでもおかしくないというひと言だった。

その後、ぼくはしだいに李秀英の最初の言葉が脅かしではなかったことを知った。陰気な雨の続く日々、彼女は熱が下がらず、ベッドの上でうめいていた。その気息奄々の表情を見て、ぼくは彼女がすぐに自分の予言を実現させるのではないかと思った。しかし、陽光がガラス窓から差し込んで、並んだ腰掛けを照らすと、彼女は満足して、安らかに自分が生き続けるという事実を受け入れるのだ。この女は驚くほど湿気に敏感だった。手で空気中の湿度を感じ取ることができた。毎朝、ぼくは乾いた雑巾を持って彼女の部屋に入り、窓ガラスを拭いた。彼女は青い花模様のある蚊帳から手を伸ばし、物をなでるように空気に触れた。それで、訪れたばかりの一日の湿度が高いかどうかを調べるのだ。最初のうち、ぼくは恐ろしくてならなかった。彼女は体をすっかり蚊帳の中に隠し、青白い片手だけを出している。五本の指がゆっくり動き、まるで切断された手が空中に漂っているかのようだった。

病気に取りつかれた李秀英は、当然のことながら清潔さを求めた。彼女の世界は限りなく狭くなった。少しでも汚れたものを目にすると、か弱い生命は失われそうになった。屋内の清潔を保つ仕事は、ほとんどすべて、ぼくが受け持った。中でも重要なのは、窓ガラスを拭く仕事だ。毎日二回よく磨いて、陽光が汚れで遮られることなく彼女の下着に届くようにしなければならない。窓を開けたあとが、ひと苦労だった。窓の外側は素早く、きれいに拭く必要がある。幼いぼくは、素早くと思っても実力が伴わない。李秀英はまさに風にも耐えられない虚弱な女性で、風がいちばん嫌いだと言っていた。土埃、病原菌、そして嫌な臭いを運んでくるから。あまりにも彼女が恐れていたので、ぼくは幼いころ、風と言えば凶悪なイメージを思い浮かべた。闇夜に窓に忍び寄り、ガラスをガリガリとこするのだ。

李秀英は風の悪口を言ったあと、突然ぼくに不思議な質問をした。

「湿気はどこから来るのか知ってる?」

彼女は言った。「風が運んでくるのよ」

怒りのこもった口調だったので、ぼくはそれを聞いて胸がドキドキした。

ガラスは奇妙な効果を発揮した。その透明さで李秀英と外部の生活の間に割り込み、風や埃の侵犯を防ぐと同時に、彼女と陽光の麗しい関係を守った。

ぼくはいまでも、はっきり覚えている。ある日の午後、陽光が正面の山に遮られたあと、李秀英は窓辺に立って、山際の赤い光を眺めていた。自分が見捨てられたことを憂いながらも、その事実を受け入れたくないという気持ちを込めて、彼女はぼくに小声で言った。

「ここまで届こうとしている日差しをあの山が途中で奪ったのね」

彼女の声は無数の時間を越えて、いま大人となったぼくの耳に届いた。それによって、彼女と陽光の長い信頼関係を印象づけるかのように。一方、あの山は悪辣な権力者のように、彼女の陽光を横取りしたのだ。

一日じゅう外で忙しくしていた王立強がぼくに望んだのは、仕事をこなすことだけではない。室内にいるぼくが、李秀英の孤独と悲哀を癒やすのを期待していたらしい。実を言えば、李秀英はぼくの存在を重視していなかった。彼女は自分の哀れさを訴えることに時間を費やしていた。ほとんど、ぼくには関心を示さなかった。彼女はいつも体の不調を訴えていたが、ぼくが心配して何かできることはないかと思って近づくと、ぼくを無視するのだ。ぼくの驚いた様子によって、彼女が自分の病気に対する誇りを強めるという奇妙な効果を生むこともあった。

彼女の家に着いてすぐ、室内の床に広げられた黄ばんだ新聞紙の上に、無数の白い虫が干してあるのを見た。病気になってから、李秀英はあらゆる治療法を試した。それらの恐ろしい虫も、彼女が最近知った民間医療の処方なのだった。その憔悴《しょうすい》しきった女は、虫を煮詰めたあと、ご飯を食べるように口に運び、静かに飲み込んだ。そばに立っていたぼくは、顔色を失った。ぼくが驚いているのを見て彼女は得意になり、明るい微笑を浮かべ、誇らし気に言った。

「病気に効くのよ」

李秀英はときどき、耐えがたいほど我がままになったが、根は無邪気で善良だった。疑い深いのは、女性によく見られることだ。ぼくが養子になった当初、彼女はいつも、ぼくの行動が家庭に不利益をもたらすことを心配していた。そこで、彼女はぼくを試した。別の部屋の窓拭きをしていたとき、窓辺に五角《ジアオ》のお札が落ちているのを見つけて、ぼくは驚いた。当時のぼくにとって五角は大金だった。ぼくはお札を彼女に手渡した。ぼくの驚いた様子と誠実な対応を見て、彼女は重荷を下ろしたようだ。それが試験だったことを明確にぼくに告げた。彼女は感動的な口調でぼくを称賛した。大げさな称賛の言葉を聞いて、ぼくは感激のあまり泣き出しそうになった。ぼくに対する彼女の信頼は、五年間持続した。その後、ぼくが学校で無実の罪に問われたときも、彼女だけは潔白を信じてくれた。

たくましい王立強は、家に帰るとまるで活気がなかった。いつも一人で、難しい顔をしてすわっていた。最初の年のある夏の日、彼はぼくを窓辺にすわらせて、山の向こうには河があり、河には船が浮かんでいるという話をした。その情景は、ぼくの心に深く刻みつけられた。彼は総じて温厚な性格だったが、恐ろしい言葉を口にするときがあった。彼がとても大切にしている盃が、室内の唯一の装飾品として、ラジオの上に置かれていた。彼はこの盃を大事にしろと、ぼくに厳しく言い渡した。もし、この盃を壊したら、ぼくの首をへし折ると言う。そのとき、彼はキュウリを一本、手に持っていた。そのキュウリをポキッと折って、彼は言った。

「こんな具合だ」

ぼくは首のうしろに冷たい風を感じた。

ぼくは七歳になるころ、生活の変化によって、まるで別人のようになっていた。当時のぼくは、自分の境遇に戸惑いを感じていたと言っていいだろう。ぼくは流れゆく幼年時代の時間の中に身を委ね、南門の騒がしい家族の中にいた孫光林《スン・グアンリン》を李秀英のうめき声と王立強のため息の中で恐怖を感じている現在の自分に置き換えた。

ぼくは急速に孫蕩《スンダン》という町に対する理解を深めた。最初のうちは毎日、好奇心でいっぱいだった。石畳の細長い街路は、南門を流れる河のように、どこまで続くのかわからなかった。夕方にはときどき、王立強が父親らしく、ぼくの手を引いて散歩に連れて行ってくれた。ぼくは想像をたくましくして、このまま歩き続けたら北京まで行けるのだろうと思った。ところが、そんなときに限って、自分が家の前にいることに気づく。この疑問が長くぼくを悩ませた。どこまでもまっすぐ歩いたつもりなのに、最終的には家の前にたどり着いてしまう。孫蕩の町の宝塔は、ぼくを最も驚かせた。宝塔の窓から樹木が生えている。この光景が呼び水となって、ぼくは奇妙な想像をした。李秀英の口からも、樹木が生えるのではないか。樹木は無理だとしても、青草なら生えるはずだ。

街路の石畳は、浮き上がったり沈んだりして音を立てた。特に雨のときは、片側を強く踏むと反対側から泥水が噴き出す。ぼくは、そうやって遊ぶのが楽しくて仕方なかった。街に出る機会を得ると、この遊びに夢中になった。泥水を通行人のズボンに飛ばしたかったが、臆病さゆえに、その欲望を何とか抑えた。自分が罰を受けている恐ろしい情景を思い浮かべたのだ。その後、年上の少年が三人現れ、家々の前に並んでいるおまるの蓋を空に投げ上げた。おまるの蓋は美しく空中を旋回した。被害を受けた大人たちが出てきて罵声を浴びせたが、三人の少年は大笑いしながら逃げ去った。ぼくは突然、逃げることの意義に気づいた。懲罰が遠のくと同時に、快楽を味わうことができる。ちょうど小ぎれいな身なりをした少女が歩いてきたので、ぼくは思いきり石板の片側を踏み、泥水を少女のズボンに飛ばした。そして自分は、予定どおり逃げ去ろうとした。だが残念なことに、欲望を実現したにもかかわらず、快楽は訪れなかった。少女は罵声を上げることも、ぼくを追いかけることもせず、街路の真ん中に立って大泣きを始めた。少女の長い泣き声を聞きながら、ぼくはずっと不安でならなかった。

この街路の曲がり角に、いつもハンチングをかぶっている少年が住んでいた。彼は竹笛を口に当てて、曲を奏でることができた。それは当時のぼくにとって、宝塔の窓から樹木が生えるよりも不思議な現象だった。彼はいつも両手をズボンのポケットに突っ込み、街をぶらついていた。知り合いの大人と挨拶を交わしながら。この少年が醸し出す風格をぼくは暗黙のうちにまねるようになった。ぼくも両手をズボンのポケットに突っ込み、恰好をつけて街を歩いた。ところが、ぼくの得意のポーズは、王立強の叱責によって葬り去られた。ぼくはチンピラみたいだと言われてしまった。

このハンチングの少年は、美しい笛の音を奏でるだけでなく、飴売りの呼び声をまねすることもできた。食いしん坊のぼくたち子どもが慌てて駆け出してきても、飴売りの姿はない。少年は窓辺にすわり、大笑いしていた。騙されたぼくたちの間抜け顔を見て、興奮し過ぎた彼は咳込みながら、すぐに笑いを収束させた。

何度騙されても、ぼくはやはり慌てて駆け出した。声を聞くと、無条件でバカみたいに走った。そうやって、少年に笑いの材料を提供したのだった。あるとき、ぼくは自分一人が騙されたことに気づき、いたたまれなくなった。彼の笑い声によって、ぼくの小さな自尊心は傷つけられた。ぼくは彼に言った。

「少しも飴売りの声に似てないよ」ぼくは賢いふりをした。「聞いてすぐ、偽物だとわかった」

意外なことに、彼はますます激しく笑って言った。

「だったら、どうして駆け出してきたんだ？」

ぼくは言葉に詰まった。そんなことを聞かれるとは思わなかったので、返事のしようがなかったのだ。

数日後の昼、街へ醤油《しょうゆ》を買いに行ったとき、偶然彼に出会った。彼はまた別の方法で、ぼくを騙した。すれ違いざま、彼は突然ぼくを呼び止めた。そして身をかがめ、尻を突き出して、ズボンに穴があいていないか見てくれと言った。彼の黒いズボンの尻には、暗紅色の生地で二か所、継ぎが当てられていた。それが罠だとも知らず、ぼくは彼の猿のような尻に顔を近づけた。穴はあいていないと告げると、彼は言った。

「もう一度、よく見てくれ」

もう一度見たが、やはり穴はあいていなかった。

彼は言った。「もっと顔を近づけて見てくれよ」

ぼくの顔がほとんど尻に触れそうになったとき、彼は大きなおならを一発放った。ぼくは頭がくらくらして、慌てて顔をそむけた。彼は大笑いしながら去って行った。このように何度もからかわれたが、それでもぼくは彼を崇拝していた。

まったく新しい生活に圧倒され、ぼくは南門の田野を駆け回っていたころの自分を忘れかけていた。だが夜になって、眠りにつこうとするとき、母の格子柄のスカーフがぼんやりと浮かんでくることがあった。急に湧き上がる悲哀に胸が痛んだが、眠ってしまうとすべてを忘れた。ある日、ぼくは王立強に尋ねた。

「いつになったら、家に返してくれるの?」

そのとき、王立強はぼくと一緒に街を歩いていた。ぼくの手を引き、黄昏の光の中にいた。彼はすぐに返答することなく、ぼくにカンランの実を五つ買ってくれたあと、ようやく口を開いた。

「おまえが大きくなったら、返してやるさ」

妻の病気を苦にしていた王立強は、ぼくの髪をなでながら、悲しそうな声で忠告を与えた。聞き分けのいい子どもになれ。学校に行ったら、しっかり勉強するんだ。そして、約束を守れば褒美をやると言った。

「大人になったら、たくましい嫁さんを見つけてやるぞ」

これを聞いて、ぼくはがっかりした。どんな褒美がもらえるのかと思ったら、たくましい嫁さんとは。

王立強にカンランの実を買ってもらったあと、ぼくは南門に帰るという話を持ち出さなくなった。カンランの実を食べられるこの土地を離れたくないと思ったのだ。

一度だけ、興奮してしまったことがある。ある日の午後、学生カバンを肩にかけ、両手を背中に回している子どもを遠くから見て、ぼくは自分の兄だと勘違いした。一瞬、自分が孫蕩にいることを忘れ、南門の池のほとりに戻り、学校へ行こうとしている威勢のいい兄を見かけたように思ったのだ。見知らぬ子どもが不思議そうに振り返ったので、ぼくはようやく自分が南門にいないことに気づいた。現実に引き戻され、ぼくは悲しくてならなかった。いちばん南門を懐かしく思ったのは、そのときだ。ぼくは北風に身をさらし、泣きながら歩いて行った。

十月一日生まれの国慶《グオチン》という少年ともう一人の劉小青《リウ・シアオチン》という少年が、ぼくの幼年時の友人だった。いま彼らのことを思い出しても、胸が熱くなる。ぼくたち三人は、三羽のアヒルのように騒ぎながら、石畳の街路を歩いた。

国慶に対する愛情は劉小青を上回っていた。国慶は走り回ることが大好きだった。彼は最初、大汗をかいて、ぼくの前まで走ってきた。そして、この見ず知らずの少年は熱意を込めて、こう尋ねた。

「おまえ、ケンカが強いだろう?」

彼は言った。「見たところ、ケンカが強そうだ」

劉小青に対する愛情は、彼の兄の竹笛の音色に由来する。彼があのハンチングの少年と兄弟だと知って、ぼくは羨望の入り混じった愛情を感じるようになった。

国慶はぼくと同い年だったが、幼くしてリーダーの素質を備えていた。彼を崇拝したのは、ぼくの幼年時代を多彩にしてくれたからだ。彼がぼくと劉小青を連れて河辺に立ち、波を待っていた光景は忘れることができない。それまでぼくは、波が与えてくれる特別な楽しさを知らなかった。ぼくたち三人は、一定の距離を置いて並んでいた。汽船が通り過ぎると、波が押し寄せてきて、ぼくたちの足を濡らした。ぼくたちの足は岸に停泊している船のように、水の中で揺れていた。だが、家に帰るべき時間がきた。ぼくは家に帰って窓を拭き、床を掃除しなければならない。国慶と劉小青が遠くの汽船を見つけ、次の波を待っていたとき、ぼくはその場を離れ、懸命に走って家に帰った。

もう一つの忘れがたい楽しみは、国慶の家に行き、二階の部屋から遠くの田野を眺めることだった。当時は町中でも、二階建ての家は少なかった。国慶の家に行くときは興奮して、ぼくと劉小青は二羽のスズメのようにしゃべり続けた。国慶は主人としての落ち着きを示した。ぼくたちの前で何度も鼻をこすり、大人のような微笑を浮かべることで、子どもっぽい得意さを覆い隠していた。

それから、国慶は家のドアを叩いた。ドアは少しだけ開き、皺だらけの顔が半分だけ見えた。国慶は大きな声で呼びかけた。

「おばあさん」

ドアは国慶が入れる幅まで開いた。室内は薄暗い。黒い服を身につけている老婦人の顔全体が見えた。彼女は年齢に似つかわしくない透き通った目で、ぼくたちを見つめていた。

ぼくの前にいた劉小青が中に入ろうとすると、彼女は素早くドアを途中まで閉め、片目だけをのぞかせた。初めて、彼女のかすれた声が聞こえた。

「挨拶をしなさい」

劉小青は挨拶をしてから中に入った。次はぼくの番だ。依然として、ドアの隙間から片目がのぞいている。この老婦人を前にして、ぼくは息を呑んだ。しかし、国慶と劉小青はもう階段を上がって行ってしまった。ぼくは仕方なく、挨拶をした。ぼくが薄暗い室内に入ると、老婦人はドアを閉めた。階段の上のほうだけが明るい。ぼくが階段を上がるとき、老婦人が立ち去った気配はなかった。彼女は皺に埋もれた目で、ぼくを見つめているのだろう。それは何とも恐ろしいことだった。

その後の二年間、ぼくは幸福な気持ちで国慶の家に行くたびに、老婦人の関門と恐怖を乗り越えなければならなかった。ときどき悪夢に出てくる彼女の顔と声が、家に着く前からぼくを苦しめた。国慶と一緒に二階の窓に立つ至福のときを励みにして、ぼくはあのドアを叩く勇気を絞り出した。

ある日、ぼくがドアを叩くと、老婦人は意外にも挨拶を求めず、神秘的な微笑を浮かべてぼくを招き入れた。この日、国慶は家にいなかった。不安な気持ちで階段を下りて行くと、老婦人は小鳥を捕まえるように、ぼくを捕まえた。彼女はぼくの手を引いて、自分の部屋に入った。彼女の湿り気のある手に触れられて、ぼくは全身が震えた。しかし、まったく抵抗はできない。驚きで身動きがとれなかったのだ。

彼女の部屋は、思いのほか明るく清潔だった。壁には多くの額がかかっていた。いずれも厳めしい顔の年老いた男女の白黒写真である。一人として微笑んでいる者はいない。老婦人は小声で言った。

「みんな死んでしまった人よ」

彼女が声を低くしたのは、まるで彼らに聞かれないためのようだった。ぼくは息をひそめた。その後、彼女は長い鬚《ひげ》の男を指さして言った。

「この人は良心がある。ゆうべ、私に会いに来たのよ」

死人が会いに来た？　ぼくは驚いて、ワッと泣き出した。彼女はそれが不満そうだった。

「なぜ？　なぜ泣くの？」

続けて、彼女はいずれかの写真を指さして言った。

「この人は来ない。私の指輪を盗んだから。返せと言われたくないんでしょう」

ぼくの幼年時代に陰鬱な印象を残した老婦人は、陰鬱な口調で逐一、写真の人物を紹介した。そのあと、ようやくぼくは彼女の恐ろしい部屋を出ることができた。それ以来、国慶の家へは行かなかった。たとえ国慶と一緒でも、あの悪夢のような老婦人には近づきたくない。ずっとあとになって、ぼくは彼女を恐れる必要がないことに気づいた。彼女は、当時のぼくには理解できない孤独に陥っていたのだ。彼女は生と死の境界線に立ち、どちらからも見捨てられた存在だった。

初めて国慶の家の二階から遠くを見たときは、本当に驚いた。距離が急に縮まったように、すべてを眼下に望むことができた。田野が山のように、せり上がって見えた。動き回る小さな人の姿は、おかしくてならなかった。ぼくはそのとき、果てしないということの意味を初めて知った。

国慶は自己管理がしっかりできる子どもだった。いつも身なりが整っていて、ポケットにはきちんと畳んだハンカチが入っていた。隊列を組んで体育の授業に出る前、彼はハンカチを取り出し、慎重に口もとを拭いた。その大人びた動作を見て、洟を垂らしていたぼくは啞然とした。また、彼は医者のように、自分の薬箱を持っていた。それは小さな紙の箱で、中には五つの薬瓶が整然と並んでいる。薬瓶を取り出して、それぞれの効能を語るとき、この八歳の子どもは真剣で、説明が入念だった。ぼくが崇拝の目で見る相手は、もはや同年齢の子どもではなく、立派な名医なのだ。彼はいつも、この薬箱を持ち歩いていた。ある日、学校の運動場を走っていたとき、彼は急に立ち止まった。そして自信に満ちた様子で、体のどこが不調で、何の薬を飲めばいいのかを解説した。そのあと、ぼくたちは教室に入った。彼はカバンから薬箱を取り出すと、薬瓶の蓋を開けて錠剤を手にのせ、上を向いて口に放り込んだ。水の助けも借りずに、飲み込んだのだ。

国慶の父親に、ぼくは畏怖の念を抱いていた。彼は体に不調を感じると、息子に助けを求めた。

すると国慶は興奮して、声を限りに滔々と語り始める。父親に細かく、不調の由来を尋ねるのだ。父親がうんざりして言葉を遮ると、国慶は余計な話を切り上げ、熟練した手つきで神聖な紙の箱を開けた。五つの薬瓶を見比べたあと、父親が必要とする薬を正確に選び出す。薬を手渡すときには、その場で父親に五分《フェン》〔一分は元の百分の一〕を要求した。父親が承知して小銭を取りに行こうとすると、国慶は素早く水を差し出し、気を遣って薬を飲ませる。その間に、自分は父親がベッドに置いた上着のところへ行き、ポケットから五分硬貨を取り出すと、父親に見せてから自分のポケットに入れた。ところが、ぼくたちが一緒に学校に行ってから、国慶がポケットから取り出した五分硬貨は二枚あった。国慶は気前がいい。ぼくのために、硬貨を余分に一枚、抜き取っていたのだ。そのあと、彼は約束どおり、ぼくにアイスキャンディーを一本おごってくれた。

国慶の母親には、ずっと会ったことがなかった。ある日、ぼくたち三人は古い城壁に登り、ヤナギの枝を振り回しながら遊んでいた。黄土の上を走り、雄叫《おたけ》びを上げて、戦争ごっこをしていたのだ。その後、疲れきってすわったとき、劉小青が出し抜けに国慶の母親のことを尋ねた。国慶は言った。

「天国へ行った」

そして、彼は空を指さした。

「お天道様が、おれたちを見ている」

そのときの空は青く、底知れぬ奥深さを感じさせた。空はぼくたちを見ている。三人の子どもたちは、巨大な空白に包まれていた。ぼくの心の中に、謙虚な畏怖の念が沸き上がった。広大な空の下では、身を隠すことなどできない。国慶が話を続けた。

「おれたちが何をしたか、お天道様は全部知っている。騙すことなんかできない」

国慶の母親についての問いが、天空に対する畏怖を呼び起こし、ぼくは初めて束縛を感じた。いまでも、ぼくは自分が見えない目に追いかけられているように感じるときがある。逃げようがない。ぼくの私生活は危険にさらされている。いつ暴かれるか、わからない。

小学二年のとき、ぼくは国慶と激しい論争をした。テーマは、もし世界じゅうの原子爆弾を麻縄で束ねて爆発させたら、地球は破滅するかという問題だった。最初に言い出したのは劉小青だが、麻縄で束ねるという発想は、いまこうして書いていても笑ってしまう。はっきり覚えているのは、その話をしたときの劉小青の表情だ。彼は口に垂れそうな洟をすすり上げたあと、突然この奇想天外な話を始めたのだ。洟を吸う音が大きかったので、ぼくは洟が鼻孔に納まる過程を感じ取ることができた。

国慶は劉小青を支持し、地球は間違いなく破滅する、少なくとも恐ろしい大穴があくと考えた。そのとき、人類はみな強風に煽られて空中を舞い、激しい音を立てるだろう。ちょうど学校の体育教師の鼻に穴があいて、話をするときに北風が吹くような音を立てるのと同じだ。

ぼくは地球の破滅を信じなかった。大穴があくことも、あり得ない。理由は、原子爆弾が地球上のものから出来ているからだ。原子爆弾は地球より小さい。大きいものが、どうして小さいものによって破滅させられるだろう？　ぼくは興奮して、国慶と劉小青を問いただした。

「おまえたちは、父さんを打ち負かせるか？　無理だ。おまえたちは、父さんから生まれたから。おまえたちは、父さんよりも小さい」

ぼくたちはどちらも相手を言い負かせなかった。そこで、三人は張青海《ジャン・チンハイ》、あのセーターを編んでいた男の先生に頼ることにした。彼なら公正な判断を下してくれるだろうと思ったのだ。それは冬の日の昼どきだった。先生は塀の隅にすわり、日を浴びながらセーターを編んでいた。その手つきは、女性よりも器用だった。彼は目を細めて、ぼくたちの話を聞き終わったあと、やんわりと叱責した。

「あり得ない話だ。全世界の人民は平和を愛している。原子爆弾を束ねて爆発させるはずがあるか？」

ぼくたちは科学を論じていたのに、彼は政治で返答をした。そこで、論争は継続され、相互攻撃に発展した。ぼくは言った。

「何も知らないくせに」

彼らは言い返した。

「何も知らないのは、そっちだ」

ぼくは頭にきて、不用意な威嚇をしてしまった。

「もう、おまえたちなんか相手にしないぞ」

彼らは言った。

「誰がおまえを相手にするか」

それ以来、ぼくは自分の無責任な威嚇の報いを受けることになった。国慶と劉小青は宣言どおり、二度とぼくを相手にしなかった。一方、ぼくは自分の威嚇を実行に移す勇気を欠いていた。彼らは二人で、ぼくは一人だ。問題はそこにあった。彼らは平気で無視できたが、ぼくは無視することが不安でならなかった。ぼくは一人ぼっちになり、いつも教室の出入口に立って、彼らが運動場で駆け回るのを見ていた。そのとき、ぼくの自尊心は羨望によって痛めつけられた。ぼくは毎日、彼らが歩み寄ってきて仲直りすることを期待した。そうなれば、ぼくは自尊心を維持すると同時に、かつての楽しさを取り戻せるだろう。しかし、彼らは目配せをしたり大笑いをしたりして、ぼくのそばを通り過ぎた。明らかに、彼らはこの状態を続けても、何ら損失がないのだった。ぼくは、まったく違う。放課後、たった一人で家に帰る途中、センダンの実を口に含んだように、苦いものが込み上げてきた。

幼いぼくは自尊心に固執する一方、彼らとの和解を望む気持ちもしだいに強まった。この相反する感情に戸惑ったのち、ぼくは突然、本当の威嚇の材料を見つけた。

ぼくは国慶の帰り道に先回りし、彼がやってくるのを待った。国慶はプライドが高いので、ぼくの姿を見ても、無視を決め込んだ。そこで、ぼくは悪意を込めて叫んだ。

「おまえは、父さんのお金を盗んだ」

彼のプライドは瞬時に瓦解した。国慶は振り向き、ぼくに言い返した。

「盗んでない。でたらめ言うな」

「盗んだ」

ぼくは再度叫んだ。それから、あのとき彼が父親に五分を要求し、結果的に一角を抜き取ったことを指摘した。

「あの五分は、おまえのために余分に取ったんだ」彼は言った。

ぼくはかまわず、最も効果のある威嚇の言葉を投げつけた。

「おまえの父さんに言いつけてやる」

国慶は顔面蒼白になった。唇を嚙み、なすすべを失っていた。ぼくはこのとき、向きを変えて、その場を立ち去った。時を告げるオンドリのように、傲然と顔を上げて。当時のぼくは、罪深い喜びで胸がいっぱいだった。国慶の絶望的な顔が、喜びの根源となっていた。

のちに、ぼくは同様の方法で王立強を脅迫した。そのころにはもう、目的を達するためには手段を選んでいられないことを知っていた。自尊心が傷つかなければ、威嚇によってかつての友情を取り戻せる。ぼくはあくどいやり方で、美しい結果を得た。

翌日の午前、国慶はびくびくしながら現れ、媚びるような口調で、彼の家の二階へ行って風景を見ないかと言った。ぼくはすぐに同意した。この日、彼は劉小青を呼ばず、ぼくと二人きりだった。彼の家へ向かう途中、国慶は小声で懇願した。あのことを父親には言わないでほしい。

ぼくはすでに友情を取り戻していたのだから、密告するはずがなかった。

放棄

国慶《グオチン》は九歳のとき、朝起きてすぐ、自分の運命を掌握する必要に迫られた。まだ大人にはほど遠く、父親の手を離れるには幼過ぎたのに、彼は突然、独立を余儀なくされた。早過ぎた自由という運命の重荷を背負い、彼は入り組んだ人生行路をあてもなく歩いて行った。

その日の午前、哀れな国慶は騒がしい声で眠りから覚めた。季節は初秋、寝ぼけまなこの国慶が下着姿のまま戸口まで行くと、父親と数人の男たちが家具を運び出していた。

最初、国慶はうれしかった。新しい土地へ引っ越せると思ったのだ。彼の喜びは、ぼくが南門《ナンメン》を離れるときに感じた喜びと似ていた。しかし、彼がその後に向き合った現実は、ぼくよりずっとひどいものだった。

国慶は清々しい朝のような声で父親に、羽の生えた白馬が駆け回る場所へ行くのかと尋ねた。いつも厳格な父親は、息子の幻想に感動するどころか、バカげた話に我慢がならず、息子を追い払って言った。

「邪魔するな」

そこで国慶は自分の寝室に戻った。彼は我々子どもたちの中で、最も物わかりがよかった。しかし、当時の年齢では未来を予見することはできない。彼はウキウキしながら、自分の荷物を整理した。まだ古びていない衣服、宝物にしているネジ、ハサミ、プラスチックの拳銃などのガラクタを段ボール箱に詰め込んだ。騒がしい声の中で、彼は楽しい仕事を続けながら、ときどき戸口へ様子を見に行った。力持ちの父親が家具を運ぶ姿は、何とも誇らしい。次は彼の番だ。国慶は大人たちが運んでいるのと同じ大きさの段ボール箱を持ち上げた。壁に押しつけながら運んで行く。こうすれば、壁が手を貸してくれることを彼は知っていた。へとへとになったが、彼は得意げな目つきで、階段を上がってきた父親を見た。ところが、父親は冷ややかに言った。

「もとへ戻せ」

国慶は力を振り絞って、成果なく引き返すしかなかった。汗だくになった頭を掻きむしると、髪の毛が生い茂る雑草のようになった。本当に、どうすればいいのかわからない。彼は小さい椅子にすわり、ない知恵を絞った。子どもは自分の未来を悪く想像することができない。現実を見せつけられた経験がまだないから。国慶の考えは、運動場を転がるボールのように、跳んだりはねたりして定まらない。勝手気ままで、父親とは関係のない方向にそれてしまった。その後、彼は楽しそうに窓の外の空を見た。白馬が羽を広げて空を舞うところを想像していたのかもしれない。

彼は家財道具が階段を下りて行く物音を何度も聞いた気がした。しかし、それらがすべて三台の荷車に積み込まれたとまでは思わなかった。荷車が動く音も聞いていない。コウモリが飛び回るような想像が一段落したとき、父親が彼の部屋に入ってきた。厳しい現実が、すぐ近くに迫っていたのだ。

国慶は詳しい状況をぼくたちに話さなかった。ぼくと劉小青もまだ幼く、まったく無知だった。国慶が父親に放棄されたことは、その後の事実によって証明された。ぼくが国慶の父親を嫌ったのは、この卑劣な行為だけが理由ではない。ぼくはこの男を見るたびに、ゾッとするような厳しさを感じた。いま記憶をたどってみると、ぼくが想像する祖母の父親に近い人物である。初めて会ったとき、彼は尋問するように、ぼくの経歴を問いただした。国慶が代わりに答えようとすると、彼は冷ややかにそれを遮った。

「本人に答えさせろ」

その威圧的な目つきは、ぼくを怯えさせた。彼は国慶の部屋に入ってくるとき、いつも同じ目つきをしていた。だが、彼の声は静かで、温かみもある。彼は息子に告げた。

「おれは結婚する」

続いて、国慶の今後に関する事実を伝えた。きわめて簡単な話だった。父親はもう国慶の面倒を見ないということだ。国慶の当時の年齢では、それが意味する厳しい現実をすぐに理解できなかった。国慶は呆けたように、父親を見つめていた。このろくでなしの父親は、現金十元と十キロ分の食糧切符を残すと、カゴを二つ手に提げて階段を下りて行った。カゴの中には、最後の引っ越し荷物が入っていた。九歳の国慶は窓辺に行き、日差しを受けて目を細め、ゆっくりと遠ざかって行く父親を見送った。

国慶の最初の悲しみは、空っぽになった二つの部屋に入ったときから始まった。その時点ではまだ、父親が永遠に彼を放棄したとは思っていなかったが、ガランとした部屋を見て涙が湧いてきたのだった。

彼は自分の部屋に戻り、環境が変わっていないのを見て、しだいに落ち着きを取り戻した。そしてベッドにすわり、あれこれ考えをめぐらせた。この部屋をぼくは何度か訪れたことがある。特に、あの窓が好きだった。彼がみじめな境遇を意識したのは、その日の午後にぼくの家を訪れてからだ。ぼくは李秀英《リー・シウイン》が大切にしている窓ガラスを拭いていた。そのとき、屋外から、ぼくを呼ぶ声が聞こえた。まだ窓ガラスを拭き終わっていないのに、その場を離れるわけにはいかない。李秀英は、ガラスが割れたような国慶の甲高い声が我慢ならなかった。彼女はベッドの上で、つらそうな声を上げた。

「早く行って、あの子の口をふさいでちょうだい」

不幸な目にあっている友だちの口をふさぐことができようか？　ぼくたちは屋外の石畳の道に立っていた。背後の電柱が、ヒューヒューという音を発している。当時の国慶の青ざめた顔は、いまも忘れることができない。彼は午前中に発生した出来事を支離滅裂に語った。その時点では彼自身も、事態を把握できていなかったのだろう。ぼくは話を聞いても、ハエが飛び回っているかのような印象しかなかった。彼の父親が巨大な力を発揮して家具を運んだこと、カゴを手に提げて家を出て行ったことだけは理解できた。しかし、その前後の話がまったくわからない。国慶はぼくに説明するうちに、ようやく事情が理解できたらしい。彼は急に話をやめた。そして目に涙をためて、ぼくにもわかる言葉を口にした。

「父さんは、おれを捨てたんだ」

その日の午後、ぼくたちは劉小青《リウ・シアオチン》を訪ねた。彼はモップを担いで、大汗をかきながら河辺へ向かうところだった。国慶の涙を見て、彼は驚いた。ぼくは彼に、国慶の父親が息子を捨てたことを告げた。劉小青はさっきまでのぼくと同様、わけがわからないようだった。ぼくが長々と説明し、国慶がしきりにうなずいたあと、彼はようやく何が起こったのかを知った。彼はすぐに言った。

「おれの兄貴に相談しよう」

あのハンチングの少年だ。劉小青が得意げな顔をしたのも無理はない。誰だって、あんな兄がいれば頼りたくなる。ぼくたちは出かけて行った。窓辺にすわっていた兄に、劉小青は一部始終を語った。笛を手にした少年は、話を聞いて憤慨して言った。

「そいつはひどいな」

彼は笛をしまい、窓を乗り越えて出てくると、ぼくたちに手を振った。

「行こう、カタをつけてやる」

ぼくたち三人は、ぬかるんだ道を歩き始めた。早朝の大雨で、両側の樹木も濡れていた。痩せた少年が前を歩いている。彼は笛の名手だが、国慶の父親を打ち負かせるのだろうか？　ぼくたち三人は、愚直についていて行った。少年が怒っている様子を見て、ぼくたちは彼を信用した。彼は雨に濡れている樹木の下で立ち止まり、何か考え始めた。ところが、ぼくたちが木の下に入ったとたん、彼は幹を強く蹴り、自分だけ逃げ出した。木の上から雨水が降ってきて、ぼくたちはずぶ濡れになった。彼は大笑いしながら、家に帰ってしまった。

兄の卑劣な行為に、劉小青は耳を赤くした。面目を失った劉小青は、国慶に言った。

「先生に相談しよう」

ずぶ濡れの国慶は首を振り、泣きながら言った。

「誰にも相談しない」

国慶は一人で立ち去った。彼は聡明で、伯父叔母たちの名前をすべて知っていた。帰宅後、死んだ母親に兄弟姉妹がいたことを思い出し、手紙を書いた。ノートのページを切り取った紙に、鉛筆で書いた手紙だった。苦労して言葉を選びながら、自分の窮状を訴えた。間もなく、母親の兄弟姉妹が一人残らず駆けつけた。彼の手紙がよく書けていたからだろう。

国慶は幼いにもかかわらず、伯父叔母たちの仕事先を覚えていた。だからこそ、全部で八通の手紙が出せたのだ。しかし、彼は郵送の仕方を知らなかった。八枚の手紙をそれぞれ小さく折りたたんだ。彼はいつも几帳面《きちょうめん》だった。その後、彼は手紙を抱えて、郵便局へ向かった。

窓口の若い女性に、国慶はおずおずと、哀れっぽい声で尋ねた。

「すみません、手紙の送り方を教えてもらえますか？」

その女性は問い返した。

「お金はあるの？」

驚いたことに、国慶は十元札を取り出した。窓口の女性は泥棒を見るような目を向けながら、国慶の手紙を受けつけた。

駆けつけた八人の母親の兄弟姉妹は意気盛んだった。彼らは国慶の味方になって、父親に圧力をかけた。八人の身内の寵愛《ちょうあい》を集めた国慶は、数日来の憂い顔をほころばせた。彼は大人たちの間に立ち、ときどき振り返って、ぼくと劉小青に声をかけた。

「ついて来いよ」

それは夕方のことだった。ぼくは大人たちと一緒に歩いて行った。ぼくは国慶の次に興奮していた。劉小青も同様に、勇ましい様子を見せている。この日の午後に、国慶はうれしそうに報告した。父親がもうすぐ家に戻ってくるというのだ。

夕方に外出したのは、孫蕩《スンダン》に移って初めてだった。事情をすべて王立強《ワン・リーチアン》に説明すると、快く外出を許してくれたので、ぼくは感激した。王立強は、ぼくが国慶のそばにいてやることに理解を示したが、何も言ってはいけないと警告した。実際、ぼくと劉小青は、国慶の父親の新居に入ることができなかった。屋外の泥土の上に立っていた。あたりには平屋が並んでいる。国慶の父親はなぜ二階家を放棄して、ここに住むことにしたのだろう？

「ここの風景は面白くないな」

　ぼくと劉小青は異口同音に、そう言った。都会から来た八人の大人たちの声が聞こえた。彼らの話す言葉に、ぼくたちは高層ビルやアスファルトの道の息吹を感じた。そのとき、ぼくたちよりも幼い子どもが二人、意気揚々と現れた。あきれたことに、ぼくたちに立ち去れと言うのだ。あとになって知ったのだが、それは国慶の父親の後妻の連れ子だった。年下の子どもに追い払われるとは、まったくお笑い種《ぐさ》だ。ぼくたちは警告した。おまえたちこそ、消え失せろ。すると、彼らは唾を飛ばしてきた。ぼくと劉小青は進み出て、彼らに拳骨をお見舞いした。見掛け倒しのチビたちが大泣きを始めると、平屋の中から援軍が飛び出してきた。豚足のようによく肥えた女で、それがチビたちの母親だった。この国慶の父親の後妻が唾を飛ばしながら、悪魔のような形相で突進してきたので、ぼくと劉小青は驚いて逃げ出した。この女は、男しか使わない汚い言葉で罵声を浴びせ、ぼくたちを追ってきた。ぼくたちを肥溜めに投げ込むとか、木に吊るしてやるとか、追いかけながら恐ろしい脅し文句を口にした。走り疲れて振り返ると、太った女の体の肉が揺れ動いている。それを見て、ぼくは肝を冷やした。こんなに太った女がのしかかってきたら、圧死してしまうだろう。

　アーチ形の石橋まで逃げると、女は罵声を上げながら帰って行った。より重要なのは、早く戻って夫に加勢することだと気づいたのだろう。どこかで待ち伏せしていないか確かめてから、ぼくと劉小青はびくびくしながら引き返した。映画に登場する、敵地に潜入した偵察兵のように用心深く。すでに日は暮れていた。ぼくたちは、もとの場所へ戻った。平屋から灯火が漏れている。相変わらず、八人の兄弟姉妹の激高した声が聞こえてきた。国慶の父親の声は、どうして聞こえないのだろう？　しばらくして、ついに別の声が聞こえた。ぼくたちを追いかけた女の声だ。彼女は言った。

「ケンカしに来たの？　それとも話し合いに来たの？　ケンカなら人数が必要だけど、話し合いなら一人で十分よ。今日はみんな帰って、明日、代表者が一人で来てちょうだい」

あの粗野な女が口を開くと、その言葉には説得力があった。八人の都会の兄弟姉妹は一瞬黙ったあと、一斉にしゃべり始めた。ぼくと劉小青には、ひと言も聞き取れない。大勢が同時に話すので、ぼくたちの耳に届く言葉は意味をなしていなかった。このとき、国慶の父親が口を開いた。それでようやく、ぼくたちは彼の存在を知った。ぼくが大嫌いなこの男は、八人の兄弟姉妹に怒りをぶつけた。

「おまえたち、何を騒いでいるんだ。勝手過ぎるぞ。そんなに大きな声を出されたら、おれの立場がなくなる」

「誰が勝手だって？」

その後は、家屋が倒壊したかのような言い争いが続いた。数人の男が国慶の父親に殴りかかり、数人の女が必死でそれを食い止めた。国慶の母親の兄弟姉妹は、憤怒《ふんぬ》と苦悩に直面した。この新婚夫婦は、まったく手に負えない。彼らは精根尽きるまで道理を説いたあと、相手が聞く耳を持たないことに気づいた。どうやっても、この男女には話が通じない。おそらく長兄と思われる、八人の中のリーダー格の男が、国慶を引き取ることを決めた。その男は、国慶の父親に言った。

「おまえが引き取ると言っても、おれたちは承知しない。おまえはまるでケダモノだ」

八人の大人たちは家から出てきたとき、息遣いが乱れていた。すっかり怯えた国慶は、彼らに取り囲まれている。恐怖と不安のまなざしで、ぼくと劉小青を見ていた。一人の男の声が聞こえた。

「姉さんはどうして、あんな男に嫁いだんだろう？」

彼は怒りの矛先を死んだ国慶の母に向けていた。

彼らは国慶を扶養する義務を負った。その後、彼らは毎月、国慶に二元ずつ仕送りをした。あの郵便局が国慶の財産の源となった。彼は毎月何度か、自慢げにぼくたちに告げた。

「郵便局に行かなくちゃ」

国慶は十六元の生活費を最初に得たとき、ぼくに当時としてはとびきりの贅沢《ぜいたく》を味わわせてくれた。劉小青やその他の同級生に対しても。ぼくたちは国慶と行動をともにした。お菓子や果物に、彼は目がないからだ。彼は気前よく、ぼくたちにも同様の楽しみを与えてくれた。金持ちの御曹司のように、なけなしの財産を浪費したのだ。ぼくたちは毎朝、登校するときに、彼の浪費に期待した。その結果、月末の十日間、国慶は貧乏のどん底に陥り、ぼくたちの援助で飢えをしのぐことになった。だが、ぼくたちの援助は、彼のように大っぴらにはできない。家庭内で盗みを働くしかなかった。炊けたご飯をひとつかみ、魚や肉をひとかけら、野菜を少し、きれいとは言えない紙に包んで国慶に届けた。国慶はそれを膝の上で広げて、味わいながら食べた。咀嚼《そしゃく》の音が響き、そばに立っているぼくたちも、満腹のはずなのによだれが止まらなかった。このような状況は長続きせず、ぼくたちの先生、編み物が得意な張青海《ジャン・チンハイ》が国慶の生活費を代理保管し、毎月五角の小遣いを渡すようになった。それでも、国慶はぼくたちの中でいちばん裕福だった。

国慶は父親に放棄されてから、しだいに自己管理ができるようになった。だが、心の中では事実を受け入れておらず、父の行為をまねて父を放棄しようとはしなかった。逆に、彼は依然として父親の支配を受けていた。先生も現状を忘れて、国慶が間違いを犯すと、父親に連絡するぞと言って脅かした。国慶は自分がもう自由だということに思い至らず、むだに不安を募らせた。いまだに父親に見張られているかのようだった。

また、彼は子どもっぽい無邪気さで、父親が突然現れるのではないかと思っていた。実際のところ、父が現れるとすれば、街で偶然出くわす可能性しかない。親子関係を認めようとしない父親の態度からして、国慶のもとを訪ねる日が来るはずはなかった。

ある日、ぼくたち三人は道端で、街灯に向けて石を投げた。それは国慶の発案だったと思う。ぼくたちは興に乗り、自分の投げた石を命中させようとした。大人が現れて制止したとき、ぼくと劉小青は驚いて逃げ出した。だが意外なことに、国慶は一歩も動かず、その場で大声を上げた。

「あんたの家の電灯じゃないだろう」

ところが、そのとき突然、国慶の父親がやってきた。国慶はさっきまでの勇敢さを失い、びくびくしながら歩み寄って挨拶した。

「お父さん」

それから、自分は街灯を壊していないと弁明した。彼は完全な裏切り者となり、ぼくと劉小青を指さして言った。

「あいつらが石を投げたんだ」

国慶の父親は激怒して言った。

「誰がおまえの父親だと？」

この男は、息子に対する処罰の権利を放棄したのだ。国慶にとって、そのショックは養育の放棄よりも大きかった。そのあと、ぼくたちが目にした国慶の姿は哀れだった。通りを横切って歩いてくるとき、彼は血がにじむほど唇を嚙んでいた。あふれ出そうとする涙をこらえていた。つまり、彼は依然として、ある日目覚めると父親が枕もとに立っているという幻想を固く信じていたのだ。あるとき、彼は自信たっぷりに、こう語った。

「父さんは病気になったらきっと、おれに助けを求めるだろう」

彼はぼくに同意を求めた。父親は病気になったら、きっと彼に診断を頼むはずだ。彼は何度も言った。

「おまえは見たことがある、見たことがあるよな」

彼はあの小さい紙の箱を安易に使わなくなった。咳が止まらないときでも、薬瓶を開けようとはしなかった。彼は無邪気にも、薬瓶に薬が入ってさえいれば、父親がいつか帰ってくると信じていた。

それ以降、国慶は母親の話をするとき、もう昔のことだからといって冷ややかな反応を見せなくなった。彼はいつも「以前」という言葉を使った。以前、母親が生きていたとき、どんなに彼は幸せだったことか。彼は以前の幸福の内容を具体的に語らなかった。しきりに感嘆するだけだったが、ぼくたちは彼のはっきりしない「以前」を羨ましく思った。彼は、母親のことを想像し始めた。この九歳の子どもは身寄りを失ったとき、未来に想像を広げるのではなく、早くも過去に目を向けた。

子どものころ、ぼくたちは「飛馬《フェイマー》」という銘柄のタバコの箱に描かれている駿馬《しゅんめ》に憧れていた。ぼくたちが育った平原には、牛の姿しかなかった。羊はずっと小屋の中に閉じ込められている。豚は好きになれない。最愛の動物は飛翔する白馬だが、目にする機会はなかった。その後、軍人たちが孫蕩に進駐した。人々が寝静まった夜に、一台の馬車が町を通り抜け、中学校に到着した。

翌日の放課後、ぼくたち三人は学生カバンを振り回しながら、中学校へ向かった。国慶は「鳥」のように両腕を広げて、先頭を走っていた。彼は大声を上げ、ぼくの間違った理解を訂正した。

「おれは飛馬だぞ」

うしろに続いていたぼくと劉小青は、彼のまねをする以外に、自分たちの興奮を表現する方法が見つからなかった。

ぼくたちは三頭の飛馬となり、デパートを越え、映画館を越え、病院を越えた——病院を越えたあと、国慶は射撃を受けたかのように腕を下げ、飛び回ることをやめた。彼は情けない顔をして、塀伝いに来た道を引き返して行った。ひと言も口をきかないので、ぼくたちには何が起こったのかわからない。急いで追いかけて行き、なぜ飛馬を見に行くのをやめたのか尋ねた。しかし、彼は歩き続けるばかりだった。ぼくたちが引き留めると、彼は怒って手を振り払い、泣きながら言った。

「かまわないでくれ」

ぼくと劉小青は、ポカンとして見つめ合った。その間に、彼は遠ざかって行った。いつまでも驚いてはいられない。ぼくと劉小青は、すぐに彼のことを忘れた。両腕を広げて走り続け、飛馬を見に行った。

それは二頭の栗毛《くりげ》色の馬だった。中学校の林の中につながれて、一頭は桶の水を飲み、一頭はしきりに尻を幹に擦りつけていた。翼は生えていないし、体全体が薄汚れていた。ムッとする動物の臭いに、ぼくたちは顔をゆがめた。ぼくは小声で劉小青に尋ねた。

「これが馬なのか?」

劉小青はおずおずと若い軍人に近づき、びくびくしながら尋ねた。

「どうして羽が生えてないの?」

「なんだって? 羽がどうした?」その軍人はうるさそうに手を振った。「さあ、あっちへ行け」

「ぼくたちが慌てて立ち退くと、周囲の人たちは笑い出した。ぼくは劉小青に言った。

「これは馬じゃない。馬は白いはずだ」

一人の少年が、ぼくたちに言った。

「そうだ。これは馬じゃない」

「それじゃ、これは何なの?」劉小青が尋ねた。

「ネズミだよ」

こんなに大きなネズミがいるのか? ぼくと劉小青は、びっくり仰天した。

国慶は病院の前で、父親を見かけたのだ。病院に入って行く父親を見て、彼は急に悲しくなった。最後の期待が裏切られた。もはや、飛馬など何の意味もない。

翌日、国慶は昨日途中で引き返した理由を説明した。彼は悲しそうに言った。

「父さんが帰ってくる望みはなくなった」

その後、彼は大声で泣き出した。

「おれは、父さんが病院に行くのを見た。病気になっても、おれを頼ろうとしない。もう父さんが帰ってくる望みはなくなった」

国慶はバスケットボールのゴールの下で泣いていた。少しも体面を気にしていない。ぼくと劉小青は仕方なく、集まってくる同級生たちを強気で追い払った。

生きている父親に遺棄された国慶は、死者に遺棄された階下の老婦人と親密な交流を始めた。黒い絹の服を着て、さざ波のような皺を顔に刻んでいる老婆をぼくは恐れていた。しかし、国慶は恐怖を感じていなかった。国慶はもう、すべての時間をぼくたちと共有することをやめた。あの孤独な老婦人と過ごすことが多くなった。二人が手をつないで街を歩いているのを見かけたこともある。生き生きしていたはずの国慶の顔は、彼女の黒い腕の影響で暗く見えた。死期の近い老婆は、潑剌《はつらつ》とした国慶の生命力を奪ってしまった。それで、まだ幼い国慶の顔には、薄暗い衰退の兆候が浮かんでいた。

二人が戸や窓を閉め切った部屋の中ですわっている光景は想像しがたい。彼らは死者と交流する道を歩んでいたのだろう。かすれ声の老婦人は、いかにも親しそうに死者の話をする。それで、ぼくは何度も肝を冷やした。ところが、国慶は明らかに影響を受け、ぼくと劉小青に死んだ母親のことを語った。夜明けに音もなく母親が現れ、彼と話をしてから、また音もなく立ち去ったというのだ。どんな話をしたのかと尋ねると、彼は神妙な顔で、それは秘密だと言った。ある日、母親は帰る時間を忘れ、オンドリが鳴いたのを聞いて色を失った。とっさに戸口からではなく窓から外に出て、鳥のように飛び去ったという。このような細部の描写によって、国慶の話の真実味は強まった。だが、ぼくは不思議に思った。国慶の母親が窓から出て行ったというのが腑に落ちない。部屋は二階にあるのだ。ぼくはこっそり劉小青に尋ねた。

「墜落死するんじゃないか？」

劉小青が答えた。

「もともと死んでるんだから、それはないだろう」

ぼくは、それを聞いて納得した。

国慶は母親と会ったと語るとき、真剣な表情で、しかも幸せそうだった。だから、彼の話を信じないわけにはいかない。しかし、話し方が恐ろしかった。親しみを込めた怪しげな語り口は、黒衣の老婦人によく似ていた。

しかも、彼は菩薩を見たという話まで始めた。家のように大きく、太陽のように輝く菩薩が天空に現れ、またすぐにパッと消えてしまったという。

ある日の夕方、二人で河辺にすわっていたとき、ぼくは彼に反論した。菩薩の存在を信じないことを示すため、ぼくは菩薩を呪った。国慶は動揺を見せず、しばらくしてから言った。

「菩薩を呪ったあと、怖くなっただろう」

それまでは平気だったのに、言われたとたん、ぼくは恐ろしくなってきた。ちょうど日が暮れて、宵闇が果てしなく広がっていく。内心の震えで、ぼくは息遣いが荒くなった。

国慶は言葉を続けた。

「菩薩を呪えばバチが当たる」

ぼくは震える声で尋ねた。

「どんなバチが当たる?」

国慶はしばらく考えてから言った。

「おばあさんが知っている」

あの恐ろしい老婦人が知っているのか?

国慶が小声で言った。

「人は恐怖を感じたとき、菩薩を見ることができる」

ぼくはすぐに、大きな目を開けて薄暗い天空を見た。しかし、何も見えなかった。ぼくは恐怖のあまり泣き出し、国慶に言った。

「嘘をつかないでくれよ」

国慶は感動的な友情を示してくれた。彼は小声で、ぼくを激励した。

「もう一度、よく見てごらん」

ぼくは再度、目を見張った。そのとき、空はすっかり暗くなっていた。恐怖と誠意によって、ぼくはついに菩薩を見た。本当に見たのか、想像で見たのかはわからない。いずれにせよ、家のように大きく、太陽のように輝く菩薩を見たのだが、またすぐにパッと消えてしまった。

気兼ねなく死者と親しむ老婦人も、苦難の人生が続く限り、不慣れな現実と付き合わなければならなかった。彼女が恐ろしい方法で国慶の魂に安らぎを与えた見返りに、国慶は勇敢な行動で彼女を現実から守った。

彼女が最も恐れていたのは、よく路地の中央にうずくまっていた赤犬だった。米や塩や醬油を買うために街へ行かなければならないとき、彼女はぼくが彼女を恐れる以上にその犬を恐れていた。子どもたちにも嫌われている醜い老犬は、誰にでも吠えた。だが彼女は、自分だけが敵だと一方的に思い込んでいた。その犬は彼女を見ると、凶悪な顔つきでワンワンと吠えながら、いつでも飛びかかりそうな様子を見せる。しかし実際のところ、犬はその場でバタバタするだけだった。そんなとき、室内の壁に飾られている死者たちは、彼女を助けてくれなかった。ある日、ぼくは彼女が犬に吠えられて、体を震わせているのを見た。小さな足を動かして逃げ戻ってくるとき、彼女は団扇で煽がれたように、体を弾ませた。その当時、国慶の父親はまだ家を出ていなかった。ぼくたちは他人の不幸を面白がり、声を上げて笑った。ぼくはもう国慶の家へ行っても、彼女がドアの隙間からのぞかせる顔に驚くことはなくなった。彼女は門番をする余裕もなく、自分の部屋の中で泣いていた。ぼくたちはドアに貼りついて、戸板の隙間から彼女が服の裾で涙を拭うところを見た。

その後、彼女は死者を通じて国慶と暗黙の契約を結んだ。同時に、意外にも国慶による保護を得ることとなった。当時、彼女は街へ行くたびに、国慶の付き添いが必要だった。それでようやく、彼女は安心が得られる。あの赤犬は、いつもワンワンと吠えて行く手を阻もうとしたが、国慶がしゃがんで石を拾うふりをすると、すぐに逃げて行った。道を行く老婦人の目には、国慶に対する崇拝の念がうかがえた。国慶は得意げに、彼女に言った。

「どんなに凶暴な犬だって、怖くないぞ」

犬に対する恐怖のため、彼女は毎日、観音菩薩像の前でひざまずき、誠意を込めて赤犬の長寿を願った。国慶が学校から帰ってくるたび、彼女はまずあの犬の安否を尋ねた。無事だと聞くと、彼女はホッとして微笑んだ。

彼女が最も恐れていたのは、赤犬が先に死ぬことだった。彼女は国慶に語った。あの世へ行くまでの道は遠く、暗くて寒い。綿入れを着て、ランプを手に持って行かなければならない。犬が先に死んでいれば、途中の道で待っているはずだ。そこまで話すと、彼女は緊張のあまり、全身を震わせた。そして、涙を浮かべながら言った。

「そのときは、おまえに助けてもらえないからね」

この孤独な老婦人は、世代特有の頑固さと真面目さを持っていた。自分で目盛りをつけた油瓶を数十年使い続けているのは、店の販売員を信用していないからだ。彼らは油を注ぐとき、よそ見をしている。もし油が目盛りを超えると、彼女はひそかに喜んだりしない。不満そうに、超えた分を戻す。目盛りまで達しない場合は、その場を動こうとしない。いつまでも立っていて、何も言わず、じっと油瓶を見つめていた。

彼女の夫は、ずっと昔にあの世へ旅立ったらしい。生前、その力持ちの男は、異常なほどタニシが好きだった。夏になると中庭にすわり、団扇を使いながら、悠然としてタニシを食べた。彼女が数十年にわたって、未亡人として大切にしてきたのは女の操《みさお》ではなく、夫のこの嗜好を継承することだった。生前、タニシの身は夫がすべて独占し、彼女は甘んじて内臓の部分を食べていた。夫の死後、二十年が過ぎても、彼女はタニシの身を味わおうとしなかった。内臓の部分だけで満足し、身は壁の写真の中にいる夫のために残した。彼女は習慣と追悼を一体化させていたのだ。

国慶はタニシを好まなかった。だが、老婦人はズルズルと音を立ててタニシに吸いついた。しかも、一度吸うたびに、舌を伸ばして唇のまわりについた汁を舐めとった。それを繰り返し見ているうちに、国慶は口もとからよだれが流れ出すのを止めようがなくなった。食欲旺盛な国慶がタニシの身に手を伸ばしたとき、老婦人は慌て出した。彼女はさっと国慶が手にしたタニシを叩き落とし、耳もとで脅かすように言った。

「あの人が見てるよ」

壁の写真の中の死人は、確かに彼らを見ていた。

ぼくが十二歳の春、この老婦人はついに永遠の眠りについた。彼女は路上で死んだ。国慶と街へ醤油を買いに行った帰り、突然、彼女の足が動かなくなった。彼女はどこかで休みたいと言って、塀の隅へ行った。日差しを浴びながら、ゆっくりと腰を下ろし、両手で醤油の瓶を抱えていた。国慶はずっと彼女のそばに立っていたが、彼女が目を閉じたので、眠ったのだと思った。国慶は退屈そうに、あたりを見回した。うららかな春の季節で、塀際には青草が茂っている。日差しがまぶしくて、彼は目を細めた。老婦人は一度目を開け、小声で犬はいるかと尋ねた。国慶が路地に目を向けると、犬は腹這いになって頭を持ち上げ、こちらを注視していた。彼は、いるよと答えた。老婦人は長々と息を吐き、また目を閉じた。国慶は依然として、彼女のそばに立っていた。陽光が彼女の皺だらけの顔を照らすのを楽しそうに眺めながら。

国慶はのちに、彼女は道に迷って凍え死んだとぼくたちに語った。慌ててあの世へ旅立ったため、綿入れとランプを忘れたのだという。あの世への道は長く、暗くて寒い。彼女は真っ暗闇を歩き続け、結局道に迷った。前方から冷たい風が吹きつけ、彼女は凍えて身震いした。とうとう歩けなくなり、すわり込んでしまった。彼女はこうして凍死したのだ。

国慶は十三歳にして、完全な自由人になった。彼はカバンを肩にかけて、先生の長々しい話を聞きに行く気がしなかった。劉小青たちは中学に進学したが、国慶は仕事を始め、お金を稼ぐようになった。

当時、ぼくはもう南門に帰っていた。ぼくは家でみじめな生活を送っていたのに、同級生の国慶は自活していたのだ。彼は石炭運びの仕事を始めた。まるで本物の苦力《クーリー》〔肉体労働者〕のように、天秤棒に汚れたタオルをかけ、服をはだけて、エッサ、ホイサッと石炭を客の家の前まで運んだ。昔からの習慣で、ハンカチは忘れなかった。重い石炭を下ろすと、彼はまずハンカチを取り出して口を拭う。顔じゅうに汗をかいていても、拭うのは口もとだけだった。服のポケットには、小さなノートと鉛筆を入れていた。幼いながらも礼儀正しく、よく響く声で、家々を回って石炭の注文を受けた。最初は若過ぎて、人々の信用を得ることが難しかった。彼の痩せた体を見て、誰もが尋ねた。

「石炭を運べるのかい？」

国慶は賢そうな笑顔を見せて答えた。

「試してみなくちゃ、わからないでしょう？」

誠実で用意周到な国慶は、間もなく客の信用を得た。石炭販売所の職員は、彼にだけ便宜を与えるわけにはいかなかった。しかし、彼の無邪気な様子が気に入り、また誰もが知っている不幸な身の上に同情して、石炭を数キロおまけするようになった。もちろん、恩恵を被るのは客だが、それに伴って国慶の商売も繁盛した。彼は、この仕事を二十年以上続けている一人の同業者を打ち負かしたのだ。

その同業者のことは、はっきり記憶に残っている。背の小さな男で、知恵遅れだった。誰も男の名前を知らない。何と呼ばれても返事をするのだ。ただし、石炭を担いで道を急いでいるときは、呼びかけに答えることがない。空の天秤棒を担いで歩いているときだけ、適当に呼びかけると、下を向いたまま真面目に返事をした。ぼくは男に対して「国慶」もしくは「劉小青」と呼びかけ、二人はぼくの名前を呼んだ。男は「うん、うん」と答えながら通り過ぎ、顔を上げてこちらを見ようともしない。つねに道を急いでいた。まるで汽車に乗り遅れるのを心配しているかのように。あるとき、ぼくは彼を「便所」と呼んだ。それでも彼が返事をしたので、ぼくたちは腹を抱えて笑った。ところが、自分の名前にも無頓着なこの男が、お金に関しては抜け目がなかった。計算の速さは驚くほどだ。客がいくら支払うべきか、のろのろ勘定していると、彼はすぐに金額を口にした。それは孫蕩の住人が耳にできる、その男の唯一の言葉だった。

国慶はぼくたちと一緒にその男をからかっていたとき、相手がのちに同業者になるとは思っていなかった。国慶の参入によって男の収入は大幅に減り、以前のように忙しくなくなった。哀れなことに、空の天秤棒を担いでいる時間が増えたが、それでもバタバタと街を駆け回っていた。国慶を嫉妬する様子は、まったくない。彼にはそういう能力が欠けていたのかもしれない。彼は仕事に集中し、笑顔も見せなかった。石炭を客の家のカゴの中に入れたあとは、自発的に戸口のわきから箒と塵取りを持ち出して、地面に落ちた石炭くずを掃除した。それから、真面目な顔で空の天秤棒を担いで立ち去る。だが、街で同じように天秤棒を担いでいる国慶に出会ったときには、笑顔を見せたのだ。

この二人の間に、どのようにして友好関係ができたのか、誰も知らない。石炭の粉にまみれた二人が茶店に向かい合ってすわり、ニコニコしながらお茶を飲んでいるのをよく見かけるようになった。無数の名前を持ちながら、そのいずれも本当の名前ではない年上の男は、下僕のように両手を膝の上に置き、お茶を飲むときだけ片手を持ち上げた。国慶はまるで違う。茶碗の横にハンカチを置き、お茶をひと口飲むたびに、口もとを拭った。ボロボロの汚れた服を着ているので、まるで災難に遭った若旦那のようだった。二人は見たところ親密そうだが、話をしている様子はなかった。

国慶は仕事を得たあと、恋をした。彼が好きになった女の子は、将来美人になったかもしれないが、当時はそれほどでもなかった。ぼくはその慧蘭《フィラン》という少女に会ったことがある。そのころ、ぼくはまだ南門に戻っていなかった。国慶は彼女を歯牙にもかけていない様子だった。彼女の家は、国慶と同じ路地にあった。お下げを二本結った少女は、いつも戸口に立って、甘い声で呼びかけた。

「国慶兄さん」

彼女の家の庭には、素晴らしいブドウ棚があった。ある年の夏、ぼくと国慶と劉小青は周到な計画を立て、深夜に中庭に忍び込んでブドウを強奪しようとした。彼女の家の塀は、あまりにも高かった。しかし、失敗の本当の原因は塀ではない。三人とも大人に知られずに、夜中に外出することができなかったのだ。当時、国慶の父親はまだ家を出ていなかった。大人から恐ろしい処罰を受けることを考えると、どんなに周到な計画も空想でしかない。

国慶があの少女を好きになったと聞いて、中学生になっていた劉小青は、ブドウを狙っているに違いないと思った。そして、国慶に見当違いな質問をした。

「今度は人数を増やそうか？」

彼は国慶に、中学の仲間を誘うことができる、梯子《はしご》を用意してもいいと告げた。

国慶はそれを聞いて腹を立て、劉小青に言った。

「おれの将来の嫁さんのブドウを盗む気か」

実際のところ、二人の恋はぼくが南門に帰ってくる前から始まっていた。誰の束縛も受けなくなった国慶は夏の日の昼間、裸足でパンツ一枚という恰好のまま、遊び回っていた。二歳年下の慧蘭はある日、そんな国慶と一緒にこっそり出かけ、裸になって池で水泳の練習をした。慧蘭は幼いながらも、国慶に思いやりを示すことができた。田舎の道は石畳が日差しを受けて、とても熱かった。裸足の国慶は蛙《かえる》のように、ぴょんぴょんと跳びながら歩いた。慧蘭は見かねて、自分のビニールサンダルを脱ぎ、国慶に渡そうとした。当時の国慶は女の子に対する礼儀を知らず、乱暴に手を振って、バカにしたように言った。

「女のサンダルなんか、履けるかよ」

国慶は慧蘭と恋をして、完全に成熟した青年の風格を身につけた。毎日午後、慧蘭の学校が終わるころ、十三歳の国慶はきれいな服に着替え、髪を整えて校門で待った。朝からの仕事で疲れた彼にとって、これは最大の報酬だった。そのあとは、国慶が両手をズボンのポケットに突っ込んで悠然と前を歩き、カバンを肩にかけた慧蘭が小走りであとに続くという光景が見られた。

慧蘭は彼に苦衷を訴えた。いたずらな男子が、彼女の教科書に泥をなすりつけたというのだ。

「泥なんか、大したことないさ」

国慶は大人のように手を振り、得意げに恋人に告げた。

「おれは女生徒のカバンに蛙を入れたことがある」

彼らの会話は子どもっぽく、恋愛も無邪気なものだった。別れ際にようやく、国慶はポケットから準備しておいたお菓子を取り出し、慧蘭のカバンに押し込んだ。

国慶は本気で、慧蘭と結婚し子どもを作るつもりだったらしい。そうでなければ、彼がこの恋愛をあんなに大事にするはずがない。彼はつねに自分の年齢のハンディを隠すため、滑稽なほど厳粛かつ真面目にふるまった。二人は何度も大っぴらに街を歩いたので、町じゅうの人たちの知るところとなった。国慶は大人が彼らをどう見るかの判断を誤った。彼はすべてが順調で、他人も当然のこととして認めてくれると思っていた。

慧蘭の両親は病院の薬剤師だった。彼らは子どもたちが親しくしていることを早々に察知したが、大騒ぎするほどの問題ではないと考えていた。他人から二人が恋愛をしているようだと聞かされても、そんなバカげたことはないと思った。その後、国慶自身の行動によって、彼らは噂が本当だということを知った。

十三歳の国慶はある日曜日の午前、酒とタバコを買って、あろうことか将来の岳父の家を訪ねた。ぼくは彼の勇気に敬服する。彼は平然として家に入り、礼儀正しく、笑顔で贈り物をテーブルの上に置いた。慧蘭の父親は驚き、どういうことかと国慶に尋ねた。

国慶は言った。「贈り物です」

薬剤師は手を振って言った。

「生活が苦しいおまえから、贈り物なんかもらえるか」

そのとき、国慶はすでに椅子にすわっていた。足を組んだのだが、両足とも宙に浮いた状態だった。彼は薬剤師の夫婦に言った。

「遠慮はいりません。娘婿としての気持ちですから」

これを聞いて両親は驚いた。しばらくして、慧蘭の母親が尋ねた。

「何て言ったの？」

「お義母《かあ》さん」国慶は甘い声で呼びかけた。「おれは……」

彼が言い終える前に、母親は甲高い叫び声を上げた。彼女は国慶を詰問した。

「誰があんたの義母だというの？」

国慶が弁明するより先に、父親が「出て行け」と怒鳴った。国慶は慌てて立ち上がり、彼らに釈明した。

「おれたちは自由恋愛です」

慧蘭の父親は怒りで顔を青くし、国慶を外へ引きずり出しつつ、罵声を浴びせた。

「このチンピラめ！」

国慶は抵抗しながら言った。

「いまは新社会だ。旧社会じゃない」

国慶を慧蘭の父親が押し出したあと、母親がすぐに贈り物を投げつけた。もったいないことに、酒の瓶は「パーン」と音を立てて割れた。そのとき、屋外には多くの野次馬が集まっていた。国慶は自分が醜態をさらしたとは考えず、慧蘭の家を指さして、もっともらしく主張した。

「この家の大人は、封建思想の塊だ」

彼らの純粋な恋愛は、慧蘭の両親から見れば、悪ふざけだった。十三歳の少年が十一歳の少女と愛を語り合うなんて。娘の行為は彼らにとって、良俗を乱すものだ。自分たちも、町じゅうの笑いものになっていると感じた。当然、こんなでたらめな恋愛を容認するわけにはいかない。徹底的につぶす必要がある。彼らは一人娘を叱ったり、叩いたりした。国慶は彼女の家の前を通り過ぎるとき、愛する人の泣き叫ぶ声を聞いて、どれほど胸を痛めたことか。慧蘭は仕置きを受けても、幸福を求める気持ちを捨てられなかった。もしかしたら、国慶のポケットの中のお菓子に、心惹かれていたのかもしれない。彼らはなおも密会を続けた。彼らはすでに以前のような喜びを失っていた。国慶は苦しみをしだいに恨みに変え、歯ぎしりしながら、どうやって彼女の両親に復讐するかを語った。彼女は怯えながら耳を傾けていたが、最後まで聞く前に、恐怖のあまり泣き出してしまった。

その後、ある日の午後に、国慶は慧蘭の家の前を通りかかったとき、彼女が血だらけの顔で窓辺にいるのを見た。彼女は鼻血と涙を流しながら叫んだ。

「国慶兄さん」

国慶は怒りに身を震わせた。その瞬間、彼は慧蘭の両親を本気で殺したいと思った。この十三歳の少年は家に駆け戻り、包丁を手にして慧蘭の家へ行こうとした。ちょうどそのとき、隣人が家を出たところで国慶のただならぬ様子を見て、何事かと尋ねた。

「人を殺しに行く」

まだ乳臭い少年が、ズボンの裾とシャツの袖をまくり上げ、包丁を持ち、殺気をみなぎらせて慧蘭の家へ向かった。彼は路地を難なく走り抜けた。大人たちは国慶を見たが、彼が恐ろしい恨みを抱いていることに気づかなかった。人を殺しに行くと聞いても、彼の幼い声と無邪気な顔のせいで、彼らは冗談だと思って笑った。

国慶はいとも簡単に慧蘭の家の庭に侵入した。そのとき、慧蘭の父親は豆炭コンロの火をおこし、母親はしゃがんでニワトリに餌をやっていた。国慶が包丁を持って現れたので、彼らはびっくり仰天した。国慶はすぐには手を下さず、くどくどと殺害の理由を宣告した。その後、ようやく包丁を振りかざした。慧蘭の父親はさっと逃げ出し、家のうしろまで行ってから叫んだ。

「人殺しだ」

哀れなことに、母親は逃げるのを忘れていた。振り上げられた包丁が、目の前に迫ってきた。そのとき、ニワトリが彼女を救った。ニワトリたちも驚いて四方に散ったが、そのうちの二羽が翼を広げて、国慶の胸もとに飛びかかったのだ。慧蘭の母親はハッと気がつき、庭の戸を抜けて逃げ出した。

国慶はあとを追おうとしたとき、慧蘭を見た。慧蘭は戸口に手をかけ、目を丸くして、恐怖に駆られている様子だった。国慶は両親を追いかけることを忘れ、慧蘭のもとへ急いだ。慧蘭は怯えて、体を縮めていた。それが不満で、国慶は言った。

「何を怖がっているんだ。おまえを殺しはしないよ」

彼の慰めは効果がなかった。慧蘭は依然として、恐ろしそうに国慶を見つめていた。二つの虚ろな目は、偽物のようだった。国慶は腹を立てて言った。

「おまえがこういう反応を示すとわかっていたら、危険を冒して人殺しなんかしなかったのに」

そのとき、庭の二か所の出入口は、外の人たちによって封鎖されていた。間もなく、警察もやってきた。その日の午後、子どもが殺人を企てたというニュースは広く伝わり、ずっと退屈していた人たちがどっと押し寄せた。最初にやってきた警官が、庭に入って国慶に言った。

「包丁を捨てなさい」

今度は国慶が茫然自失の状態になった。外の騒がしい声と警察の出現を知って、彼はすぐに慧蘭を抱きかかえ、首に包丁を突きつけると、声を限りに叫んだ。

「入ってくるな。近づいたら、彼女を殺すぞ」

声をかけた警官は、慌てて退却した。ずっと黙っていた慧蘭が、ワーッと大泣きを始めた。国慶は苛立《いらだ》って、彼女に言った。

「おまえを殺すはずないだろう。やつらを騙しているんだ」

それでも慧蘭は、激しく泣き続けた。国慶はぷんぷんして彼女を叱りつけた。

「泣くなよ。おまえのためにしていることじゃないか」

彼は顔じゅうに大汗をかき、周囲を見回すと、残念そうに言った。

「いまはもう、逃げることもできないようだ」

庭の外の人たちの中で慧蘭の母親は、泣きわめきながら夫を責めていた。さっき夫が、妻を守ることを忘れて、自分勝手に逃げ出したからだ。夫は娘が庭で泣き叫んでいるのを聞いて、涙をこらえて妻に言った。

「そんなことを言ってる場合か。娘の命が危ないんだぞ」

このとき、一人の警官が軒先から屋根によじ登った。こっそりと国慶の背後に回り、屋根から飛び下りるつもりらしい。この警官は孫蕩の有名人だった。あるとき、彼は一人で五人のチンピラと対峙し、相手の靴紐で全員を縛り上げた。犯人たちは数珠つなぎにされた蟹《かに》のように、公安局に送られた。彼が屋根に上がるときの恰好よさは、野次馬たちの喝采を浴びた。続いて彼は猫のように腰を曲げ、静かに屋根の上を移動した。だが、まずいことに彼は瓦を踏んだときに足を滑らせ、屋根から転げ落ちた。まずブドウ棚にぶつかって、竹竿の折れる音を響かせたあと、コンクリートの地面に叩きつけられた。ブドウ棚が緩衝の役割を果たしていなかったら、彼は半身不随になっていただろう。

突然、空から人が降ってきたので、国慶は驚きの声を上げた。

「出て行け、出て行け、おれは彼女を殺すぞ」

意外な失敗をした警官は立ち上がり、力なく言った。

「出て行く、すぐに出て行く」

双方の対峙は、夕方まで続いた。大柄の警官が名案を思いついた。彼は私服に着替えたあと、裏の戸から庭に入った。国慶が出て行けと叫んだが、彼は友好的な笑顔を浮かべ、温和な声で話しかけた。

「おまえ、何がしたいんだ?」

国慶は額の汗を拭って言った。

「殺人だ」

「でも、殺すのは彼女じゃないだろう」

彼は慧蘭を指さして言ったあと、今度は庭の外を指さして言った。

「彼女の両親を殺すべきだ」

国慶は思わずうなずいた。彼はすでに警官の術中にはまっていた。

警官が尋ねた。「子どものおまえが、大人二人を殺せるか?」

国慶は答えた。「殺せる」

警官はうなずいて言った。「わかった。でも、外には大勢人がいて、おまえが殺す相手を守っている」

国慶が動揺しているのを見て、警官は手を差し伸べて言った。

「おれが手伝ってやろうか?」

警官の声はとても親切そうだった。ついに手伝ってくれる人が現れたのだ。国慶はこのとき、完全に騙されていた。警官が伸ばした手に、国慶は思わず包丁を渡してしまった。警官は受け取った包丁を投げ捨てた。国慶はその動作に、まるで気づかなかった。ずっと悔しい思い、恐ろしい思いをしてきたあと、ついに拠りどころを得た国慶は、警官の胸に顔をうずめて泣き出した。警官は国慶の服の襟首をつかみ、庭を出た。国慶は顔を上げようとしたが、大柄な警官に押さえられ、人垣の間を抜けて行った。彼はこのときもまだ、自分が拘束されたことを知らなかった。彼の泣き声は呼吸の苦しさのため、長短不揃いのウーウーという声に変わっていた。

無実の罪

ぼくたちの先生は、恐ろしいほど温和だった。このメガネをかけた教師は、ぼくがその後出会った蘇宇《スー・ユー》の父親に似ていた。彼はいつも笑顔でぼくたちに接していたが、ときには突然、ぼくたちに厳しい懲罰を科した。

彼の妻は確か、田舎町の市場で豆腐を売っていた。花柄の服を着た若い女で、毎月、月初めの数日だけ学校にやってきた。派手な色彩の服装をした二人の娘を連れてくることもあった。当時、ぼくたちは彼女を美人だと思っていた。彼女は癖で、よく手を伸ばして尻を掻いた。彼女は地元で、みんなから豆腐屋の西施《せいし》〔春秋時代の美女〕と呼ばれていたという。彼女がやってくると、ぼくたちの先生は浮かない顔になる。もらったばかりの給料をそっくり渡さなければならないからだ。彼女はその中から彼に小遣い銭を渡した。彼女はいつも金切り声を上げて、先生を叱責した。

「その顔は何なの？　夜になると私が欲しくて笑顔を見せるくせに、お金を渡すときは泣きっ面なんだから」

ぼくたちは最初、なぜ先生が夜になると笑顔を見せるのか理解できなかった。ぼくたちは先生の妻に「皇軍」というあだ名をつけた。彼女は日本軍が中国を強奪したように、先生の財布を強奪したからだ。

このあだ名を誰がつけたのかは、もう覚えていない。だが、国慶《グオチン》が教室に駆け込んできたときの楽しそうな表情は、はっきり記憶に残っている。彼は黒板消しで教卓を何度も叩いてから、重々しく宣言した。先生は遅刻する、なぜなら——

「皇軍が来たからさ」

国慶はその日、大胆不敵だった。彼はなんと、続けてこう言った。

「漢奸《かんかん》〔漢民族の裏切り者、対日協力者〕は皇軍のお相手をしなくちゃならない」

小学二年生だった国慶は、賢さゆえに代価を支払うことになった。二十人以上の生徒が同時に告げ口をしたのだ。皇軍の夫、ぼくたちの先生は、怒りで顔を真っ赤にして教壇に立った。国慶は恐ろしさで、顔じゅうに汗をかいていた。ぼくも恐ろしかった。先生はどのように国慶を罰するのだろう。ぼくだけでなく、国慶を告発した生徒たちもみな、不安に駆られていた。幼いぼくたちは、訪れようとしている処罰に強い恐怖を覚えた。その処罰が他人に科されるものであったとしても。

先生の恐ろしい形相は、たっぷり一分間ほど続いた。それから突然、先生は笑顔になった。顔つきが変わる瞬間の先生は、この上なく恐ろしかった。先生は国慶に、優しく言った。

「罰を受けてもらうよ」

そして、ぼくたちに向かって言った。

「これから、授業を始めます」

国慶は授業中ずっと青ざめた顔で、切実な恐怖と奇妙な期待を抱きながら、先生が下す処罰を待っていた。しかし、先生は授業のあと、彼に見向きもせず、講義ノートを抱えて出て行った。国慶がこの一日をどう過ごしたか、ぼくは知らない。彼は自分の座席にじっとすわっていた。まるで新入生のように、おずおずとぼくたちを見つめながら。彼はもはや、運動場を元気に駆け回っていた国慶ではなく、傷つきやすい子猫になってしまった。ぼくと劉小青《リウ・シアオチン》が近くに行くと、彼は口もとをゆがめて、いまにも泣き出しそうになった。午後の授業が終わったあと、校門を出るとようやく、彼はずっと檻《おり》に閉じ込められていた豹《ひょう》のように駆け出した。当時のぼくたちは、危険が去ったことを知った。先生はきっと、忘れてしまったのだろう。しかも、皇軍はまだここに滞在している。夜になれば先生は、また笑顔でやるべきことをやらなければならない。

ところが翌朝、午前の最初の授業で、先生はいきなり国慶を立たせて質問した。

「どういう罰を与えようか？」

このことをすっかり忘れていた国慶は、衝撃を受けて体を震わせた。恐怖のまなざしで先生を見つめながら、彼は首を振った。

先生は言った。「とりあえず、すわりなさい。ゆっくり考えるんだ」

ゆっくり考えるというのは、自分で自分を痛めつけることにほかならない。その後の一か月、国慶は暗黒の日々を過ごした。国慶が処罰のことを忘れ、楽しそうにしていると、先生が突然そばにやってきて、小声で言うのだ。

「まだ罰を与えていないよ」

ほのめかすだけで実行されない処罰のために、国慶は一日じゅう怯えていなければならなかった。哀れなことに、国慶は先生の声を聞いただけで、風に吹かれた樹木のように身を震わせた。放課後、家に帰ると初めて、少し安心できる。しかし翌日、学校へ向かうときにはまた恐怖がよみがえるのだった。一日じゅう怯えている生活は、父親が彼を捨てたことによって終わりを告げた。だが、もっと深刻な別の不幸が、それに取って代わった。

先生は、そんな彼に憐れみを抱いたのかもしれない。国慶に対する恫喝をやめただけでなく、あれこれ理由をつけて彼を褒めるようになった。国慶の宿題には誤字が二つあったのに百点が与えられ、ぼくの宿題には誤字が一つしかなかったのに九十点しかもらえなかった。国慶の母親の兄弟姉妹がやってくる前、先生は国慶を連れて父親に会いに行った。先生は穏やかな声で、あのろくでなしの男に、国慶がいかに真面目で賢い生徒であるか、いかに学校の先生全員から愛されているかを説明した。先生の長々しい賛辞を聞いたあとで、国慶の父親は冷ややかに言った。

「そんなにあの子が好きなら、自分の息子にすればいい」

先生は臆することなく、笑顔で言った。

「自分の孫にしたいと思っていますよ」

ぼくは自分が罰を受けるまで、先生に対して大いに敬意と好意を抱いていた。王立強《ワン・リーチアン》がぼくを連れて最初に学校を訪れたとき、先生がセーターを編んでいるのを見て、ぼくはとても驚いた。それまで、男の人が編み物をするのを見たことがなかったからだ。王立強がぼくを彼のそばに連れて行き、「張《ジャン》先生」と呼びなさいと言ったとき、ぼくは初めてこの面白い男の人が自分たちの先生であることを知った。彼はとても穏やかで親しみやすかった。ぼくの肩をなでながら、驚くほどうれしい言葉をかけてくれた。

「きみに最高の座席を用意してあげよう」

その言葉に嘘はなかった。彼は一列目の中央の席を与えてくれた。授業中は、黒板に字を書くために教壇に上がるときを除いて、彼はいつもぼくの前に立った。自分の講義ノートを開いてぼくの机の上にのせ、両手をぼくの机につき、唾を飛ばしながら授業をした。ぼくが顔を上げて授業を聞いていると、唾が小雨のように降ってきた。彼はときどき、自分の唾がぼくの顔に飛んでいるのに気づき、チョークの粉のついた手を伸ばして、唾を拭ってくれた。授業が終わったとき、ぼくの顔は柄物の布地のように、色とりどりになっていた。

　ぼくが初めて罰を受けたのは、三年生の一学期だった。冬が来て大雪が降り、ぼくたちは有頂天になって、運動場で雪合戦をしていた。運の悪いことに、ぼくが劉小青を目がけて投げた雪玉が、女生徒の頭に当たった。名前はもう忘れてしまったが、この女生徒はキャーキャーと泣き叫んだ。ぼくが悪ふざけをしたと思ったのだろう。彼女は先生に言いつけた。

　ぼくは席についてすぐ、先生に呼ばれた。先生はぼくに、外へ行って雪玉を作って遊べと言う。ぼくはからかっているのだと思って、その場を動かず、先生もぼくを忘れたかのように授業を続けた。しばらくして、先生は不思議そうに言った。

「まだ、ここにいたのか？」

　それでようやく、ぼくは外へ行き雪玉を作った。改めて教室に戻ると、先生は教科書の欧陽海《おうようかい》の物語（一九六五年に発表された金敬邁《きんけいまい》の長篇小説『欧陽海の歌』）を音読していた。彼の音読は山道のように抑揚があった。ぼくは何も言わず、戸口に立っていた。先生は音読を終えると教壇の奥に移動したが、困ったことに、ぼくをまったく相手にしない。無視されたことで、ぼくはうろたえてしまった。黒板に字を書いている先生に、ぼくはおずおずと声をかけた。

「先生、雪玉を作りました」

先生はぼくをチラッと見て、「うん」と言っただけで、字を書き続けていた。書き終わると先生はチョークを箱に入れ、雪玉の直撃を受けた女生徒を呼んだ。そして、彼女をぼくのそばに行かせてから尋ねた。さっきぶつけられた雪玉は、これと同じくらいだったか、と。女生徒はさっき、雪玉を見ていなかった。後頭部に当たって、すぐにはじけたのだから。落ち着きを取り戻していた彼女は、ぼくの前に来るとまた、悔しそうに泣き出して言った。

「これよりも、もっと大きな雪玉でした」

ぼくは先生の命令を受けて教室を出ると、さらに大きな雪玉を作った。大きな雪玉を手にのせて戻ってきたとき、先生はもう女生徒に確認させなかった。二度にわたる回り道のあと、ぼくに対する本当の処罰が言い渡された。雪玉が融けるまで、このまま立っていろというのだ。席に戻ることは許されなかった。

その冬の日の午前は、割れたガラス窓から北風が教室に吹き込んできた。先生は両手を袖に突っ込み、寒さの中で英雄・欧陽海の話を語っている。ぼくは冷たい雪玉を手にのせて、戸口に立っていた。手は冷たさで、やけどしたような感覚になり、ちぎれそうに痛かった。それでも、ぼくは雪玉を手から落とさないように、注意を怠るわけにいかないのだった。

するど、先生がぼくに近づいてきて、アドバイスをくれた。

「しっかり握りなさい。雪が速く融けるから」

授業が終わっても、雪玉はあまり融けなかった。先生が講義ノートを抱えて出て行ったあと、生徒たちが集まってきた。彼らが、雪玉はいつ融けるかという議論を始めたので、ぼくはますます悲しくなり、悔しさのあまり泣き出しそうになった。国慶と劉小青は憤慨して女生徒の机の前まで行き、彼女を裏切り者と罵った。哀れな少女は、ワッと泣き出した。カバンを整理し、立ち上がって、先生のところへ行くと言う。国慶と劉小青は、彼女がまた同じ手で来るとは思いもよらず、急いで彼女を引き留め、許してくれと詫びた。このとき、ぼくの手は完全に感覚がなく、二本のアイスキャンディーのようになっていた。雪玉はいつの間にか落下し、床に花を咲かせた。雪玉が割れてしまったので、ぼくは焦って、床に咲いた雪の花のように派手に泣き出した。同時に、周囲の生徒たちに証明を求めた。

「わざとじゃなかった。みんな、見ていただろう？　あれはわざとじゃなかった」

先生の権威は、正確な判断によって確立されたものではない。その後の厳しい、独特な懲罰によって成り立っているのだ。彼の是非の判断はまったく気ままで、そのため、懲罰は突然やってくる。しかも変幻自在で、予測がつかなかった。彼は同じ懲罰を繰り返すことがない。ぼくは孫《スン》蕩《ダン》小学校の四年生のときに、それを思い知った。彼の懲罰は、卓越した才能と独特の想像力の産物だった。だから、ぼくたちは彼の姿を見ただけで、恐れおののいた。

ある日、ぼくたちは十数人で、運動場でキャッチボールをしていた。手もとが狂って、教室の窓ガラスを割ってしまったが、先生の下した処罰は軽いものだった。しかし、ぼくは自分も罰を受けるとは思っていなかったので、消極的な抵抗を示した。

ぼくはいまでも、ガラスを割った生徒の哀れな様子を覚えている。先生が教室に入ってくる前に、彼はもうワーワーと泣き出した。自分が罰を受ける恐ろしい場面を事前に想像してしまったのだ。その後、教室に入ってきた先生は笑顔で教壇に立った。彼は生徒を罰する機会を得て、うれしくてたまらないのだろうか。以前と同様、彼は予想外の決定をした。ぼくたちが想像したように、当該の生徒を直接罰することはしなかった。彼はキャッチボールに参加していた生徒全員に手を上げさせた。ぼくたちが手を上げると、彼は言った。

「全員、それぞれ反省文を書きなさい」

当時、ぼくは本当にびっくりした。だが、これが先生のやり方なのだ。ぼくは何も悪いことをしていないのに、なぜ反省文を書かなければならないのか？　心の中で、ぼくは抵抗の声を上げた。――ぼくは書かない。大人に反抗するのは、初めてのことだった。しかも、その相手は生徒たち全員を震え上がらせる先生なのだ。

ぼくは勇気を振り絞ったが、心の中はやはり不安だった。放課後、ぼくは罰を受けた生徒たちを煽動し、一緒に先生に抵抗しようとした。彼らは、ぼくと同様に興奮して不満を表明したが、反省文を拒否するという話をすると、みんな及び腰になった。最後に国慶が、平気な顔で言った。

「いま反省文を書くのは大したことじゃない。子どもにはまだ檔案《とうあん》〔中国で所属機関が保存する個人記録〕がないからな。仕事に就いたら、書くのはまずい。反省文は檔案に記録が残る」

これで、ぼくは孤立してしまったが、一生で最大かもしれない勇気を発揮して、大声で彼らに告げた。どんなことがあっても、ぼくは書かない。ぼくは教室の隅に立ち、多くの生徒たちが驚きのまなざしを自分に向けているのを見た。虚栄心を伴った感激のせいで、ぼくの声は震えていた。不確実な興奮によって、ぼくは十歳にして真理を悟ったと思った。そうだ、ぼくは正しいのだ。先生自身も言っていた。欠点のない人間はいない、と。

「先生だって、間違うことがあるんだ」

ぼくは彼らにそう告げた。

まる一日、ぼくは自己陶酔に陥っていた。まだ子どもだったが、大人の欠点には気づいていたのだ。ぼくの想像は翼を広げた。思い描いたのは、こんな場面である。先生とぼくは教室で論争をしている。ぼくは真理の後押しがあるので、実に弁舌滑らかだ。先生も口はうまいが、真理の後押しがないので、最後はもちろん敗北する。なんと先生は負けを認め、美辞麗句でぼくを称賛した。女生徒たちはみな敬意を込めて、ぼくを見つめている。当然、男子生徒も同様で、やはり美辞麗句を並べ、ぼくを称賛した。当時、ぼくはもう女生徒から好意を寄せられることに幸福を感じていた。ここまでくると、ぼくの想像は必ず終わる。すでに熱い涙が目にあふれていた。ぼくはいつまでも、想像をここで止めておきたかった。何度でも繰り返し、この感動的な幸福を味わうことができるから。

ぼくの感情が最高潮に達していたとき、先生は明らかに冷静だった。彼はぼくを相手にしなかった。ぼくはしだいに不安になり、自問せざるを得なかった。先生のほうが正しいのではないか？　あのとき、ぼくもキャッチボールをしていたことは事実だ。もし、ぼくがボールを劉小青に投げ、劉小青があの生徒に投げなければ、ガラスが割れることはなかっただろう。考えは恐ろしい方向に発展し、ぼくは心配でたまらなくなった。教室で先生と論争するなんて、もってのほかだ。

自信が回復したのは、李秀英《リー・シウイン》のおかげだった。ある日、ガラスを磨いていたとき、ぼくは我慢できなくなって彼女に尋ねた。運動場でキャッチボールをしてもいいだろうか、と。李秀英は、もちろんかまわないと言った。続けて、ぼくは尋ねた。もし、仲間の生徒がガラスを割ったらどうだろう、ぼくに落ち度はないとして。彼女の答えは、さらに明快だった。

「他人が割ったものは、あんたに関係ないさ」

真理がまた味方になった。ぼくはもう迷わない。自分が正しいというぼくの信念を変えることは、もう誰にもできなかった。

しかし、先生がずっと冷淡だったので、ぼくの興奮はしだいに消え、落胆の気持ちのほうが強まってきた。最初のうち、ぼくは教室で先生と論争することを熱望していた。夜になると、ぼくは多くの言葉を用意し、朝が来てからは何度も自分を励ました。授業開始のベルが鳴ると、ぼくは胸の高鳴りを感じた。いちばん心配したのは、対戦のときに怖気づいて、言葉が出てこないことだった。先生に冷遇されたため、その心配はますます強まった。ぼくは落胆と恐怖を募らせ、自信は行方不明になってしまった。ぼくはゆっくりと冷静さを取り戻した。すべては過ぎ去ったことだと思って、忘れるようにした。先生も忘れているかもしれない。皇軍がまた来れば、彼は夜、笑顔を見せなければならないのだ。

すべては、ぼくの心の中で繰り広げられた論争だったようだ。ぼくは同時に先生と自分の二役を演じ、ついに疲れ果てて、このゲームを放棄した。賑やかな運動場に帰って、ぼくは幼年時代の本来の自分を取り戻し、何の悩みもなく大声を上げながら駆け回った。ところが、そのとき国慶が近づいてきて、先生が教員室で待っていると告げた。

ぼくは即座に緊張し、明るい日差しの下、震えながら先生のもとへ向かった。国慶たちは、勝手気ままに叫び声を上げて、ぼくのあとについてくる。ぼくはわかっていた。かつては熱望し、いまは恐怖に変わったその瞬間が近づいているのだ。ずっと前に用意した言葉の数々を思い出そうとしたが、ひと言も思い出せなかった。唇が震え、いまにも泣き出しそうになった。ぼくは自分を励まし、泣くな、勇敢になれと言い聞かせた。先生は厳しく、ぼくを叱責するだろう。また奇妙な方法を考えて、罰を与えるかもしれない。だが、泣いてはいけないのだ。ぼくに落ち度はないのだから。そうだ、何の落ち度もない。先生のほうが間違っている。先生にそう言おう。ゆっくりと話をしなければならない。いきなり先生に雷を落とされて、怖気づいてしまってはダメだ。先生の笑顔を恐れてもいけない。そう考えながら教員室に入ったとき、幸いぼくはまた勇気が湧いていた。

先生はぼくに友好的な笑顔を見せて、軽くうなずいた。別の教師と談笑していたので、ぼくはそばに立ち、先生が持っている紙の束を見つめた。一枚目は劉小青の反省文だ。先生は談笑を続けながら、ゆっくりと紙の束をめくっていく。ぼくははっきり見ることができた。最後に目にしたのは、国慶の反省文だった。字が特別に大きい。先生はこのとき、ようやく向き直って、穏やかな表情で尋ねた。

「きみの反省文は?」

ぼくは完全に打ちのめされた。生徒たちの反省文をすべて見せられて、ぼくはすっかり勇気を失い、口ごもりつつ答えた。

「まだ、書き終わっていません」

「いつ書き終わる?」先生の声は、とても優しかった。

ぼくは、すかさず答えた。「もうすぐ書き終わります」

ぼくは孫蕩にいた最後の年、小学四年生になった。ある土曜日の午後、ぼくは家の外で、豆炭コンロに火をおこしていた。国慶と劉小青が走ってきて、驚くべき情報をもたらした。ぼくたちの教室の壁に、誰かがチョークでスローガンを書いたという。「張青海《ジャン・チンハイ》を打倒せよ」、すなわちぼくたちの先生を批判する内容だった。

生徒たちは異常に興奮していた。彼らは崇拝に近い感情を込めて、ぼくの勇気を称えた。いまいましい張青海は打倒されるべきだ。生徒たちはみな、彼の独特で致命的な罰を受けてきた。彼らの興奮は、ぼくにも感染した。彼らはぼくが書いたと思って、崇拝してくれている。ぼくは一瞬、本当に自分がスローガンを書いたことにしようかと考えた。しかし、正直に言うしかない。ぼくは申し訳ない気持ちで、彼らに告げた。

「ぼくじゃない」

国慶と劉小青が明らかに失望した様子を見せたので、ぼくは大きな不安を感じた。彼らが失望したのは、ぼくがその勇気の持ち主でなかったからだ。実際、劉小青はこう言った。

「そんな勇気があるのは、おまえだけだ」

ぼくは、国慶のほうがもっと勇気があると思った。それは決して、ぼくの謙遜ではない。国慶もぼくの気持ちを察して、うなずきながら言った。

「書けと言われれば、おれも書くだろう」

劉小青がすぐに賛意を示したので、ぼくも同じことを言った。ぼくはもう、これ以上彼らを失望させたくなかった。

ぼくはこうして罠にはまった。国慶と劉小青が先生の意向を受けて、ぼくに探りを入れたことに、まったく気づかなかった。月曜日が来ると、ぼくは愚かにも有頂天で学校へ向かった。ぼくはすぐに小部屋に引き入れられ、張青海と林《リン》という女性教師から尋問を受けた。

まず林先生が、スローガンのことを知っているかと尋ねた。小部屋の扉は固く閉ざされ、二人の大人が脅迫するように、じっと見つめている。ぼくはうなずいて、知っていると答えた。

どうやって知ったのかと問われて、ぼくは言葉に詰まった。国慶と劉小青が興奮して知らせに来たと言っていいのか？　もし、彼らもここに連れてこられたら、ぼくをどう思うだろう？　彼らはきっと、ぼくを裏切り者と罵るはずだ。

ぼくは緊張して先生たちを見つめた。ぼくはまだ、彼らがぼくを疑っていることを知らなかった。女性教師は甘い声で尋ねた。土曜日と日曜日に、学校へ来なかった？　ぼくは首を振った。

彼女は張青海のほうを見て、軽く微笑んだ。そしてすぐ振り向いて、ぼくに尋ねた。

「だったら、なぜスローガンのことを知ってるの？」

彼女が急に声を荒らげたので、ぼくはびっくりした。ずっと黙っていた張青海が、穏やかに尋ねた。

「なぜ、あんなスローガンを書いたんだ？」

ぼくは急いで弁明した。「ぼくじゃありません」

「嘘をついちゃダメ」

林先生は机をパーンと叩いて言った。

「あなたはスローガンのことを知っている。でも、学校には来ていない。だったら、なぜ知っているの？」

ぼくは仕方なく、国慶と劉小青の名前を出した。そうでなければ、自分の疑いを晴らすことはできない。先生たちは、ぼくの言葉に反応を示さなかった。張青海が単刀直入に言った。

「筆跡を調べた。書いたのはきみだ」

彼は断定した。ぼくは涙を流し、懸命に首を振って、彼らに信じてもらおうとした。彼らは椅子にすわり、互いに顔を見合わせて、ぼくの弁明に耳を貸そうとしない。ぼくが泣いたので、多くの生徒たちが窓の下に集まっていた。自分が泣いているのをみんなに見られても、ぼくは気にしなかった。女性教師が立ち上がり、生徒たちを追い払って、窓を閉めた。扉は閉ざされているし、いま窓も閉ざされた。このとき、張青海が尋ねた。

「きみは言ったそうだね。書けと言われれば、ぼくも書くだろう、と」

ぼくは驚愕して彼を見つめた。どうして知っているのだろう。土曜日の午後のぼくたちの会話を盗聴していたのか？

始業のベルが、ひとまずぼくを救った。ぼくをその場に立たせておいて、先生たちは授業に行った。彼らがいなくなったあと、ぼくは一人で小部屋の中で立っていた。椅子が近くにあったが、すわらなかった。机の上には、赤インクの瓶がある。手に取って見たかったが、先生は動くなと言った。ぼくは仕方なく、窓の外を見た。窓の外は運動場で、ちょうど高学年の生徒が整列していた。しばらくすると生徒たちは列を崩し、球技や縄跳びを始めた。ぼくは体育の授業がいちばん好きだった。教室からは、朗読の声が聞こえてきた。ガラス窓を隔てているので、声はとても小さい。ぼくは初めて、朗読を教室の外で聞いた。自分も、あの仲間に加わりたい。ところが、ぼくはここに立って、罰を受けなければならないのだ。二人の高学年の生徒が窓ガラスを叩き、外で叫んだ。

「おい、さっきはなぜ泣いていたんだ?」

また涙が湧いてきて、ぼくは哀れっぽく泣き出した。彼らは外で、ゲラゲラ笑った。

終業のベルが鳴ったあと、張青海は国慶と劉小青を連れてやってきた。ぼくは思った。どうして、彼らも呼ばれたのだろう。ぼくの巻き添えになったのか。彼らは、ぼくをチラッと見ただけで、すぐ傲慢そうに目をそらした。

そのあと、驚くべきことが起こった。国慶と劉小青は、ぼくを告発したのだ。土曜日の午後のあの言葉――「書けと言われれば、ぼくも書くだろう」がぼくの発言だった、と。すると、林先生はぼくを指さし、張青海のほうを見ながら言った。

「そういう気持ちがあったのなら、スローガンを書いた可能性もあるわ」

ぼくは言った。「この二人も、同じことを言いました」

すると、国慶と劉小青は慌てて、先生に説明した。

「こいつを誘導するために言ったんです」

ぼくは絶望して、二人を見つめた。彼らは怒ったように、ぼくをにらんでいた。その後、先生は二人を帰した。

それは何とも恐ろしい午前だった。二人の大人が交互にぼくを責める。ぼくは終始、涙を流しながら否認した。彼らは急に声を荒らげ、机を叩いた。ぼくは泣きながら恐怖に怯え、何度も全身を震わせ、声が出なくなった。林先生は、ぼくを銃殺にこそしなかったが、あらゆる恫喝の言葉を浴びせた。その後、彼女は急に優しくなって、ゆっくりぼくに言い聞かせた。公安局には機械があって、検査をすればすぐにわかる。壁のスローガンとぼくの宿題帳の筆跡が同じかどうか。それを聞いて、ぼくは唯一の希望が得られたと思った。だが、機械にも誤りがあるのではないか。

そこで、ぼくは彼女に尋ねた。

「検査に間違いはありませんか?」

「絶対にありません」

彼女はきっぱりと首を振った。ぼくはすっかり安心し、うれしくなって彼らに言った。

「それじゃ、早く検査をしてください」

しかし、彼らはじっと椅子にすわったまま、互いに顔を見合わせていた。最後に、張青海が言った。

「とりあえず、家に帰りなさい」

終業のベルはすでに鳴っていた。ぼくはついに小部屋から出た。一時的な自由を得たあとも、この日の午前に起こった突然の出来事は、わけがわからなかった。自分がどうやって校門まで行ったかも覚えていない。そこで、ぼくは国慶と劉小青に出会った。悔しさでまた涙を流しながら、ぼくは彼らに近づいて行った。

「どうして、あんなことをしたんだ？」

国慶は少し決まり悪そうに、顔を赤らめて言った。

「おまえが間違ったことをしたからさ。おれたちは、おまえと縁を切る」

劉小青は、むしろ得意げに言った。

「本当のことを教えてやろう。おれたちは先生の命令を受けて、おまえに探りを入れたんだ」

大人の権力が、子ども同士の美しい友情をつぶしてしまった。それから長い間、ぼくは彼らと口をきかなかった。ぼくが南門《ナンメン》に帰ることになり、国慶に助けを求めたとき、ようやく親密な関係に戻ることができた。しかし同時に、ぼくたちは別れを迎えた。その後、彼に会う機会は二度となかった。

その日の午後、ぼくはまた愚かにも、教室にすわって授業が始まるのを待っていた。講義ノートを抱えて入ってきた張青海はぼくを見て、不思議そうに尋ねた。

「どうして、ここにいるんだ？」

どうして、ぼくはここにいるのか？　それは授業を受けるためだ。しかし、先生に問われて、ぼくはわけがわからなくなった。彼は言った。

「立ちなさい」

ぼくは慌てて立ち上がった。先生に追い出されて、ぼくは教室を出た。運動場の真ん中まで行き、あたりを見回したが、どこへ行けばいいのかわからない。しばらく迷っていたが、勇気を奮って教室に戻るしかなかった。ぼくはびくびくしながら、張青海に尋ねた。

「先生、ぼくはどこへ行けばいいですか？」

彼は振り返ってぼくを見ると、相変わらず穏やかに尋ねた。

「午前中はどこにいた？」

ぼくは運動場の向かいの小部屋のほうに目を向け、ハッと悟った。

「あの小部屋へ行くんですか？」

彼は満足そうに、うなずいた。

その日の午後、ぼくは引き続き、あの小部屋に閉じこもった。ぼくはずっと容疑を否認し、彼らを困らせた。そこで、王立強が呼び出された。軍服姿の王立強がやってきて、彼らの話をじっくりと聞いた。その間、何度か振り返り、ぼくを非難のまなざしで見つめながら。ぼくは当初、彼がぼくの弁明を真面目に聞いてくれることを期待した。しかし、先生の話を聞き終わったあと、彼はぼくの発言にまったく関心を示さなかった。そして、謝罪の言葉を述べ始めた。私は育ての親です。私の養子になったとき、この子は六歳でした。

「ご存じのように、六歳の子どもはもう、改めようのない習性を身につけています」

これは、ぼくがいちばん聞きたくない言葉だった。しかし、彼は先生のように、ぼくに承認を迫るような話は一切しなかった。すぐに立ち上がり、用事があるからと言って学校をあとにした。それは、ぼくを傷つけないための配慮だったのかもしれない。もし長居をすれば、先生の話に同調せざるを得なくなる。彼は、そういう気づまりな場面から逃れたのだ。だが、ぼくは悔しさでいっぱいだった。彼は先生の話を真に受けて、ぼくに事実を確かめることをしなかった。

李秀英がぼくを信頼してくれなかったら、どうしていいかわからなかっただろう。ぼくは当初、誤解を受けたことによる絶望の淵に沈んでいた。息もできないくらいの状態だった。誰も信じてくれない。学校では、みんながあのスローガンはぼくが書いたと思っていた。ぼくは自分の非を認めない嘘つきにされてしまった。

その日の午後、学校から帰宅したとき、ぼくは二つの重荷を背負っていた。誤解による重圧のほかに、帰宅後の現実に向き合う必要がある。王立強はきっと、この件を李秀英に告げるだろう。彼らがどんな罰を下すのか、ぼくにはわからなかった。ぼくは絶望的な気持ちで帰宅した。ぼくの足音を聞いて、ベッドに寝ていた李秀英は、すぐにぼくを呼び寄せた。彼女は厳しい口調で尋ねた。

「あのスローガンは、あんたが書いたの？　本当のことを言いなさい」

まる一日、ぼくは様々な尋問を受けたが、この問いかけは初めてだった。ぼくは涙を流して言った。

「書いたのは、ぼくじゃない」

李秀英はベッドから起き上がり、甲高い声で王立強を呼んだ。そして、彼に言った。

「書いたのは、この子じゃない。私が保証する。この子がうちに来たばかりのとき、私は五角のお札をこっそり窓辺に置いた。この子は正直に、そのお札を私に渡したのさ」その後、彼女はぼくのほうを向いた。「私はあんたを信じるよ」

王立強は向こうの部屋で、先生に対する不満を漏らした。

「子どもは何も知らない。スローガンを書いたぐらいで、大騒ぎすることはないんだ」

李秀英は腹を立て、王立強を責めた。

「何よ、その言い方は。この子が書いたことを認めてるじゃないの」

この青白い顔の風変わりな女は、ぼくを感動させた。ぼくは激しく涙を流した。彼女は大声で話をしたせいか、またベッドにぐったりと横たわり、小声でぼくに言った。

「泣かないで、泣かないで、ガラスを磨きに行きなさい」

家庭で強い信任を得たあとも、学校でのぼくの運命は変わらなかった。光の当たらない小部屋で、ぼくはまた一日を過ごした。隔離されていることで、ぼくは異常な恐怖を感じた。ほかの生徒と一緒に登校し、放課後は一緒に帰宅するにもかかわらず、ぼくはあの小部屋に入り、極端に優勢な二人の大人から繰り返し尋問を受けるのだ。そのような攻撃に耐えられるはずがない。

その後、彼らはぼくに魅力的なストーリーを描いて見せた。彼らは褒め称える口調で、このような子どもの話をしたのだ。ぼくと同じ年齢で、ぼくと同じく聡明な（思いがけないことに、ぼくは彼らに称賛された）子どもが、あるとき過ちを犯した。

彼らはもう高圧的な態度を取らず、物語を始めた。ぼくは、それに耳を傾けた。このぼくと同じ年の少年は、隣人の物を盗んだ。そして、良心の呵責《かしゃく》を感じ、自分が過ちを犯したことを悟った。その後、あれこれ思い悩んだあげく、彼は品物を隣家に返し、罪を認めた。

林先生は、優しく尋ねた。

「その少年は叱られたと思う?」

ぼくはうなずいた。

「いいえ」彼女は言った。「それどころか、その少年は褒められたのよ。自分の過ちに気づいたから」

彼らは、こうやってぼくに誘いをかけた。過ちを犯しても罪を認めれば、過ちを犯さない場合よりも称賛されるのだ。多くの非難を浴びてきたぼくは、称賛されたくてたまらなかった。ぼくは興奮と期待の気持ちから、ついに事実ではない罪を認めてしまった。

目的を果たした二人の大人は、フーッと息をついた。そして、疲れた様子で椅子にもたれ、不思議そうにぼくを見ていた。彼らはぼくを称賛せず、また罵倒もしなかった。その後、張青海はぼくに言った。

「授業に行きなさい」

ぼくは小部屋を出て、日差しのまぶしい運動場を抜け、胸にぽっかり穴があいたまま、教室へ向かった。教室の生徒たちはみな、振り返ってぼくを見た。ぼくは自分の顔が赤くなるのを感じた。

おそらく三日後だと思う。その日、ぼくはカバンを肩にかけて、早めに登校した。教室に入ったぼくは驚いた。張青海が一人で教壇の奥に立ち、教卓に講義ノートを広げていた。彼は、ぼくを見て手招きした。ぼくが近づいて行くと、彼は小声で言った。

「林先生を知っているだろう?」

ぼくが彼女を知らないはずがない。彼女は甘い声で、あの小部屋の中で、ぼくを叱責し恫喝した。また、彼女はぼくを聡明だと言ってくれた。ぼくはうなずいた。

張青海は微笑み、不思議なことを言った。

「彼女は捕まったよ。地主の家柄だったのさ。ずっと隠していたが、調査が入って判明したんだ」

ぼくはびっくりした。林先生が捕まった? 数日前まで、彼女は張青海と一緒に、ぼくを尋問していた。あんなに厳めしく、あんなに弁舌爽やかに。いま、彼女は捕まってしまった。

張青海は下を向き、自分の講義ノートを見た。ぼくは教室の外に出て、向かい側の小部屋のほうを眺めた。心の中で繰り返し、林先生が捕まったという驚くべき事件のことを考えた。そのとき、数人の生徒がやってきた。張青海がまた小声で、彼らにこのニュースを伝えているのが聞こえた。ぼくは先生の微笑が恐ろしかった。あの小部屋の中で、林先生と彼は一心同体だったのに、いま彼はこんな表情をしていた。

南門に帰る

ぼくは王立強《ワン・リーチアン》と李秀英《リー・シウイン》について、忘れられない記憶があると言うべきだろう。ぼくは十二歳のときに南門《ナンメン》に帰り、さらに十八歳のときに南門を離れた。五年間生活した孫蕩《スンダン》に戻ってみたいと考えたことは、何度かあった。王立強がいなくなったあと、李秀英がいまもなお生きながらえているか、ぼくは知らなかった。

ぼくは彼らの家で力仕事をさせられていたが、しばしば親愛の情も感じた。ぼくが七歳のとき、王立強は茶店へお湯をもらいに行く仕事を命じて言った。

「茶店がどこにあるかを教えなかったら、おまえはどうする?」

この難問に、ぼくは大汗をかいて考えたあげく、明るく答えた。

「誰かに聞くよ」

王立強も明るい声で笑った。ぼくが魔法瓶を二本持って出かけようとしたとき、彼はしゃがんで、目の高さをぼくと同じにして言った。重くてどうしようもなくなったら、魔法瓶を放り出していいぞ。ぼくは驚いた。二本の魔法瓶は、ぼくにとって貴重品だ。ところが、彼は放り出していいと言う。

「どうして放り出すの？」

彼は言った。重いのを我慢して転んだら、魔法瓶のお湯で、おまえはやけどするじゃないか。

ぼくは彼の気持ちがわかった。

ぼくはポケットに小銭を入れて、二本の魔法瓶を持ち、誇らしい気分で家を出た。石畳の道を歩きながら、大きな声で周囲の人に、茶店はどこにあるかと尋ねた。何度も聞く必要がないことはわかっている。それでも、ぼくは甲高い声で尋ねることをやめなかった。ぼくの小さな策略は成功し、まわりの大人たちは驚いた様子でぼくを見つめていた。茶店に入ると、ぼくはさらに大きな声を出して、小銭をカウンターに置いた。店番の老婆はびっくりして、胸を押さえながら言った。

「脅かさないでよ」

その様子がおかしくて、ぼくがゲラゲラと笑い出したので、老婆はますます怪訝そうな顔をした。ぼくが二本の魔法瓶を提げて出て行こうとしたとき、老婆はうしろで心配そうに言った。

「運ぶのは無理だよ」

魔法瓶を放り出すわけにはいかない。大人たちが心配すればするほど、ぼくは自信を強めた。出かける前に王立強から言われたことが、帰り道では希望に変わった。希望が想像となって、ぼくはこんな場面を思い浮かべた。二本の魔法瓶を持ち帰ると、王立強は大喜びで、李秀英を呼ぶ。ベッドに寝ていた彼女も出てきて、二人は心からぼくを称賛するのだ。

それを現実にするために、ぼくは歯を食いしばり、二本の魔法瓶を提げて家に向かった。放り出すな、放り出すなと絶えず自分を励ました。途中で一度休憩しただけだった。

しかし家に帰ってみると、王立強は何ら驚きを示さず、ぼくを失望させた。ぼくが持ち帰れることを予期していたかのように、魔法瓶を受け取った。ぼくは最後の希望を託して、しゃがんでいる彼の背中に声をかけた。

「一度しか休憩しなかったよ」

彼は立ち上がって微笑んだ。大したことではないかのようだ。ぼくは完全に落胆し、一人で部屋の隅へ行った。褒めてもらえると思ったのに、と心の中でつぶやきながら。

ぼくは愚かにも、王立強と李秀英の夜の営みを邪魔して、殴られたことがあった。元気いっぱいの王立強と虚弱な李秀英の夜は、不安に満ちていた。彼らの家に着いて間もなく、ぼくは数日おきに、ベッドに入ったあと、李秀英の助けを求めるようなうめき声を聞いた。ぼくはそのたびに恐怖を感じたが、翌朝になると、彼らはまた穏やかに会話をしている。一問一答の仲睦まじい声が、ぼくの耳に届いてきた。

ある晩、ぼくはもう服を脱いで、ベッドに入っていた。そのとき、一日じゅう寝たきりの李秀英が突然、金切り声でぼくを呼んだ。ぼくはパンツ一枚で、冬の日の夜、震えながら彼らの部屋の扉を押し開けた。服を脱ごうとしていた王立強が、顔を真っ赤にして扉を蹴り、出て行けと怒鳴った。ぼくは何が起こったのか、わからなかった。だが、李秀英が室内で必死にぼくの名を呼んでいたので、立ち去るわけにはいかない。ぼくは寒さと恐怖をこらえながら、扉の前に立って震えていた。その後、李秀英はベッドから飛び出したらしい。湿った下着をつけただけで熱を出す彼女が、すべてを顧みずに取った行動だった。室内から王立強の低い声が聞こえた。

「命が惜しくないのか」

扉がバーンと音を立てて開いた。何が起きたのか把握できないうちに、ぼくは李秀英によって布団の中に引き入れられた。彼女はもう叫ぶことはなく、あえぎながら王立強に言った。

「今夜は三人で寝ましょう」

李秀英はぼくを抱き寄せ、顔と顔をすり合わせた。彼女の髪が、ぼくの片方の目を覆った。彼女は痩せていたが、体は温かかった。ぼくはもう片方の目で、王立強が怒りをぶちまけるのを見ていた。

「出て行け」

李秀英はぼくの耳もとで言った。

「嫌だと言いなさい」

このとき、ぼくは完全に李秀英に征服されていた。彼女の体のぬくもりから離れたくなかった。ぼくは王立強に言った。

「嫌だ」

王立強はぼくの腕をつかみ、ぼくを李秀英の懐から引き離し、床に投げ出した。彼は真っ赤な恐ろしい目で、床にすわったまま動かないぼくを見て、叫んだ。

「まだ出て行かないのか」

ぼくも意地を張って叫んだ。

「絶対に出て行かない」

王立強は一歩前へ進み出て、ぼくを引きずり出そうとした。ぼくはベッドの足にしがみつき、引っぱられても手を放さなかった。王立強は狂ったように、ぼくの髪の毛をつかみ、ベッドに叩きつけた。李秀英の甲高い叫び声が聞こえた。激痛のあまり、ぼくが手を放すと、王立強はぼくを部屋から投げ出し、ドアに鍵をかけた。ぼくも狂ったように、床から這い起きて、ドアを思いきり叩いた。そして、大声で泣きながら叫んだ。

「王立強のバカ野郎。孫広才《スン・グアンツァイ》の家に帰してくれ」

ぼくは悲しみのあまり泣き続け、李秀英が助けにきてくれることを期待した。最初は李秀英と王立強が言い争う声が聞こえていたが、しばらくすると室内は静かになった。ぼくは叫び続け、罵り続けた。その後、李秀英がぼくを呼ぶ声が聞こえた。彼女は弱々しい声で言った。

「早く寝なさい。凍えてしまうわよ」

ぼくは突然、味方を失ったように思った。そして仕方なく、泣きながら自分の寝室に戻った。その冬の日の夜、ぼくは王立強に恨みを抱きつつ、眠りについた。翌日、目が覚めたとき、ぼくは顔に耐えがたい痛みを感じた。ぼくは自分の顔が腫れ上がっていることを知らなった。歯を磨いていた王立強は、ぼくを見て驚いた。ぼくは彼を無視して、そばにあったモップを手に取ろうとした。彼はぼくを制止し、口じゅう泡だらけのまま、はっきりしない声で何か言った。ぼくは彼の制止を振り切り、モップを担いで李秀英の部屋に入った。李秀英も驚いて、王立強を責めた。

「ひどいことをしたわね」

この日の朝、王立強はぼくに食べさせるために、揚げパンを二本買ってきた。大好きな揚げパンが食卓の上に置かれたが、ぼくは抗議の絶食をした。どんなに勧められても、食べようとせず、泣きながら言った。

「孫広才の家に帰してよ」

ぼくは懇願したのではなく、彼らを威嚇したと言ったほうがよい。王立強が内心の疚しさから、ぼくに媚びるような態度を見せたことによって、ぼくはますます王立強に反抗する意志を固めた。ぼくがカバンを肩にかけて出かけると、彼も一緒に家を出た。そして、ぼくの肩に手を置こうとする。ぼくはすぐに身をかわした。すると、今度は小銭を取り出して、ぼくにくれようとする。ぼくはきっぱりと買収を拒否し、強く首を振って言った。

「いらない」

ぼくは本当の飢えを思い知ることになった。王立強が心配するがゆえに、ぼくは絶食を続けたのだ。自分をいじめることで、王立強に報復しようとした。最初は得意になって、王立強がくれるものは口にしないと誓った。同時に、自分は餓死するかもしれないと思った。ぼくは涙を流しながら、自分を誇りに思った。ぼくが餓死すれば、王立強は大きなショックを受けるはずだ。

だが、ぼくはあまりにも幼かった。強い意志を持っていられるのは、衣食に不自由がないときだけだった。飢えで目がかすんでくると、食べ物の誘惑に勝てなくなった。ぼくは過去においても現在においても、信念のために命を捧げるタイプではない。体内にみなぎる生命を心から崇拝している。生きる目的は、命を守ること自体にあるのだ。

その日の午前、生徒たちは腫れ上がったぼくの顔に気づいた。しかし、そのあとにやってくる飢餓がもっと恐ろしいことは、誰も知らなかった。ぼくは空腹のまま朝家を出て、三時間目になると、もう我慢できなくなった。まず、空っぽの感覚に襲われた。深夜の路地のような寂しさの中で、虚しく風に吹かれている気分だった。その感覚はすぐ全身に広がり、手足の力が抜けて、くらくらしてきた。そして、ぼくは本物の胃の痛みを感じた。弱い痛みだが、顔の腫れよりも深刻だった。何とか授業が終わると、ぼくは洗面所へ走って行き、蛇口にかぶりついて、腹いっぱい水を飲んだ。それで、しばらくは落ち着いた。とりあえず、飢えをしのぐことができた。ぼくは力なく洗面台に寄りかかった。日差しを浴びて、ぼくの体はぐったりしていた。水はすぐに消化吸収されてしまうので、ぼくは絶えず冷たい水を飲み続けた。次の授業開始のベルが鳴るまで。

洗面所を離れると、また飢えが襲ってきて、どうしようもなくなった。先ほどよりも激しい苦しみに耐えなければならない。ぼくは投げ出された米袋のような体を座席にどさっと置いた。幻覚が浮かんだ。黒板は山の洞窟で、先生はそこを出入りしている。彼の声はウォーンウォーンと聞こえ、洞窟の壁に反響しているかのようだ。

胃の空虚な痛みに耐えていたとき、今度は膀胱《ぼうこう》の張りが苦しみをもたらした。あんなに大量の水を飲んだので、その報いが来たのだ。ぼくは仕方なく、手を上げて張青海《ジャン・チンハイ》に小便に行く許可を求めた。まだ授業が始まって十分だったので、先生は不満そうに言った。

「なぜ、休み時間に行かなかったんだ」

ぼくは恐る恐る便所へ行った。走るわけにはいかない。走れば、膀胱の中の水があふれ出すだろう。小便を終えると、ついでにまた腹いっぱい水を飲んだ。

その日の午前中の四時間目は、一生でいちばんつらい時間だったろう。便所に行って間もなく、膀胱がまた張ってきた。その痛みで、ぼくの顔は紫色になった。どうにも我慢できなくなって、ぼくはまた手を上げるしかなかった。

張青海は疑わしそうにぼくを見て尋ねた。

「また小便に行きたくなったのか」

ぼくは恥じ入って、うなずいた。張青海は国慶《グオチン》に命じて、便所まで付き添わせた。ぼくが本当に小便をするかどうか、見てこいというのだ。今回は小便をしたあと、水は飲まなかった。国慶は教室に戻ると、大きな声で先生に報告した。

「牛の小便よりも長かったよ」

生徒たちがケラケラ笑ったので、ぼくは耳を赤くして席に戻った。今回は水を飲まなかったのに、しばらくするとまた膀胱が張ってきた。このときにはもう、飢えは大した問題ではなかった。どんどん膀胱はふくらんでくる。しかし、安易に手を上げるわけにはいかない。ぼくは激しい痛みをこらえ、終業のベルが早く鳴ることを期待していた。体を少し動かすこともできない。動けば膀胱が破裂しそうだった。とうとう我慢の限界が来た。時間が過ぎるのは遅く、終業のベルは一向に鳴らない。ぼくはびくびくしながら、三回目の手を上げた。

張青海は腹を立てて言った。

「洪水でも起こす気か」

生徒たちは大笑いした。張青海はぼくを便所に行かせる代わりに、窓から外へ出した。教室の壁に向かって小便をしろというのだ。本当に小便が出るかどうか、その目で確かめるつもりだった。ぼくがジャージャーと尿を壁に飛ばすと、先生はやっと信用して、窓辺から離れ授業を続けた。ぼくの小便が長過ぎたようで、張青海はまた授業を中断し、驚いて言った。

「まだ終わらないのか」

ぼくは顔を赤らめ、怯えながら微笑んだ。

午前中の授業が終わったあと、ぼくは他の生徒のように一度帰宅せず、絶食の戦いを続けた。昼休みの間、ぼくはずっと洗面所で横になっていた。飢えが強まると、這い起きて腹いっぱい水を飲む。その後、また横になって、一人悲嘆に暮れた。そのとき、ぼくの自尊心は見せかけのものに過ぎなかった。王立強が迎えにきてくれることを望んでいたのだ。ぼくは日差しを浴びて、横たわった。周囲には元気のいい青草が伸びていた。

王立強が迎えにきたのは午後になってからで、改めて登校する生徒たちも集まってくる時間だった。彼は洗面所の前で、ぼくを見つけた。彼が昼食のあと、ずっと心配しながら待っていたことをぼくは知らなかった。それは、あとから李秀英に聞いたことだ。彼はぼくを助け起こし、腫れている顔にそっと触れた。ぼくは泣き出した。

彼はぼくを背負い、両手でぐっとぼくの太腿を引き寄せると、校門のほうへ向かった。ぼくの体は彼の背中でゆらゆらと揺れた。朝の時点では、あんなに強かった自尊心が、そのときは懐かしさに変わっていた。少しも王立強を恨む気持ちはなかった。ぼくは顔を彼の肩にのせ、庇護《ひご》を得た感動に浸っていた。

ぼくたちは食堂に入った。彼はぼくをカウンターの上に置き、麺の種類がいっぱい書かれている黒板を指して、どれにするかと尋ねた。ぼくは黙って黒板を見つめ、何も言わなかった。自尊心のかけらが、まだ心の中に残っていたのだ。王立強はいちばん値段の高い三鮮麺《サンシエンミエン》〔魚介類、山の幸、鶏肉の三種を具材とするスープ麺〕を注文してくれた。その後、ぼくたちはテーブルについた。

彼がぼくに向けたまなざしを忘れることはできない。彼が死んでもう何年もたつが、あのときのまなざしを思い出すと胸が痛くなる。彼は疚しさと愛《いと》おしさに満ちた目で、ぼくを見つめていた。ぼくにはかつて、こんな父親がいたのだ。しかし、当時はそれに気づかなかった。彼が死んで南門に帰ってから、ようやく意識したのだった。孫広才に比べれば、王立強は多くの面で、ずっと父親らしかった。すべてが過去となったいま、ぼくは王立強の死がすでに慢性的な心の傷になっていることをようやく意識した。

麺が運ばれてきても、ぼくはすぐに食べようとしなかった。湯気を上げている麺を貪欲に、そして不安げに、見つめていた。王立強はぼくの気持ちを察して立ち上がり、仕事があるからと言って立ち去った。彼がいなくなると、ぼくはむさぼるように麺を食べ始めた。だが、ぼくの小さい胃はすぐに満たされてしまった。そのあと、ぼくは残念そうに、鶏肉や魚を箸でつまんではまたもとに戻した。実際の話、もう喉を通らなかったのだ。

ぼくは再び子どもらしい元気さを取り戻した。不愉快なことはもう消え失せた。そこで、ぼくが注意を向けたのは、ボロボロの服を着た老人である。彼は最も安い小さなどんぶりの麺を食べながら、ぼくが鶏肉や魚をつまむ様子をじっと見ていた。ぼくが早く立ち去ることを期待しているのだろう。ぼくのどんぶりの中の美味にありつくために。ぼくは子どもの残酷さを発揮して、わざと席を立たなかった。ぼくがどんぶりの中の具を繰り返しつまむ一方、彼はとてもゆっくりと麺を食べていたようだ。ぼくたち二人は、ひそかに争いを繰り広げた。間もなく、ぼくはこの遊びに飽きて、別の遊びを思いついた。大きな音を立てて箸を投げ捨てたあと、立ち上がって悠然と店を出たのだ。外に出てから、ぼくは窓辺に身を隠し、中の様子をのぞき見た。彼は戸口に目をやったかと思うと、驚くほどの敏捷さで自分の麺をぼくのどんぶりに入れ、二つのどんぶりを交換した。そのあと、何事もなかったかのように食べ始めた。ぼくはすぐに窓辺を離れ、元気よく再び店に入った。そして彼の前まで行き、驚いたふりをして空っぽのどんぶりを眺めた。ぼくは彼が不安そうにしているので満足を覚え、愉快な気分でまた店を出た。

小学三年に進級してから、ぼくはますます遊び好きになった。王立強や李秀英と親しくなるにつれ、当初の恐怖心もしだいに払拭《ふっしょく》された。ぼくはしばしば外で遊んでいるうちに時間を忘れた。その後、帰宅すべきことにハッと気づき、慌てて駆け戻った。当然叱られたが、それはもう怖いことではない。ぼくが仕事に精を出して大汗をかけば、彼らの小言はピタッとやんだ。

一時期、ぼくは池で小エビを捕まえることに熱中した。ぼくと国慶、劉小青《リウ・シアオチン》は、ほとんど毎日、放課後は田野を駆け回った。ある日、ぼくたちは野原を歩いていたとき、意外にも王立強を見かけた。彼は若い女とあぜ道を前後に連なって、ゆっくり歩いてきた。ぼくは急いで引き返そうとしたが、王立強はすでに気づいていた。彼に呼ばれて、ぼくは仕方なく足を止めた。王立強が大股で近づいてくるのを不安な気持ちで見ていた。ぼくは帰るべき時間に家へ帰らなかったのだから。国慶と劉小青が彼に説明した。ぼくたちはエビを捕まえにきたのであり、瓜《うり》を盗みにきたわけではない、と。王立強は笑顔を見せた。意外なことに、彼はぼくを責めるどころか、ごつい手のひらでぼくの頭をつかみ、一緒に帰ろうと言った。帰り道、彼は優しくぼくに学校のことを聞いた。少しも叱責する様子がないので、ぼくは心を躍らせた。

その後、ぼくたちはデパートの天井からの扇風機の風を受けながら、アイスキャンディーを食べた。それはぼくの幼年時代で、いちばん幸福な瞬間だった。当時、王立強の家には扇風機がなかったので、ぼくはびっくりして旋回する羽根を見た。流れる水のようにきらきらしていて、しかも丸いのだ。ぼくは風の当たる境目に立ち、風のあるなしを何度も体験した。

ぼくは一度に三本のアイスキャンディーを食べた。王立強がこんなに気前がよかったのは珍しい。三本目を食べたあと、王立強がもっと欲しいかと聞いた。ぼくはうなずいた。しかし、彼は迷ったあと、残念なことを言った。

「体によくないだろう」

ぼくは別の形で埋め合わせを得た。彼はお菓子を買ってくれたのだ。その後、ぼくたちはようやくデパートを出た。家に向かう途中、王立強が急に尋ねた。

「あの女の人を知ってるか?」

「どの女の人?」ぼくは彼が誰のことを言っているのか、わからなかった。

「さっき、おれのうしろを歩いていた人だ」

ぼくはようやく、あぜ道を歩いていた若い女の人を思い出した。彼女はいつ、姿を消したのだろう。ぼくはまったく気づかなかった。あのときは、王立強から逃れることで精いっぱいだった。

ぼくが首を振ると、王立強は言った。

「おれも知らないんだ」

彼は続けた。「おまえを呼んでから振り返ったら、うしろに人がいたのさ」

彼の驚いたような表情が面白かったので、ぼくはゲラゲラと笑った。

家が近づいたとき、王立強はしゃがんで、小声でぼくに言った。

「野原で会ったと言っちゃダメだぞ。路地を出たところで会ったと言うんだ。さもないと、機嫌が悪くなるからな」

ぼくはうれしくて仕方なかった。ぼく自身も、李秀英に放課後また遊んでいたと知られたくはなかった。

しかし半年後、ぼくはまた王立強があの若い女の人と一緒にいるところを見かけた。今度は、見ず知らずの二人だとは思えなかった。王立強が気づく前に、ぼくは逃げ出した。その後、石にすわってあれこれ考えた。十一歳になっていたぼくは、自分の頭で何とか考えることができた。そして、王立強とあの女は怪しい関係なのだと思い至った。ぼくは驚きとともに、王立強は不潔だと感じた。だが、ぼくは立ち上がって帰宅したあと、沈黙を守った。あのときなぜ沈黙を守ったのか、その理由をすべて明らかにすることは難しい。ただ、これだけは覚えている。この事実を李秀英に伝えようかと思ったとき、ぼくは恐怖のあまり震えてしまった。大人になってからも、ぼくはときどき子どもっぽいことを考える。もしあのとき、李秀英に事実を伝えていたら、病弱な彼女の狂気が、王立強の命を救ったかもしれない。

沈黙によって、ぼくはその後、有利な立場を得た。罰を受けそうなとき、ぼくは王立強に脅しをかければ、それを免れることができた。

ラジオの上に置いてあった盃は、やはり結局ぼくが割ってしまった。床掃除をしているとき、モップの持ち手がぶつかって、盃は床に落ちて割れた。貧しい家の唯一の装飾品が割れた音を聞いて、ぼくは長い間ずっと戦慄を感じていた。王立強はきっとキュウリを折るように、ぼくの首をポキッとへし折るだろう。

もちろん、これはこの家に来たばかりのころに抱いた恐怖で、本当にへし折ることはないと思っていたが、彼が怒って罰を下すことは、免れられない事実だった。ぼくが子どもらしい抵抗によって、この災厄を逃れるためには、まず王立強を脅さなければならない。別の部屋にいる李秀英は、まだこのことに気づいていなかった。ぼくはこっそり、盃の破片を塵取りに集めた。その後、王立強が仕事から帰ってきたとき、ぼくは興奮と緊張で泣き出してしまった。王立強は驚いて、しゃがみ込んで「どうした?」と尋ねた。

ぼくは震えながら、彼を威嚇した。

「ぼくを殴ったら、あの女の人のことを言うよ」

王立強は顔色を失い、ぼくの体を揺すって言った。

「おれは殴らない。おまえを殴ったりしないよ」

そこでやっと、ぼくは言った。

「盃を割っちゃった」

王立強は一瞬呆然としたあと、ぼくの威嚇のわけを理解し、顔に微笑を浮かべて言った。

「あの盃はとっくに必要なくなっていたんだ」

ぼくは半信半疑で尋ねた。

「ぼくを殴らない？」

彼が肯定したので、ぼくはすっかり安心した。そして、お返しをするように、彼の耳もとで囁いた。

「あの女の人のことは言わないよ」

その日の晩、夕食のあとで、王立強はぼくの手を引いて、しばらく街を歩いた。彼は何度も知り合いに挨拶をした。ぼくと王立強が一緒に散歩するのが最後になるとは、まったく思わなかった。落日の名残が道の両側の家屋の屋根を赤く染めている光景に、ぼくは見とれていた。ぼくの気分が伝わったのか、彼は子どものころのことをたくさん話してくれた。十五歳のときまで貧しくてズボンが穿けず、尻を丸出しにしていたという話が、いちばん印象に残っている。彼は嘆息して、「貧しいのは仕方ないが、あれはつらかった」と言った。

その後、ぼくたちは橋のたもとにすわった。彼は長い間ぼくを見つめてから、心配そうに言った。

「おまえは小さい魔物だな」

それから、口調を変えて言った。

「おまえは確かに、賢い子どもだ」

ぼくが十二歳の年の秋、劉小青の兄、ぼくが崇拝していた笛の名手が急性肝炎で死んだ。その当時、彼はもう暇を持て余している少年ではなく、農村へ移住した知識青年だった。しかし、彼は依然としてハンチングをかぶり、笛を上着のポケットに挿していた。彼は船上生活者の娘二人と一緒に農村へ行ったらしい。元気のいい二人の娘は、ほぼ同時に彼に恋をした。彼の笛の音はとても美しかった。寂しい農村の夜に聞けば、感激するのが当然だろう。しかし、農村での生活は彼にとって苦痛だった。彼はしばしば帰ってきて、家の窓辺にすわり笛を吹いた。ぼくたちが放課後、帰宅するとき、彼は飴売りの呼び声をまねた。ぼくたちが飴売りだと思って駆けつける様子を見るのが、彼の楽しみだったのだ。彼は息が詰まるような農村に戻りたくなかった。そこでは二人の娘が、愛の網を張って彼を待っていた。

最後に帰ってきたとき、彼は相当長く滞在した。父はかんかんになって一日じゅう、早く帰れと彼を叱責した。彼の家の窓の前を通りかかるたびに、彼の泣き声が聞こえた。彼は哀れっぽく、父親に訴えた。力も出ないし、食欲もない、野良仕事は無理だ、と。

その当時、彼は自分が肝炎であることを知らなかった。劉小青の父親も知らなかった。母親は彼のためにゆで卵を二つ作り、やはり農村に戻るように勧めた。彼は農村に戻って二日目に意識を失った。あの元気のいい娘二人が、交替で彼を家まで担いできた。その日の午後、ぼくは放課後帰宅するとき、この二人の日焼けした娘を見た。泥だらけの足で、泣きそうな顔をして、劉小青の家から出てきたのだ。その日の夜、彼は亡くなった。

　ぼくはいまでも、彼が家を出たときの暗い顔を覚えている。彼は布団包みを担ぎ、右手にゆで卵二つを持ち、ゆっくりと船着き場へ向かった。実際のところ、そのとき彼はもう死にそうで、余命いくばくもない老人のように、よろよろと歩いていた。上着のポケットに挿した笛だけが、歩みにつれて揺れ、かすかに生気を感じさせた。

　死にそうだった彼は、歩いてくるぼくを見て、もう一度からかおうとした。彼はズボンの尻に穴があいていないか見てくれと言った。ぼくはすでに一度騙されているので、こう叫んだ。

「嫌だよ。臭いおならを嗅がせるつもりだろう」

　彼はニヤニヤ笑って、力のない屁を放った。その後、ゆっくりと永遠の死に向かって歩んで行った。

　肝炎の恐ろしさは誇張されて伝わった。劉小青が喪章をつけて登校したとき、生徒たちはみな、叫び声を上げて彼を避けた。兄を亡くしたばかりの彼は、友好的な笑顔を浮かべて、バスケットボールのゴールの下にいた仲間のほうに近づいて行った。しかし、仲間たちは一斉にミツバチの群れのように、もう一方のゴールの下に移動してしまった。みんなが声を合わせて劉小青を罵っても、彼は友好的な笑顔を浮かべたままだった。ぼくは教室の外の石段にすわって見ていた。劉小青は一人ぼっちで、バスケットボールのゴールの下にいた。その両手はなすすべなく、だらりと垂れ下がっていた。

その後、彼はゆっくり近づいてきて、ぼくのそばで足を止め、別の場所を見ているふりをした。ぼくが立ち去らないので、彼はしばらくすると隣にすわった。あのスローガンの事件以来、ぼくたちは口をきいていなかった。これほど近くにすわったこともない。突然、孤独に襲われて、ぼくに接近したのだろう。彼はついに口を開いた。

「どうして逃げないんだ？」

「怖くないから」ぼくは答えた。

そのあと、二人とも照れ臭くなり、膝の間に顔をうずめて忍び笑いをした。お互いを無視する時間が長かったせいだ。

ぼくは二日間のうちに、突然の死に二度も直面した。最初は劉小青の兄で、すぐ続いて王立強だった。幼かったぼくは、大きな衝撃を受けた。今後の人生にどんな影響があるのか、見当もつかなかった。しかし、王立強の死は確実にぼくの運命を変えた。劉小青との昔の友情は復活したものの、国慶との和解はまだ成立していないとき、王立強がこの世を去った。

彼とあの若い女の人は、最初からこのような結末を迎える運命だったのだ。彼らはびくびくしながら二年間、麗しい日々を過ごした。そしてあの夜、現場を押さえられた。

王立強の同僚の妻は当時、忠実な道徳の擁護者で、早くから彼らを疑っていたらしい。彼女は二人の子どもを持つ、完璧な貞女で、他人の不貞を監視していた。王立強は、この貞女の夫が出張で不在のとき、共有していた事務室に夜間、あの若い女を引き入れた。そして事務机をベッド代わりにして、束の間の幸福を味わった。

貞女は夫から預かった鍵で突然、部屋のドアを開け、すばやく電灯をつけた。机の上の恋人たちは呆然として、目を見張っていた。甲高い声で貞女が罵声を浴びせると、二人は服を着る間もなく、ひざまずいて許しを求めた。ぼくにとって絶対的な権威者だった王立強が、そのときは泣きながら哀願した。

長期間にわたる監視の成果を得た貞女が、安々と彼らを許すはずはない。彼女は懇願してもむだだと言った。

「やっと尻尾をつかんだんだからね」

その後、彼女は窓を開けて、メンドリが卵を産むときのような声を上げた。

王立強は、もう観念しなければならないと悟り、恋人が服を着るのを手伝い、椅子にすわらせた。警備部隊の人たちが一階から上がってきた。王立強は政治委員（軍組織における日常活動の管理者）を見て、恥じ入った表情で言った。

「政治委員、私は私生活で過ちを犯しました」

政治委員は数人の兵士に王立強を拘束するように命じ、若い女を家に帰した。王立強の恋人は、すでに泣き崩れていて、立ち上がって出て行くときも手で顔を覆っていた。得意満面の貞女はそれを見て、憎々し気に叫んだ。

「手をどけなさいよ。男と寝るときだって平気な顔をしてたくせに」

王立強はゆっくりと貞女に近づき、一発びんたを食らわせた。

それ以上の状況をぼくは知らない。有頂天だった貞女は王立強に殴られて、怒り狂ったことだろう。反撃に出ようとして、彼女は椅子につまずいて転んだ。怒りはすぐに屈辱に変わり、彼女は大声で泣き出した。政治委員は、王立強を早く連れて行け、それから床に倒れているこの女の面倒を見るようにと指示して、自分は帰って行った。

王立強は真っ暗な部屋で、夜中まですわっていた。その後、立ち上がって見張りの兵士に、事務室に忘れ物を取りに行きたいと言った。兵士は居眠りをしていたので、頭がはっきりせず、上司を哀れに思った。王立強は、すぐ戻ると言い残して、勝手に部屋を出た。兵士はあとを追うことなく、戸口に立っていた。王立強は月光の下、事務室のあるビルへ向かった。大柄な彼の姿は、巨大なビルの影に呑み込まれた。

実際のところ、王立強は事務室へは行かず、彼が管理している武器庫へ行った。そして、手《しゅ》榴弾《りゅうだん》を二つ手にして階段を下りた。建物沿いに家族宿舎まで行き、二階に上がって、西側の部屋の窓の前で足を止めた。この部屋には何度か来たことがある。あの貞女がどの位置に寝ているかも知っていた。彼は小指で手榴弾の安全装置を外し、窓ガラスを叩き割って室内に投げ込むと、自分は階段口に駆け戻った。このとき、手榴弾が爆発した。轟音とともに、この古い建物が激しく揺れ、粉塵《ふんじん》が逃げ出した王立強の体に降り注いだ。彼は塀の陰まで走ると、そこでしゃがみ込んだ。

警備部隊は戦争のような大混乱に陥った。また呼び起こされた政治委員は、失態を演じた兵士を厳しく叱責した。担架を要請する叫び声も聞こえた。王立強のかすんだ目には、この混乱の情景がイナゴの大群のように見えていた。その後、彼は建物の中から三台の担架が出てくるのを見た。周囲の人が叫んでいる。

「まだ生きている、生きているぞ……」

彼は一瞬、呆然としたが、担架が車に乗せられると、塀を乗り越えて外へ出た。病院へ行かなければならない。

この日の早朝、町の病院に、殺気をみなぎらせた男が手榴弾を持って現れた。入院患者の病棟で当直していたのは、鬚を生やした北方人の外科医だった。医師は王立強を見て、さっき運ばれてきた三人の患者に関係があるに違いないと思った。慌てて廊下へ逃げ出し、大声で叫んだ。

「人殺しだ」

鬚の外科医は、まともに話をすることもできなかったが、三十分ほどするとようやく落ち着きを取り戻した。彼はぶるぶる震えている看護師と一緒に、手榴弾を持った王立強が病室を一つずつ確かめて回るのを見ていた。外科医は急に勇気を奮い起こし、看護師に提案した。うしろから襲いかかり、この男を取り押さえよう、と。ところがそのとき、王立強が近づいてきた。看護師は恐怖のあまり、外科医に懇願した。

「先生、早くこの男を取り押さえてください」

外科医は少し考えて言った。

「やはり、まずは上司に報告しよう」

そして医師はすぐ、窓から飛び出して逃げて行った。

王立強は部屋を一つずつ捜索した。周囲の人たちが恐怖の悲鳴を上げるのが、煩わしくてならなかった。彼は看護師の詰め所に向かった。ドアを開けようとしたが押し戻され、衝撃で左腕を隙間に挟んでしまった。痛さに眉をひそめながら、彼は体でドアを押し開けた。中にいた四人の看護師が泣き叫んだが、そこに彼が探す相手はいなかった。彼は看護師たちに、おまえたちを殺すつもりはないと言って安心させた。それでも彼女たちは泣くばかりで、彼の話を聞こうともしなかった。王立強は仕方なく首を振り、その部屋を出た。続いて、彼は手術室に入った。中にいた医師と看護師は、とっくに逃げ出していた。二つの手術台には、二人の男の子が横たわっている。あの女の息子たちだ。どちらも血だらけで、すでに息絶えていた。彼は落ち着きを失って二人の男の子を見た。死んだのが、この二人だとは思いもよらなかった。彼は手術室から出た。二人の男の子の死を知って、もうあの女を探す気がなくなってしまった。彼はゆっくりと病院を出た。しばらく玄関で立ち止まり、家に帰るべきだと思い至った。そして、自分自身に言った。

「もういい」

間もなく、彼は自分が包囲されていることに気づいた。そして電柱に寄りかかった姿勢で、政治委員の呼びかけを聞いた。

「王立強、武器を捨てなさい。さもないと命を失うことになるぞ」

王立強は返事をした。

「政治委員、林《リン》さんが戻ってきたら、伝えてください。申し訳ないことをしました。息子たちを殺すつもりはなかったんです」

政治委員はかまわず、同じ言葉を繰り返した。

「早く武器を捨てるんだ。さもないと命はないぞ」

王立強は苦しそうに答えた。

「政治委員、命がないことはわかっています」

ぼくと生活を五年間ともにし、本当の父親のように可愛がったり叱ったりしてくれた王立強は死に臨んで、さっきケガをした腕に痛みを感じ、ポケットからハンカチを取り出して、患部をしっかりと縛った。だが、そのあとで、意味のないことをしたのに気づき、独り言を言った。

「縛ってどうするんだ」

彼は自分の腕を見て苦笑したあと、手榴弾を爆発させた。寄りかかっていた電柱も破壊され、明るかった病院は一瞬にして闇に包まれた。

王立強が爆死させたかった女は軽傷を負っただけで、彼が自殺した日の午後に退院した。精神状態が安定せず、病院を出るときも泣いていた。だが間もなく、彼女は以前の元気を回復し、半年後にまた病院から出てくるときには意気揚々としていた。産婦人科の検査で、双子を妊娠していることがわかったのだ。それから数日、彼女は会う人ごとに言った。

「爆発で二人亡くしたけど、また二人授かったのよ」

王立強が死んだあと、災難は李秀英の頭上に降りかかってきた。あのひ弱な女は、とてつもなく大きな重圧を平然と受け止めた。王立強の生前の同僚が、武装部隊を代表して訪れたとき、李秀英は最初の衝撃を見事に跳ね返した。慌てず騒がず、何も言わずに相手をじっと見つめたので、同僚のほうが戸惑ってしまった。そのとき、彼女は突然、甲高い声で言った。

「王立強は、あなたたちの計略にはまって殺されたのよ」

相手は仕方なく、王立強が自殺したことを再度説明した。李秀英は細い腕を振り回し、ますます威嚇的に言った。

「あなたたちが王立強を殺したのは、私を殺すためなのね」

彼女の奇想天外な話を聞いて、同僚は正常な会話を続けることができないと思った。しかし、現実的な問題について、ぜひとも彼女の意見を聞かなければならない。同僚は、いつ遺体を引き取りに来ますかと尋ねた。

李秀英はしばらく沈黙したあとで答えた。

「引き取りません。あの人が別の罪を犯したのなら引き取りますが、男女間の過ちですから」

これは彼女の唯一の正常な反応だった。

同僚が帰ったあと、李秀英は呆然としているぼくの近くへやってきて、憤慨しながら言った。

「あの人たちは生きている人間を奪って行って、死んでいる人間で埋め合わせしようと言うんだ」

その後、彼女は少し上を向き、誇らし気に言った。

「私は拒否したよ」

つらい一日だった。ちょうど日曜日だったので、ぼくは家の中に閉じこもっていた。驚き、恐れ、悲しみなどの感情に、次々に襲われながら過ごした。王立強の突然の死は、幼いぼくにとって、なかなか確定的な事実とはならず、伝聞という形で目の前に漂っている状態だった。

一日じゅう、李秀英も自分の部屋にこもっていた。日差しの移動に合わせて、腰掛けの上に並べた自分の下着の位置を変えることに専念していたのだ。彼女がときどき気味の悪い叫び声を発するたびに、ぼくは驚いて身を震わせた。ぼくの記憶では、彼女にとって、それが唯一の悲しみと絶望を表現する方法だった。彼女の突然の叫び声は甲高く、ガラスの破片が空中を飛んで行く音かと思われた。

白昼の時間が、ぼくは特に恐ろしかった。李秀英の遠慮のない叫びに肝を冷やした。その後、耐えきれなくなって、こっそり李秀英の部屋のドアを開けてみた。彼女は背中を向けて前かがみになり、そっと自分の下着に触れていた。しばらくすると、彼女は背筋を伸ばし、顔を上げてまた叫んだ。

「ああ――」

李秀英は翌日の朝、実家に帰ってしまった。夜明け前、ぼくは揺り起こされた。まぶしい電灯の下、大きなマスクをつけ着ぶくれした人影が覆いかぶさってきた。ぼくは驚いて泣き出した。そのあと、李秀英の声が聞こえた。

「泣かないで、泣かないで、私だよ」

李秀英は自分の扮装《ふんそう》に満足しているようで、得意げに言った。

「私だとわからなかっただろう」

ぼくが孫蕩に来て初めて、李秀英は家を出た。まだ冬にならない日の早朝、李秀英は冬物の衣服に身を包み、船着き場へ向かった。ぼくは腰掛けを担いで、彼女のあとについて行った。

夜明け前の道は、人影がまばらだった。朝のお茶と食事を楽しもうという老人が数人、咳をしながら歩いているだけだ。ひ弱な李秀英は百メートルほど進むと、立ち止まって息をつく。するとぼくは、すかさず腰掛けを彼女の尻の下に置いた。ぼくたちは湿気の多い朝の空気の中で、歩いたり立ち止まったりを繰り返した。何度か、ぼくが話しかけようとしたとき、彼女は

「しーっ」とぼくを制止して言った。

「話をしたら、人に気づかれるよ」

その神秘的な様子に、ぼくは緊張を覚えた。

李秀英は人為的な神秘とともに孫蕩を離れた。その過程を当時は長く感じたが、いま思い出す

とあっという間の出来事に過ぎない。あの着ぶくれた奇妙な女は改札口を通るとき、振り返ってぼくに手を振った。その後、ぼくは待合室の汚れた窓に貼りついて、不安そうに岸辺に立っている彼女を見ていた。船に乗り込むためには、細長い踏み板を渡らなければならない。彼女はそのとき、身元がばれることも恐れずに叫んだ。

「誰か手を貸してちょうだい」

彼女が船室に入ると、ぼくたちは一生の別れを迎えることになった。いまに至るまで、ぼくは彼女に会っていない。ぼくは船が河の彼方に消えるまで、ずっと窓に貼りついていた。そして、ようやく致命的な現実に気づいた。——ぼくはどうすればいいのか?

李秀英はぼくのことを忘れていた。悲しみが大き過ぎて、自分のこと以外はすべて忘れてしまったのだ。十二歳のぼくは、夜明けの訪れとともに突然、孤児になった。

ぼくは一文無しだった。衣服やカバンは存在しなくなった家の中にあるが、鍵を持っていない。唯一の財産は、李秀英が残した腰掛けだけだ。ぼくは腰掛けを担いで、泣きながら船着き場を出た。

習慣にしたがって、ぼくは家の前に戻った。閉ざされた門扉を手で押したとき、ぼくはますます悲惨な境地に陥った。扉のわきにすわって、悲しみの涙に暮れた。しばらく放心状態で、ぼくの頭の中は空っぽになった。カバンを肩にかけて登校する途中の劉小青が通りかかったので、ぼくはまた泣き出し、おととい友情を回復したばかりの劉小青に言った。

「王立強が死んで、李秀英もいなくなって、誰も面倒を見てくれないんだ」

黒い喪章をつけた劉小青は、親身になってくれた。

「うちに来いよ。兄貴のベッドに寝ればいい」

その後、彼は急いで家に戻ったが、しばらくするとまた元気なく現れた。彼の勝手な決定は両親の反対に遭ったうえ、こっぴどく叱られたのだ。彼は照れ臭そうに笑った。ぼくはそのとき、南門へ帰ることを決めた。両親と兄弟のところへ帰る。ぼくは劉小青にそう告げたが、船の切符を買うお金がなかった。

劉小青は目を輝かせて言った。

「国慶に借りよう」

ぼくたちは学校の運動場で、国慶を見つけた。劉小青が呼びかけると、彼は言った。

「そっちへは行けない。おまえは肝炎だから」

劉小青は哀れっぽく尋ねた。

「こちらが行くならいいか？」

国慶は反対しなかった。ぼくと劉小青は金持ちの友だちに近づいて行った。もし国慶が気前よく援助してくれなかったら、南門に帰るのはどれほど困難なことだったろう。二人の幼年時代の友だちは、ぼくが孫蕩を離れる汽船に乗るのを見送ってくれた。船着き場に向かう途中、国慶は得意げに言った。

「金に困ったら、おれに手紙をくれよ」

劉小青は、ぼくのためにあの腰掛けを担ぎ、黙々とうしろを歩いていた。ところが、その後ぼくはこの腰掛けを忘れてしまった。ちょうど李秀英がぼくを忘れたように。汽船が走り出してから、ぼくは国慶が腰掛けにすわっているのを見た。足を組んだまま、ぼくに向かって手を振っていた。劉小青はそばに立って、彼に何か言っている。彼らが身を置いている堤防は、あっという間に遠ざかって行った。

ぼくは晩秋の夕刻、故郷の土を踏んだ。五年ぶりに帰ってきたぼくは、よそ者のなまりで南門の場所を尋ねるしかなかった。あの細長い通りを歩いて行くと、ぼくより小さい子どもが二階の窓に貼りついて、口々にぼくを呼んだ。

「坊や、坊や」

まったく聞きなれない方言だった。幸い、ぼくは南門も、両親と兄弟の名前も、そして祖父のことも覚えていた。六歳のときの記憶のおかげで、ぼくは道を尋ねながら進むことができた。そして偶然、祖父の孫有元《スン・ヨウユエン》に出会ったのだ。風呂敷包みを背負い、油布の傘を抱えた老人は、叔父の家で一か月を過ごし、南門に戻るところだった。余命いくばくもない祖父は、よく知っているはずの道で迷子になっていた。ぼくたちはお互いの顔を忘れた状態で、偶然道連れになった。

そのとき、ぼくはもう町を出て、田舎道を歩いていた。三叉路《さんさろ》まで来て、先へ進めなくなった。ぼくは日暮れの景色に見とれていたので、焦る気持ちはなかった。幼いぼくにとって、感動の景色だった。沸き立つ黒雲と真っ赤な夕焼けが、渾然一体となっている。太陽はすでに遠い地平線に接し、四方に光を放ちながら沈もうとしていた。ぼくは落日の残照の中に立ち、太陽に向かって叫んだ。

「早く沈め、早く沈め」

巨大な黒雲が夕日のほうへ移動して行く。夕日が雲に隠れてしまうところは見たくなかった。太陽が願いどおりに沈んだあと、ぼくは孫有元を見た。彼はぼくのすぐうしろに立っていた。この老人は哀願するような目をぼくに向けている。ぼくは彼に尋ねた。

「南門はどっちかな?」

彼は首を振り、こもった声で言った。

「忘れちまった」

忘れた? 孫有元の答えは不思議だった。ぼくは彼に言った。

「知らないならわかるけど、忘れたってどういうこと?」

彼は謙虚に笑った。すでに日は傾いていたので、ぼくは一本の道を選択し、そそくさと歩き出した。しばらく行くと、あの老人があとからついてきていることに気づいた。ぼくはかまわず、歩き続けた。田んぼにスカーフを被《かぶ》った女がいたので、ぼくは尋ねた。

「南門はこの道でいいの?」

「違うよ」その女は腰を伸ばして言った。「あっちの道だ」

そのとき、空はもう暗くなっていた。ぼくがすぐに引き返すと、老人も向きを変えて戻り始めた。彼が追いかけてくることに気づき、ぼくは足を速めた。しばらく走って振り向くと、彼はよろめきながら追いかけてくる。ぼくは腹を立て、追いついてきた老人に言った。

「ねえ、ついてくるなよ。あっちへ行ってくれ」

そう言うと、ぼくは向き直って歩き出した。三叉路のところまで戻ったときには、もうすっかり日が暮れていた。雷の音が聞こえた。わずかな月明かりもない。ぼくはもう一つの道を選び、急いで歩いて行った。あの老人が追いかけてきたので、ぼくは振り向いて叫んだ。

「ついてくるな。うちは貧しいんだから、あんたを養えないよ」

このとき、雨が降り出した。ぼくは足を速めて前へ進んだ。突然、遠くで火の手が上がった。大粒の雨に炎がからみつく。火は消えるどころか、しだいに燃え広がった。遮ることのできない呼び声のように、雨の中で存在感を示し、メラメラと燃え盛っている。

炎の明るさのおかげで、南門に通じる木の橋が見えた。薄れかけた記憶がよみがえり、ぼくはうれしくなった。南門に帰ってきたのだ。ぼくは雨の中を走り出した。熱波が押し寄せてくる。人々のざわめきも伝わってきた。村に近づいたとき、炎はすでに大地を覆っていた。雨脚は弱まっている。ぼくは騒がしい声のする南門の村に入って行った。

ぼくの兄と弟がシーツに身を包み、不安そうに立っていた。ぼくはまだ、それが孫光平《スン・グアンピン》と孫《スン・》光明《グアンミン》であることを知らなかった。同様に、地面に膝をついて号泣している女が母だということも知らなかった。彼らの横には、炎の中から持ち出した品物が乱雑に積み重ねてある。ぼくが次に目にしたのは、上半身裸の男だった。あばら骨の浮き出た胸が、秋の涼風にさらされている。男はかすれ声で周囲の人たちに、すべて火の海に呑み込まれてしまったと告げていた。その目から涙が流れている。男は寂しそうに笑って言った。

「大火事をたっぷり見物できただろう。壮観には違いないが、代償は大きいよ」

ぼくはまだ、それが父だということを知らなかった。だが、ぼくはその男に惹きつけられ、近づいて行って大声で言った。「孫広才を探しているんだ」

日本語版刊行に寄せて

一九九〇年の九月か十月のある日、私は長篇小説を書こうと決めた。当時はまだ、長い物語を書く自信がなかった。それまでの作品は、長くても五十ページ以下だ。どうすれば三百ページの物語が書けるのか。しかし、長篇小説を書きたいという願望がとても強かったので、私は自分に言い聞かせた。あれこれ考えるのはやめて、とにかく書いてみよう。

こうして私は『雨に呼ぶ声』を書き始めた。創作は人生と同じだ。人生は休みなく歩き続けるしかない。それで初めて、人生とは何かがわかる。創作も休みなく書き続けてこそ、その奥義がわかるのだろう。この小説の構成は、創作の過程で見つけたものだ。私はこの長篇小説を物語のロジックで完成させることができなかった。プロットに十分な長さがなかったので、私は記憶のロジックを使うことにした。記憶は時間の推移に従って浮かんでくるものではない。感情の推移に従って浮かんでくるのだ。例えば、五年前の出来事は一年前の出来事につながり、さらに十年前の出来事につながり、それから昨日の出来事につながっていく……。このように絶えず感情を深化させながら、私は三百ページまで書き進め、初めての長篇小説を完成させた。

三十年近くが過ぎたが、いまだに多くの読者が、私の小説の中でいちばん好きなのは『雨に呼ぶ声』だと言ってくれる。特に、この小説の構成が好きなのだという。私は彼らに説明した。当時は三百ページの物語を書く能力がなかったので、記憶をたどる形式を使い、多くの断片を四つの章にちりばめた。私は親戚や友人を訪ねるように、四つの章を出入りし、それらの断片をつないでいった。

私にとって『雨に呼ぶ声』の意義は、初の長篇小説ということに止《とど》まらない。さらに重要な発見があった。虚構の人物にも自分の声があると気づいたのだ。それは、私が以前、短篇小説を書いていたときにはなかった経験だった。短篇小説は長さが足りず、私が登場人物の声を聞く前に、物語が終わってしまう。だが、長篇小説は違う。虚構の人物の声に耳を傾ける時間が十分にある。これは不思議なことだった。我を忘れて創作に励んでいるとき、しばしば登場人物の声が聞こえてきた。私は初めて知った。虚構の人物も現実の人間と同じで、自分なりの人生の道筋がある。作者は実生活における友人のように、登場人物を尊重しなければならない。登場人物自身に運命を選ばせるべきで、作者が彼らの運命を決めてはいけない。『雨に呼ぶ声』は、そういう楽しみを私にもたらした。

その後、『活きる』『血を売る男』『兄弟』『死者たちの七日間』を完成させ、私の楽しみはますます拡大した。いま、自分が創作した登場人物を思い浮かべると、彼らは虚構の存在ではないような気がする。かつて私の人生に現れた、友人のように思えるのだ。

『雨に呼ぶ声』が日本で出版されることは、大変喜ばしい。これは私の八冊目の日本語版作品となる。飯塚容教授に感謝したい。彼は私の作品の最初の翻訳者だ。どこで私を知ったのかはわからないが、彼が私の中短篇小説を訳し始めたとき、私はちょうどこの長篇小説を書いていた。それゆえ、この本が日本で出版されることは、我々二人にとって特別の意義がある。

余《ユイ》・華《ホア》

解説――記憶のロジック、「先鋒派」時代の集大成

『雨に呼ぶ声』（原題『在細雨中呼喊』）は、余華にとって初の長篇小説で、『収穫』一九九一年第六期に発表された。中国江南地方の小村に生まれ育った三兄弟の次男・孫光林の視点から語られる、少年時代の記憶の断片をつなぎ合わせた幻想的な小説で、余華の幼少時の体験が反映されている。単行本は台湾の遠流出版公司（一九九二年）が最も早く、次いで花城出版社（一九九三年）、中国社会科学出版社（一九九四年）、南海出版公司（一九九九年）、上海文芸出版社（二〇〇四年）、作家出版社（二〇〇八年）と版を重ね、現在は北京十月文芸出版社（二〇一八年）に引き継がれている。海外版は、イタリア、フランス、韓国、アメリカなどで刊行されているが、特にフランスでの評価が高く、この作品によって余華は二〇〇四年に芸術文化勲章「シュヴァリエ」を与えられた。

ここで簡単に余華のプロフィールを紹介しておこう。一九六〇年、杭州の生まれ。父親は医師、母親は看護師だった。父親が外科医として同じ浙江省の小さな町・海塩の病院に赴任したため、母親、兄とともに海塩に移り住む。幼いころからホルマリンとアルコールの匂いに親しみ、血まみれになって手術室から出てくる父親の姿を目にして育った。夏は涼しい病院の霊安室を遊び場にしていたという。また、六歳のときに文化大革命が始まり、大人たちの武力闘争を目の当たり

にした。こうした体験は明らかに、のちの創作に影響を与えている。

一九七七年に海塩中学を卒業。大学入試に失敗した余華は、一年間の研修を経て、町の診療所の歯科医となった。しかし、この仕事は性に合わず、一九八三年に海塩県文化館に職を得て、文学創作を始める。一九八七年に発表した短篇「十八歳の旅立ち」が出世作となった。理不尽な世の中を初めて知った少年の姿を象徴的に描いている。このような作風には、カフカの影響があったという。その後は、中篇小説を続々と発表した。夢と現実、常識と非常識、正気と狂気、さらには生と死の境界を超越して、人の世の不確実性を描くところに余華の持ち味が出ていた。手法的には外国文学の影響を受けて、伝統的なリアリズムの枠組みを打ち壊した新しさと実験性があったので、同時期に登場した他の若手作家、蘇童、格非らとともに「先鋒派」と呼ばれた。この間の主要な作品は、二冊の中短篇小説集『十八歳の旅立ち』（一九八九年）、『アクシデント』（一九九一年）にまとめられている。そして、「先鋒派」時代をしめくくる作品として、本作『雨に呼ぶ声』が書かれたのである。

次作『活きる』（一九九二年）から、余華の作風は大きく変わった。一庶民の「苛酷な運命」を描きつつも、叙述は淡々として読みやすい。主人公は家族とともに、国共内戦、土地改革、大躍進、文革の時代を生き抜く。続く『血を売る男』（一九九五年）も、同様の筆致で書かれた家族の物語である。製糸工場の労働者が人生の節目ごとに血を売って金を稼ぎ、結婚し子どもを育てていく。

その後、余華はエッセイ、評論を中心に活動する時期が続いた。約十年ぶりに発表されたのが『兄弟』（二〇〇五〜〇六年）で、親の再婚によって義理の兄弟になった二人の男が歩んだ人生を描く。前半は文革時代、兄弟は飢えに苦しみながらも助け合って生き延びる。後半は改革開放期、弟が廃品回収業で大儲けする一方、実直な兄は時流に乗れず悲惨な末路をたどる。

エッセイ集『ほんとうの中国の話をしよう』（二〇一〇年）は、十個のキーワードを通して、半世紀にわたる中国の歩みと社会問題、中国人の国民性を語ったものである。天安門事件、都市開発に伴う強制立ち退きなど、敏感な問題についても大胆な発言をしているため、中国本土では出版されていない。この本の邦訳刊行によって余華は日本において、小説家としてだけでなく、時事問題について積極的に発言する作家として認識されるようになった。

最新の長篇小説『死者たちの七日間』（二〇一三年）は、そのエッセイ集が言及していた現代中国社会の諸問題を反映している。不慮の死に見舞われた主人公は、この世とあの世の間をさまよいながら、自身の出生の秘密、養父との深い絆、妻との出会いと別れを思い起こす。生死の境を超越した幻想的な作風には、初期作品に近いものがある。

二〇一七年に日本で出版された『中国では書けない中国の話』は、『ほんとうの中国の話をしよう』の続編と言える。海外メディアのために書いたエッセイを集めたもので、全世界に先駆けての出版となった。

日本における余華作品の翻訳紹介は、やや変則的な経過をたどっている。初期の中短篇が雑誌に掲載されたのは一九九〇年代初めで、かなり早かった。彼の作品の最初の海外訳は日本語版だったのである。しかし、単行本の刊行は二〇〇二年の『活きる』を待たなければならなかった。この作品は一九九四年に映画化され、それに伴って余華の知名度も上がっていたのだが、映画の日本公開が遅れたため、原作小説の刊行も今世紀にずれ込んでしまった。これに続く単行本出版は、二〇〇八年の『兄弟』である。余華自身が寡作なので、間があくのは仕方のないことかもしれない。次のブームは二〇一二年に始まる。『ほんとうの中国の話をしよう』が契機となって余華に関心が集まり、旧作『血を売る男』と新作『死者たちの七日間』の出版が続いた。さらに二〇一七年には、初期作品を集めた『世事は煙の如し』と第二エッセイ集『中国では書けない中国の話』が出たほか、二〇一九年には長らく絶版になっていた『活きる』の文庫化も実現した。今回の『雨に呼ぶ声』刊行によって余華の作品は、ほとんどすべてが日本語で読めるようになった。

前述の通り、『雨に呼ぶ声』は余華の作風が転換する節目に書かれている。第二長篇『活きる』と比較すると、家族の生と死を描くという共通点はあるものの、作品の構成や文体は大きく異なる。中国国内での評価はどうなのか、『当代作家評論』一九九二年第四期から二つの論文の一部を引用してみよう。

すぐれた「心の自伝」である『雨に呼ぶ声』は、虚心坦懐に幼年時代の怪しい行動と心の秘密をすべて記述している。これは、とても正直な人生の告白である。初めての戦慄、拙劣な欲望、身の置きどころを失った少年、奇妙な幻想、拒絶できない恐怖、理由のない罪悪感……狂乱に満ちた少年の心理が余すところなく描かれている。（陳暁明「父権への抵抗、絶望的な心の自伝——余華『雨に呼ぶ声』について」）

『雨に呼ぶ声』には完全なストーリーも一貫したプロットもない。しかも、時空の切り替えによって常に閲読が中断される。これは余華が仕掛けた転覆なのかもしれない。……完全なストーリーが切れ切れのストーリーに置き換えられ、一貫したプロットがバラバラのプロットに変わり、直線的な時空が循環する流動的な時空と入れ替わる。だが、これらはすべて新しい秩序で組み立てられていて、決して気ままに処理されたものではない。ストーリー、プロット、時空が新しい秩序の下で再構築され、新たな芸術的効果を生み出している。（潘凱雄「『雨に呼ぶ声』その他」）

題材的には「内心の吐露」、形式的には「エピソードの断片による組み立て」が指摘されている。余華の小説は人間の弱さ、醜さを正直に描く。それは前期作品にも後期作品にも共通していると思うが、「先鋒派」時代のほうがより幻想的で、悲哀に満ちている。作品構成や文体の実験性も、『活きる』とは明らかに違う。その意味で『雨に呼ぶ声』は、やはり「先鋒派」時代の集大成と呼ぶに相応しい小説だろう。

余華自身は、これまで各国語版の序文で、この小説のことを以下のように語ってきた。

七年前に書いた登場人物たちが、この間ずっと私の目の前に現れてくる。私は実生活の中の友人を思い出すように、彼らを思い出す。彼らの顔は消え去ることなく、むしろ日増しにはっきりして、ますます本当らしくなってきた。いま、私は回想の中で彼らを目にするだけでなく、彼らの現実の足音を聞くことができる。彼らはこちらに近づいてきて、階段を上がり、私の部屋のドアをノックした。それで私は不安を覚え、私が作り出した人物が本当らしくなるにつれ、自分の現実のほうが虚構ではないかと疑うようになった。（中国語版序、一九九八年）

「記憶のロジック」――私は当時、自分の作品の構造をこのように考えていた。時間を断片にして、光が点滅する速度で行ったり来たりさせる。そして、すべての叙述の中に「いまの立場」を織り込む。私は記憶を新たに並べ替える統治者になった。過去を左右する特権を私は自分に与えた。私の作品は、次々に電話をかけるように進行する。順不同の日付にダイヤルして、相手が語る過去に耳を傾けるのだ。（イタリア語版序、一九九八年）

一つの偶然よみがえった記憶が、小さな牡丹の花のように、広大な世の中のすべてを覆い尽くすことがある。だから、世界には多くの記憶を綴った本、記憶で綴られた本がある。私は才能が及ばないにもかかわらず、記憶によって貫かれた『雨に呼ぶ声』という本を書いた。ここで言明しておきたい。これは自伝ではないが、私の幼年時代、少年時代の感情と認識の集積である。当然、このような感情と認識は、記憶によって再びよみがえるのだ。（韓国語版序、二〇〇三年）

キーワードは「回想」「虚構」「記憶」「過去」だろうか。この小説は、「過去」を「回想」し、よみがえった「記憶」をつなぎ合わせることで、「虚構」の物語を作り上げている。虚構の人物に作者の魂が乗り移り、時間と空間を超越したところに不思議なリアリティーが生まれた。それが読者の心に響くから、この長篇第一作に支持が集まるのだろう。破格の文体は翻訳者泣かせだったが、幻の名作を紹介できた満足感は確実にある。三十年にわたる余華との親交の記念として、この作品を日本の読者に届けたい。

飯塚 容

著者略歴

余 華（*Yu Hua*／ユイ・ホア）

1960年中国浙江省杭州生まれ。両親の職場の病院内で、人の死を身近に感じながら育つ。幼少期に文化大革命を経験。89年には文学創作を学んでいた北京で天安門事件に遭遇した。80年代中頃から実験的手法による「先鋒派」作家の一人として注目を浴び、中短篇集をいくつか発表したのち、91年、本作『雨に呼ぶ声』で長篇デビュー。92年発表の『活きる』が張芸謀《チャン・イーモウ》監督により映画化され話題を呼ぶ。『血を売る男』『兄弟』『死者たちの七日間』など、次々とベストセラーを発表し、中国を代表する作家となる。98年にグランザネ・カブール賞（イタリア）、04年にフランス芸術文化勲章「シュヴァリエ」を受章。作品は全世界で2000万部以上、40以上の言語に翻訳されており、ノーベル文学賞候補の呼び声も高い。

訳者略歴

飯塚 容（いいづか・ゆとり）

1954年生まれ。中央大学文学部教授。専門は中国近現代文学および演劇。訳書に、高行健『霊山』『ある男の聖書』『母』（いずれも集英社）、余華『活きる』（中公文庫）、『血を売る男』『ほんとうの中国の話をしよう』『死者たちの七日間』（いずれも河出書房新社）、『世事は煙の如し 中短篇傑作選』（岩波書店）、鉄凝『大浴女』（中央公論新社）、蘇童『河・岸』（白水社）、閻連科『父を想う』（河出書房新社）、畢飛宇『ブラインド・マッサージ』（白水社）など多数。2011年に中華図書特殊貢献賞を受賞。

雨《あめ》に呼《よ》ぶ声《こえ》

2020年10月25日　第1刷　発行

著者　余《ユイ》 華《ホア》

訳者　飯塚《いいづか》 容《ゆとり》

装幀　坂川栄治+鳴田小夜子（坂川事務所）

発行者　林 定昭

発行所　株式会社アストラハウス
〒203-0013
東京都東久留米市新川町2-8-16
電話 042-479-2588（代表）

印刷・製本　中央精版印刷株式会社

ISBN978-4-908184-01-7　C0097